蒼天の鳥
三上幸四郎
Mikami Koshiro
講談社

contents

装幀　坂野公一（welle design）
写真　Adobe Stock

蒼天の鳥

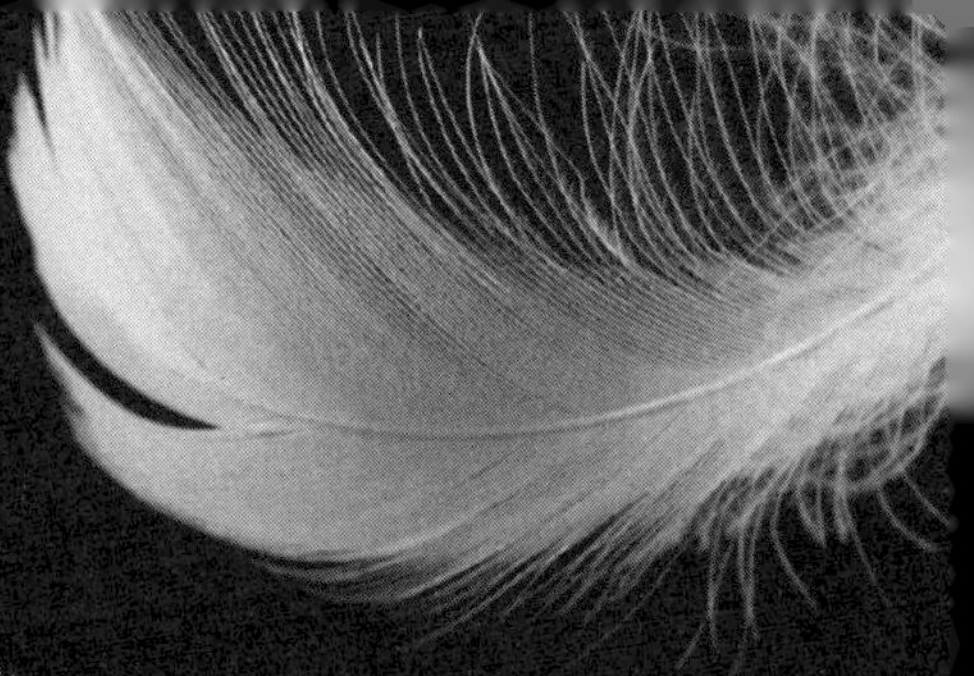

楽園は我々の剣の影にある。

オマール・イブン・アル・カタブ

第一章　兇賊

はじまりにはことばがあり、それはやがて詩《うた》にかわる。

詩は、詩人の口から小気味良くはなたれ、あたり一面に力強く響きわたる。響きは、絵描きの魂をふるわせ、握る絵筆で壮大な奇想を描かせる。

こうして人々の前に、有りえないお伽の国《ネバー・ネバー・ランド》があらわれる。

まさに唯一無二の未知なる世界であり、国木田独歩が渇望した〝喫驚《びっくり》〟であった。

彼女はいま、甘美な期待を胸に抱き、その驚きを交感するため活動写真館に向っていた。

だが、まさか気づかない。

館の扉の先に待ちうけていたのは、幻想という名の果なき迷い路《みち》であり、望外をはるかに超えた陰鬱たる奇譚だった。

大正十三（一九二四）年七月二十一日、月曜――。

鳥取県鳥取市、鳥取駅舎。

夕刻ちかく。

※

彼女——田中古代子《たなかこよこ》はおそるおそる白く細い足を伸ばし、草履《ぞうり》でホームの石畳を踏みしめた。

ふうと息をつくと、右手で娘・千鳥《ちどり》の手をとり、漆黒の六一二〇形蒸気機関車の箱から降ろしてやる。

娘は両足で跳ね、ふわりと母の横に着地した。

「母ちゃん、ついたね、鳥取！」

「うん。ほら、千鳥。改札あそこよ」

木造のちいさな改札に近づくと、駅員に切符をわたし、千鳥をうながして外に出た。その先の玄関も通りぬけ、鳥取駅舎のまえに立つ。すぐに古代子の顔に笑みがあふれてきた。

眼前には鳥取の町が広がっていた。いっぱいの青空に積雲がまじり、何羽かの椋鳥《むくどり》が小さな黒点となって飛んでいる。

その下では、幅八米《メートル》ほどのひろい路《みち》が、まっすぐ彼方まで伸びている。鳥取市内を南北に縦断する若桜《わかさ》街道だ。夕方ちかい夏の太陽光線が街道ぜんぶにふりそそぎ、両脇に立ちならぶ電柱や商店があざやかに煌《きら》めいていていた。

「行こう、母ちゃん！」

はずんだ声でいうなり、千鳥がおかっぱ頭をゆらしながら通りの先にむかって駆けだした。

檸檬《レモン》色の夏着物を着た小さな身体が、どんどんと遠ざかっていく。

「千鳥！　待ちなさい！」

古代子も薄紫の着物の裾をゆらし、夙足《はやあし》で娘をおう。

山本洋服店、戎《えびす》座、鳥取電燈会社、横山書店――廻り燈籠《どうろう》のように、両脇につぎからつぎへと看板や店先が流れていく。

その光景に路上の人々が入りまじる。呼びこみの店員、割烹着《かっぽうぎ》の主婦、カンカン帽の中年男、山吹色の袴《はかま》をつけた束ね髪の女学生――

が、ふいに千鳥が歩をゆるめた。

いきおい古代子は千鳥を追いぬいてしまった。娘は、母の細い右腕をぐいっと引っぱり、叫んだ。

「あぶない！」

直前の十字路から山ほど木箱を積んだ大八車が飛びだしてきた。

「きゃっ！」と声をあげると同時に、車は古代子をかすめた。

車がとまり、大きな体軀の車引きがぎょろりとこっちを見おろす。華奢《きゃしゃ》で背の低い古代子の身体がもっと小さくなった。

が、男はすぐにぷいっと大八車を牽《ひ》き、砂煙を残して去っていった。

古代子は安堵《あんど》すると、中腰で娘の顔を覗きこんだ。

「よくわかったね、大八車がくるの」

「ガラガラ大きな音がしとったよ」

「あんたはするどいね……。けど、そんなにあわてなくてもいいわよ。映写まで、まだ間はあるから」

「でも母ちゃん、朝からいっとったじゃない。はやくジゴマ見たいって」

「そうだったね」と古代子は自嘲気味にすこし笑った。

確かに気が焦っていたのは母のほうかもしれない。これから体感する〝兇賊ジゴマ〟に、すっかりこころを奪われていたのだ。

「でも、そのまえに翠《みどり》に逢わないと。迷子にならないように、手をにぎろう」

「うん」

次の瞬間、娘は母親の手をにぎるなり、街道の先へと駆けだした。

「行くよ、翠ちゃんのとこ！　役場のまえだよね！」

千鳥はぐいぐいと往来の通行人を器用にさけて進んでいく。古代子は「待って！」と引っぱられながら、必死についていった。

すぐに若桜街道ぞいの鳥取市役所の向かいにある〝弥生カフェー〟にたどりついた。

店のまえに白い立て看板があり、〝アサヒビール〟と黒い大文字で記されている。千鳥がめずらしそうにその看板を見まわす。古代子はその手を引きながら、開けっぱなしの引き戸からおずおずと店内を覗きこんだ。

〝カフェー〟といってもドレスを着た給仕がいるわけではない。もともとは明治のなかごろにできた普通の食堂で、帝都や大阪の流行に少しだけならって、店内の一部をお茶が飲めるように改装しただけだ。実際、奥には畳座があり、頭に鉢巻き、腹にさらしを巻いた人足らしき男たちが赤ら顔で銚子をかたむけていた。

　千鳥の大きな声が響いた。

「翠ちゃん！」

　古代子は娘の目線をおった。街道に面した戸板がすべて外され、真っ赤な油布を敷いたテーブルがいくつか並んでいる。その真ん中のテーブルで尾崎《おさき》翠が路を背に、物憂げな顔で白い珈琲カップを口にあてていた。

　千鳥の声に気づいたのか、翠はこっちをむくと、かすかに笑顔を浮かべ、手まねきした。

「千鳥ちゃん、古代。こっちこっち」

　古代子は千鳥とならんで、翠の向かいに坐った。「ごめんね、翠。暑いのに、わざわざ岩美《いわみ》から鳥取まできてくれて」

「かまわん。東京からこっちに帰ってきてから、ずっとひまだけん」

　いうなり翠は「ほい」とテーブルのうえにクリーム色の煙草の箱を投げだした。

　古代子は箱をとると、まじまじと見つめた。「レディ・ハミルトンね。浜村にはこんな外国の煙草売ってないわよ。ありがとう」

　一本ぬいて啣《くわ》えると、もう一本を翠に差しだす。翠はもうマッチを擦っていて、ふたりの煙草に火をうつした。

　金魚が口のなかに餌を流しこむかのように、ふたりで煙草を吸いはじめる。合間をぬって、古代子は白エプロンの給仕に珈琲を頼み、それから「なににする？」と千鳥に訊いた。

「私も珈琲飲みたい！」と千鳥が小さく叫んだ。

「だめよ。カルピスにしなさい」

翠がかすかに笑った。「ほう、千鳥ちゃんも珈琲か。すっかり大きくなったなあ。いくつになったの？」

「七つ！」

「はやいねえ。確か古代、あんた二十歳で産んだから――」

古代子がうなずく。「うん。私だって二十七」

「たった七年で、あんたもずいぶんとさまがわりだ。夫に三行半《みくだりはん》つきつけて、べつの男を実家につれこんで」

「翠。あんただって同い年で、行かず後家じゃないの」

「ああ。おんなじだけ年輪《としわ》をかさねて、こっちはあいかわらずひとり身のまま。それが私の業《ごう》なんだよ」

古代子は苦笑した。いつもこうだ。翠はこちらを喜ばせるわけでもなく、こころを乱すわけでもなく、淡々と事実を語る。そのことば遣いには、適度な感覚でふわりと浮かされてしまうような心地よさがまじっていた。

もっともファッションは――見ると、翠は黒の着物を大胆に着くずしている。おまけに銀色の装飾をつけた、これまた黒のクロッシェ帽を頭にのせている。鳥取と東京をよく行き来している彼女らしい服装だ。だが、この山陰の田舎町では目だってしかたがない。

翠が千鳥に訊いた。「千鳥ちゃん、これからジゴマ観にいくんだろう？」

「うん。兇賊だ、大怪盗だよ！　母ちゃんも愉《たの》しみにしとるし、私も見たいよ。はい、散らし！」

千鳥は袂《たもと》から紙切れを取りだして開くと、テーブルのうえに置いた。煽情的な惹句が大文字でところせましと並んでいる。

〝十二年ノ時ヲ経テ、復活ス！　兇賊ジゴマ！

鳥取ヲ混乱ノドン底へ！　活動大写真「探偵奇譚　ジゴマ」！

駆ケレ、来タレ、鳥取座へ！〟

散らしを見るやいなや、古代子の脳裏に、かつて巻きおこったジゴマ騒動が去来した。

「探偵奇譚　ジゴマ」――いまから十三年まえの明治四十四（一九一一）年十一月、日本で公開されたフランス製の活動写真だ。

主人公のジゴマは変装名人の大怪盗であり、兇賊だ。Z組という集団をあやつって、盗み、放火、殺人、あらゆる犯罪を犯し、巴里《パリ》の街の人々を恐怖のどん底に落としいれる。

その兇賊に対するのは、ポーリン。どんな悪漢でも明晰な推理で確保する巴里いちばんの名探偵だ。

このふたりの丁々発止のやりとりや活劇、さらにフィルムの特性を生かした変装やトリックが売りものの活動巨編――それが「探偵奇譚　ジゴマ」だった。

浅草公園の金龍館で上映されるやいなや、いっせいに都民の耳目を集めた。すぐに帝都のあらゆる活動写真常設館でも流され、子供を中心に観客が殺到し、入場者数の記録を打ちたてた。さらに名古屋や大阪、そして地方都市での活動写真館での映写、あるいは興行師による巡回興行によって、ほんの数ヵ月で「ジゴマ」という妖しい響きをもった兇賊は、列島を浸食していった。

だが一方で、この活動写真は娯楽以上に人々の精神をも支配した。ジゴマのまねをして盗みをはたらく少年少女たちがあらわれたのだ。彼らは、あの活動を観たから犯罪を犯したと供述した。そのため帝都の新聞では、青少年を反道にはしらせる根源と弾劾され、ついに警察当局が動いた。

曰《いわ》く、「ジゴマは安寧秩序を乱すものである」。

大正元（一九一二）年十月九日、ジゴマの活動写真は、検閲により、帝都においてそのいっさいの上映を禁じられることになる。そしてその動きは、全国に波及していく。

こうしてあわれ兇賊は、一年ほどで禁映品となってしまったのだ。

が、時の流れは、過去の悪行をも押し流す。十二年後のいま、大正十三（一九二四）年いっぱいで、ついにその禁が解かれることになったのだ。

もっとも人々の脳裏からは、すでに恐るべき悪漢の恐怖は消えさっていた。

翠はまじまじとテーブルのうえの散らしを見つめながら、つぶやいた。

「もうジゴマは古いからねえ。東京ではだれも話しとらんよ」

確かに解禁まえから、すでにジゴマ映画は日本各地でポツポツと再映されているらしいが、客を呼んだという噂は聞かないし、警察も取り締まることはなくなっているようだった。

「はやりすたりはどうでもいいの」と古代子はふたたび同じ紙片に目を落とした。

宣伝文句の横には、不気味に光る両目と巨大な鼻、耳まで裂けた口――恐るべき奇態の大男が描かれている。ジゴマの線画《ビジュアル》だ。

その顔が、ふいに古代子の亡き父・石蔵《いしぞう》にかさなった。

ジゴマブームが日本全国に波及しつつある十二年まえ、十五歳の古代子は気管支炎を病み、ほとんど女学校に行くことができず、毎日、布団のなかで国木田独歩や樋口一葉の小説ばかり読んでいた。ある日の午後、孤影悄然としている古代子に、父はにんまりと笑って話しかけてきた。

「鳥取にもジゴマがくるらしいで。古代、いこか？」

すでに帝都から遠くはなれた田舎の村にも、新聞や小説本を通して妖しい兇賊のフランス製活動写真の話は広がっていた。しかも父によると、駒田好洋《こまだこうよう》という有名な活動弁士が楽団を引きつれて、高知につづいて鳥取市でジゴマの巡回興行を行うというのだ。

身体の弱かった古代子は、数えるほどしか活動写真を見たことがなかった。だからこそ、あの巨大な銀幕に異形の悪漢が映しだされる光景を夢想して胸が高鳴った。幻惑の活動写真体験。まさに独歩が求めた驚きの世界だ。

「うん、父ちゃん。古代子、行きたいよ！」

父はひさしぶりの娘の笑顔を見て、満足そうにうなずいた。

父・石蔵は〝笹乃屋《ささのや》〟という村いちばんの運送店を営んでいた。そしてあらゆる伝手《つて》をつかって、鳥取市で行われる駒田好洋巡回興行の切符を手に入れてくれた。

だが、高知巡業をおえたジゴマは、この山陰の地までやってくることはなかった。直後に禁映となってしまったからだ。

古代子のがっかりした顔を見た父は、はげますようにいった。

「残念だったなあ。古代、そのうち別のもん観にいこうや」

もともと父は芸能に理解があり、大阪で中古のヴァイタスコープを買って地元の人たちのために活動写真を上映したこともあるほどだった。ジゴマ禁映のあとも、この弥生カフェーの南にある戎座に古代子をつれていき、鳥取市に公演にやってきた松井須磨子の芝居「サロメ」を観せてくれた。日本でいちばんの舞台女優はサロメの情欲を完璧に表現した。だが、まだ十代なかばの古代子には女の業はむずかしく、ジゴマ以上の胸の高鳴りも感じなかった。

それから四年後、父は腹膜炎のため四十九歳でこの世を去った。

以来、古代子はジゴマと聞くと、父を思いだす。

そして今日、十二年の時を経て、あの活動写真が映写されるのだ。笹乃屋の仲仕頭《なかしがしら》から散らしをもらい、そのことを知った古代子は、だからこそ西に二十粁《キロ》弱もはなれた気高《けたか》郡の浜村から、蒸気機関車で鳥取市までやってきたのだ。

翠が古代子の胸のうちを見透かしたかのようにいった。「ほんにあんたは父ちゃん好きだったからねえ」

はんぶんどきりとしながら、古代子は煙草の煙をくゆらせた。

「ちがうわよ。この子に見せたくてね」

「そう」と翠はかすかに笑って、うっすらと浮かぶ煙のむこうの千鳥に訊いた。

「千鳥ちゃん。ジゴマ、恐《きよ》とくない？」

「ぜんぜん！　翠ちゃんもいく？」

「ううん、私には兇賊はあわんよ。愉しんでおいで」

「えーっ……」と千鳥は不満そうに口をとがらせたが、すぐに身を乗りだした。

「ねえ、翠ちゃん。手紙に書いた私の詩どうだった？　ほら、月が柿になるやつ」

「すっごくよかった！　もういちど聞かせて」

「〝木《き》の葉の　おちた　かきの木に
　お月さまが　なりました〟」

翠は目を閉じると、陶酔した顔つきにかわった。

「ええ詩だ。たったそれだけのことばで、たくさん頭のなかに浮かんでくるよ。季節も、夜の暗さも、まん丸のお月さまも……」

柿の木に　月が生《な》る──

確かにいい詩だ。わが子ながら、古代子もそう思う。

もともと千鳥は早熟だった。物おぼえがよく、自分が文字を教えるまえに鉛筆をとって書きはじめ、五歳で詩を作りはじめた。ことし小学二年生になったが、どの成績もいつも満点だ。習字も大人顔負けの美しい文字を書く。ときおり気まぐれな行動をとったり突拍子もないことをいったりもするが、それを差し引いてもよくできる子だし、その聡明さは母の誇りでもあった。ただそのために、古代子自身はずいぶんととばっちりを受けている。

千鳥が頬をふくらませて翠にうったえた。

「翠ちゃん、きいてよ。学校の先生がね、お母さまに書いてもらったんだよね、っていうの」

あまりのできばえに、まだ若い千鳥の男性担任が詩も習字も親が書いてやっているのではないか、と疑いはじめたのだ。小学校に千鳥を迎えに行くたび、遠まわしにいわれたりする。自分のことは自分でやらせてくださいね、と。

翠がハハハと快活に笑った。「先生にうたがわれたか。とんだ災難だったな」

「いいもん。もうあの学校に行かなくていいの。すぐに父ちゃんと母ちゃんと東京にお引っ越しだからね」

翠が古代子に訊いた。「涌島《わくしま》さんは、まだ東京から帰ってこんのか？」

「うん。二週間まえに手紙が来て、そのときはすぐにこっちに帰ってくるって書いてたんだけどね……またデモにでも参加したのかな？」

翠が苦笑する。「いそがしいね、社会主義の活動家は。古代らは、いつ東京に行くん？」

「涌島が家を見つけたら、すぐにね。八月のなかごろかな」

「そんなら私もじきにもどろうかしらね。……千鳥ちゃん、むこうで逢おうな」

「うん！」千鳥はうれしそうに笑った。「もう大震火災はだいじょうぶなんでしょ？」

「ああ。まだ十ヵ月しかたっとらんのに、もう新しい建物や家や道ができとる。円太郎バスって乗りものもあちこちに走っとる」

「円太郎バスかあ……はやく乗りたい！」

ぼんやりとふたりの会話《やりとり》を聞きながら、古代子はこれからのことを考える。

そうだ、今夜ジゴマを観てむかしの思い出を洗いながし、そのあと私と千鳥は、内縁の夫に導かれ、この因幡《いなば》をはなれて東京へ旅だつ。ようやく帝都に行けるのだ。

たったいま蒼天の彼方に飛んでいった椋鳥のように——

――千鳥がふいに叫んだ。「えっちゃん！」

店のまえの街道の人ごみのなかで、薄手の白い着物を着た島田髷の女性が振りかえった。同じ浜村に住んでいる芸妓の葛《かずら》恵津子《えつこ》だ。半年まえに神戸からこっちにやってきた、まだ二十歳の娘だった。

「あら、千鳥ちゃん。きゃーっ、古代子さんもいる！」

恵津子は破顔した。着ている白い着物はところどころ赤や黒の金魚の模様であざやかに染められている。その金魚たちが踊るかのように恵津子は、ぱたぱたと近づいてきた。

千鳥が笑顔を浮かべた。「どうしたの、えっちゃん？　こんなところで」

「いま神戸の友だちが鳥取に来てるから、会ってたの。……あ、その人、大阪朝日新聞の古代子さんの連載小説、毎日読んでたそうですよ」

「あら、そう。ありがとう」

「私、あの先生と知りあいなのよ、って自慢してしまいました。ご本人がいるなら、会わせたかったなあ」

恵津子は頬を紅潮させて、憧憬《しょうけい》のまなざしを古代子にむけた。ミーハーなご贔屓《ひいき》さまに囲まれている気分になる。

「でもやっぱり古代子さん、すてきですよね。短い髪も紫のお着物もにあうし、いつも落ちついていて、人の目をひくっていうか……」

翠が呆れていった。「外面《そとづら》だけだ。古代はむりに澄ましとるだけだよ。ほんとうは小物でいつもびくびくしとる」

「うん。母ちゃん、はやく出かけなきゃってあわてて、やかんからお湯こぼしておどろいて叫んでた」

古代子がわざとらしく咳をすると、千鳥と翠は顔を見あわせて、笑いはじめた。

きょとんとしていた恵津子だったが、ふいに大声で叫んだ。

「あー、もう浜村に帰らないと！　すぐに夜のお座敷があるんです。古代子さん、千鳥ちゃん。それじゃあ」

さいごに翠にも頭をさげると、恵津子は若桜街道を鳥取駅舎のほうへ駆けていった。

「よけいなことといわないの！」と古代子が翠に怒り顔をむけた。

「だってホントだがな」と翠は涼しい顔でいう。

あきれながら煙草を灰皿にもみ消すと、手もとまで陽の光が差しこんできていることに気づいた。古代子は巾着からふたつに折りたたまれた数枚の原稿用紙を取りだした。

「はい、翠。これ渡しにきたのよ。『水脈《みお》』の来月号用に、短歌を三句ほどと、短文を二枚ほど」

地元の文芸同人誌に頼まれた原稿だった。

「担当の人にちゃんとあずけとくから」と翠は用紙を取ると、開くことなく、自分の袂に投げいれる。

「確かめなくていいの？」

「いいよ。どうせ女の自立だとか、女の地位向上とか書いてるんだろう。あんたの文章は熱くるしくていけん。夏の賀露《かろ》の浜辺よりも熱くて、ギラギラしとる」

「しかたないわよ。なに書いてもそうなっちゃうんだから」

古代子は両腕をくむと、頬をふくらませた。

翠に暇《いとま》を告げると、古代子は千鳥の手を引いて弥生カフェーをあとにした。夕刻の橙《だいだい》色に染められつつある若桜街道を人ごみをさけながら南へ進み、袋川に出る。橋をわたり、川ぞいの小径《こみち》を西へ歩く。この先に鳥取座があるのだ。

「ジゴマ、Z組、ポーリン。たのしみだね、母ちゃん……」

いうなり急に千鳥が立ちどまって、なんども咳をしはじめた。

「千鳥、だいじょうぶ？」

自分と同じように千鳥も気管支炎で胸を患っている。一年生のときは二ヵ月間も肺炎で寝こんでしまったほどだ。夏になると多少は楽になるのだが、それでも突然、はげしく咳きこむときがある。

こんなところは似なくてもいいのに……と古代子は千鳥の背をさすった。千鳥はすぐに明るい顔を見せた。

「もうだいじょうぶ。母ちゃん。いつも心配しすぎだ」

「ならいいけど……」

「東京に行くんだ。むこうにはいいお医者さんがいるから、私も母ちゃんもすぐに治るって父ちゃんいっとったしね」

「そうだね、東京だ」と古代子も笑顔をかえした。

ふたたび千鳥の手をとり、水の流れにそった宵闇の路を歩いていく。川ぞいの飲み屋や旅館の窓から酔客の謡声《うたごえ》や三味線の音が響いてくる。川に目をやると、舫《もやい》でつながれた幾艘かの小船がかすかにゆれ、その合間の川面は窓からの光線で煌めいていた。

そのまだら模様の光のゆれを見ているうちに、古代子は、ある新聞の紙面を思い浮かべた。

五年まえ、大正八（一九一九）年十二月の大阪朝日新聞の記事だ。

〝大阪朝日新聞　創立四〇周年記念　懸賞小説募集　結果

一席　「地の果《はて》まで」　吉屋《よしや》　信子《のぶこ》

選外佳作　「実らぬ畑」　田中古代子〟

まさに、自分の人生に光明が差しこんできた瞬間だった。

――古代子は気管支炎のために女学校に通うことができず、結局退学した。それでも東京の大学の通信講座を受けて、国文と英語を学んだ。病んだ胸のうちに、はっきりと存在していたのだ。表現してみたいという性的欲望にもちかい衝動《リビドー》が。

そのころ、大きなうねりが世俗や中央文壇を覆いはじめていた。明治の終わりごろから話題になってきた〝新しい女〟の潮流だ。

平塚らいてうや与謝野晶子が、誌面で力強くうったえる。

〝すべて眠りし女《おなご》今ぞ目覚めて動くなる〟

欧州大戦もロシア革命もほとんど無縁の山陰の田舎村だったが、彼女たちの叫びはいくつもの国境《くにざかい》をこえて古代子にも伝わってきた。

同時に、はっきりと意識した。東京にはそんな主張をする女流作家がいる。そうだ、明確な想いと未来設計《ビジョン》があれば、寝間に臥《ふ》す弱き女でも世界に石は投げられるのだ。

以来、小さくなり、弱々しく籠もりつづけていた生活への反駁《はんばく》かのように、女性の自立をうったえた短歌や詩をつくり、地元の同人誌に投稿しはじめた。なかでも女性に対して否定的な意見を述べた記事を見ると、反論文を書きあげて送った。すぐに、いくつか掲載され、まだ十代後半の古代子の筆は耳目を集めはじめた。

すると少しずつ古代子に〝変調〟がおとずれた。身体の不安は気にならなくなり、外に出ることができるようになったのだ。

さらに――村の女たちの髪は長く、みんな丸髷や島田髷で飾っていた。だが古代子は自分の髪をばっさりと切り落とし、肩までの短髪にしてしまった。おまけに訛《なま》りをやめて、できるだけ東京のことばを使うようにした。自分のなかの〝尖り〟が自然とあふれてきたのだ。

もちろん人に指さされ、こころを痛めることもあった。が、気丈に追いはらった。そしてその筆の冴えと恰好《スタイル》から、同じ鳥取の米子町の新聞社で新聞記者としての勤務が決まった。田舎町ではあったが、女としては時代の最先端の職についたのだ。

やがて、その地でまえの夫と出会い、千鳥を宿し、退職した。

それが翠と話した二十歳のときだ。

そのあと古代子は、時には千鳥をあやしながら、時には咳きこみながらも、必死に文章を書きつづった。しかし、その行為をうとんじた夫と対立がはじまった。結局、別れる道を選び、娘をつれて浜村の実家に帰った。

失意のなか、実家の居間で病んだ胸を軋ませ、一編の小説を書きあげた。「実らぬ畑」を自立すべき女の姿にたとえた物語を。

それは翠がいった〝熱くるしさ〟の塊《かたまり》を息たえだえに削りとり、なんとか形にしただけのものだったのかもしれない。だが、古代子は臆することなく、大阪朝日新聞社に投稿した。そして、その小説は認められたのだ。

新聞社から入賞の報が届いたとき、古代子はその場に坐りこんで泣いた。涙はいつまでもとまらなかった。

その直後、古代子は同人誌の会合で、涌島義博《よしひろ》と出会った。鳥取市出身でひとつ年下、いまの内縁の夫となる男だ。その涌島に豪放磊落《らいらく》にいわれた。もう一編書いてみろ、と。

あと押しされるように、すぐにつぎの小説をものにした。十五歳で亡くなった障害者の弟・卓《たく》をモデルに——その存在に葛藤する姉の物語。タイトルは「諦観《あきらめ》」。

その作品をふたたび大阪朝日新聞の懸賞に応募した。こんどは二席に選ばれた。しかも選者の有島武郎に、一席に勝るとも劣らないと絶賛された。その評価の高さから、東京中央新聞から連載小説の依頼がきた。つづけざまに、大阪朝日新聞が「諦観」を連載小説として載せたいといってきた。

もちろん了承したが、不思議な気分だった。有島武郎の後光が差しているとはいえ、いちども訪れたことのない東京や大阪の新聞に、遠くはなれた山陰の寒村で書いた自分の小説が、毎日連載されるとは。

それが三年まえだ。これから先に進むなら、中央に出るしかない。大正大震火災のために一年おくれた。もう二十七歳。時は少ない。いや、もしかすると、自分は東京熱に浮かされているだけなのかもしれない。だがゆいいつ帝都に行くことだけが、自分の未来を切りひらいてくれる——

袋川ぞいの路を歩いていくと、智頭《ちず》街道にぶつかった。その角に鳥取座があった。芝居小屋もかねた劇場だ。黒色化した板張りの建物に、ちょこんと三角屋根がのせられている。明治のはじめに造られただけあって、最新の設備をそろえた若桜街道の戎座よりも見劣りがしているような気がした。近づくと、暗闇のなか、電燈が正面の壁に貼られた小さな木札を照らしだしている。

〝夜の部　午後六時〜　探偵奇譚　ジゴマ〟

そのとなりには、例の兇賊の顔の散らしも貼られている。一応まだ禁映品あつかいになっているので、オフセットの巨大なポスターは使えないのだろう。

古代子は入口の横の切符《テケツ》売場の窓口に駆けよると、四十五銭おいてふたり分の切符をもらった。せまい入口のまえに立っている矢絣《やがすり》のはっぴを着たもぎりにわたすと、手もみでなかに案内される。

「どうぞどうぞ。お母さん、娘さん。さあ、入った入った」

暗やみの異世界へ導かれるかのように、もぎりといっしょに暖簾《のれん》をくぐって座に入っていく。

なかは古くて手狭な広間《ロビー》だった。もぎりがその奥の入口の扉を開けてくれて、また先に進んだ。

客席が広がっていた。すべて座敷で、うす暗がりのなか、細長い木の棒で低く囲まれた長方形の空間が前から五個ずつ、うしろまで十列ほど等間隔で並んでいる。いわゆる枡席という形態だ。

見まわすと、思ったよりも観客は少なかった。四、五十人くらい、枡の半分ほどだ。客層も着流しの男がいちばん多く、女や子どもはほとんど見かけない。やはり、翠のいったとおり、禁映になったジゴマはつぎつぎとあらわれる後続の〝ファントマ〟や〝カリガリ博士〟に追いやられ、忘れ去られていったのだろう。

「ほら、お嬢ちゃん、いちばん前があいてる。あそこに坐んな」

もぎりがだれもいない最前列を指さした。千鳥がたたたと走っていって、前列の真ん中の枡席に飛びこんだ。

古代子は苦笑すると、あとにつづき、同じ枡のなかに入った。すっかりすり切れて綿がのぞく座布団に坐って真正面をむき、真横にのびる枡の木の棒を力強くにぎってみる。が、その棒は下からでている細長い木との接続部がゆるみ、ぐらぐらと揺れている。あちこちの設備がすっかり古くなってしまっているのだ。

右どなりの枡にだれかが坐った。ちらりと見ると、二十代なかばくらいだろうか、紺の和服のざんぎり頭の小柄な男があぐらを組み、同じように枡の木の棒をにぎっている。着物はところどころほつれていて、決して上等な身なりとはいえない。なぜか笑いながら、座をきょろきょろと見まわしている。古代子と目線があった。男はあわてて咳払いすると、まえをむいた。男ひとりで来るとは、この人も自分と同じようにジゴマに憧憬をいだいているのかもしれない。

そう思いながら正面の舞台を見つめる。左の下手には弁士台、右の上手には楽団用の椅子、中央には大きなシルバーグレイの幕が設置してある。その真正面。まさにかぶりつきだ。

千鳥が身を乗りだした。「母ちゃん、ジゴマがおおきく見えるね」

古代子も笑顔を見せた。「ああ、大迫力だよ」

「翠ちゃんも来ればよかったのに」

「うん。でもね、翠なら、東京に行ったらまた逢えるから――」

――そう、一方で、尾崎翠だ。

彼女もまた別の道程をたどり、作家としての足場を固めつつあった。

八年まえ、古代子は鳥取県内の同人誌の会合で翠と知りあった。作風はちがったが、話していて愉しかったこともあり、すぐに手紙をやりとりするようになった。鳥取市をはさんで自分は気高郡、翠は岩美郡。きれいに西と東にはなれている。しかもどちらも温泉場で生まれ育ち、若くして父を亡くした。そんな類似もなんだか妙な因縁を感じた。

そのころ翠は女学校を出て、地元の小学校で教職に就《つ》いていた。だが古代子と同じ衝動をもつ彼女もまた同人誌や少女雑誌への投稿を繰りかえし、やがて職を辞して東京に行き、日本女子大学に入学した。それから伝手《つて》をたどって、新潮社《しんちょうしゃ》の小説雑誌「新潮」に原稿の持ちこみをはじめた。そのかいあって、古代子が最初に懸賞小説で賞をとった翌年、「新潮」に中編小説が掲載された。そのときのことを、翠はいつもの醒めた口調でこういった。

「自分の名が、芥川龍《あくたがわりゅう》之介《のすけ》先生や佐藤春夫《はるお》先生といっしょに並んどったわ」

その恬淡《てんたん》さとはうらはらに、彼女の小説は一部の評論家から絶賛された。古代子が読んでも、確かに翠の作風には引きつけられるものがあった。女としての激情をぶつける自分とはちがい、客観視された表現が淡々とつらなり、重なりあい、なにかべつの異質なものを産みだすような感覚をいだく。もっとも古代子には、それ以上のことはわからない。翠の小説の本質は言語化できないのだ。

とにかく、それから翠は大学を辞め、大学時代の友人と同居し、新潮や少女雑誌用に小説を書きはじめた。

ただ、あまり根をつめて原稿用紙と向きあっていると精神的に不安定になってしまうという。だから何ヵ月かに一回は鳥取に帰ってきて、岩美の実家で家族と暮らしている。それは翠にとってある種の禊《みそぎ》のようなものなのかもしれない。

そして翠は帰ってくるたびに、古代子に囁《ささや》きかける。

古代、ここでやることは、もうないよ。東京に行こうや。むこうで新しい未来をつくるんだよ――

ふいに甲高《かんだか》いチャイムが鳴り響き、古代子は我にかえった。客席全体が暗闇につつみこまれていく。映写がはじまるのだ。

チャイムが鳴りおわると、下手から駒田好洋ばりの燕尾服を着た活動弁士が、三人の楽団を引きつれて出てきた。弁士は弁士台につくと、いちどコホンと咳をして口ひげを撫で、ゆっくりと五十人ほどの観客を見まわした。

「ようこそようこそ、みなさま、ようこそ。今回の案内役をつとめさせていただく、頗《すこぶ》る闊達《かったつ》な神永甚衛《かみながじんえい》と申します。

さて、今宵お目にかけるのは、欧州仏蘭西《フランス》、花の巴里の市民を震えあがらせ、我が国の帝都すら震撼《しんかん》させた大怪盗、驚異の変装名人、兇賊ジゴマ！　ああ、ジゴマール！」

弁士が拳を振りあげて、力強く叫ぶ。となりの千鳥がピクリとふるえた。

「あの恐るべき悪漢がZ組を引きつれて、十二年の時を経て、日の本に帰ってまいったのです！」

とつぜん衝撃音が響きわたり、つづけざまに、かぼそい怖ろしげな音楽が流れてきた。いつのまにか三人の楽団が準備を終え、アコーディオン、バイオリン、フルートのアンサンブルを奏でていた。

「その巨悪に対するは、巴里いちばんの名探偵ポーリン！

彼に解けぬ謎はない！　彼に捕縛できぬ悪はない！

さあ刮目《かつもく》し、兇賊ジゴマと名探偵ポーリンの対決をご覧あれ！

今回は前篇、後篇、二本、映写してまいります。合間の中休みには、我が団員の寸劇も用意しておりますので、ゆるりとご休息を。

それでは、いよいよ映写の開始です。お目にかけましょう。

いざ、『探偵奇譚　ジゴマ』！」

場内がいっそう暗くなってきたかと思うと、背後からヴァイタスコープのカタカタという音がちいさく響いてきた。その射出口から放たれたであろう光線は巨大な光となり、目のまえの大きな銀幕にあたる。黒い背景に大きな白文字でタイトルが映しだされた。

――〝Zigomar〟

楽団の恐怖のアンサンブルが高まると、やがて、タイトルは消えさり、暗い地下水道に黒い頭巾をかぶった十人近くの男たちが、不気味に蠢《うごめ》く光景が映しだされる。

「ああ、いま花の巴里の真下に、世を乱さんと集いし、あやしき輩《やから》たち。彼らはZの名のもとに集結しせり！　ジゴマの手先、Z組！」

やがて、薪《たきぎ》をもった頭巾と外套の大男があらわれる。

「そこに現れたるは、Z組の首領！

これこそ変装の名人、驚異の悪漢ジゴマなり！」

Z組の面々がジゴマを取りかこみ、拍手喝采をはじめる。つづけざまにジゴマが手をあげて、男たちに指令を告げる。

「ジゴマが手下にくだすは、恐るべき命令！

〝花の巴里の都を、我らが手におさめるのだ！〟

なんと恐ろしい計画だ。ジゴマたちは、この大都市を己《おの》が楽園にしようとたくらんでいるのだ！

Z組の輩は、ジゴマのもとで高らかに唄う、解放の唄を！

〝昼でも夜でも　暗いよ牢屋！

あけくれ牢守が　えい、えい、えい！

わが窓見張る　見張らば見張れ　逃げはせぬぞえ

娑婆には出たいが、えい、えい、えい！〃」

弁士の咆哮《ほうこう》まじりの歌が客席に大きくこだまして、古代子はスクリーンから目がはなせなくなった。ほかの観客たちからも、咳ひとつ物音ひとつ聞こえない。

やがてZ組の連中もジゴマも三々五々散っていく。

「なんとZ組の一団は、いまは巧みに変装して、巴里の街の暗やみに紛れていくではないか！」

巴里の街で市民に変装したZ組が、銀行や繁華街で強盗をかさねていく。公園のベンチで愛をささやく恋人も金品を巻きあげられ、惨殺されてしまう。そして場に残されるのは――

「ああ、奴らは犯行のあとに、爪痕のごとく、かならずZの文字を残すのだ！」

地面や壁に書かれた〝Z〃の黒い大文字が大きく映しだされる。

「あわれ花の都は、欧州大戦にも負けずおとらずこのありさま。

ジゴマとZ組は嘲笑《あざわら》う！　巴里市長を、巴里警察を！

さて、ここに現れ出でたるは、我らが名探偵ポーリン！」

一方で、同じパリ市内にあるポーリンの探偵事務所には、ジゴマとZ組の確保を求める嘆願の手紙が山ほど届いている。もちろん彼が兇賊を赦《ゆる》すはずがない。手紙には貴重な出現情報も記され、捕縛の手がかりにしようとするが――

ポーリンの事務所で働いていた小間使いの男が、いきなりその手紙の山を横どりして、逃げだしていく。

「〝ハハハ、ポーリン！　この手紙はいただいていくぞ〃

〝なんと、貴様がジゴマだったか、おのれ、見事な変装だ！　待て、兇賊め！〟

〝おまえなどに捕まるおれではないわ！〟」

名探偵が兇賊を壁ぎわに追いつめる。が、ジゴマはいきなりジャンプして、建物のうえに！

このやりとりを皮きりに、活動写真はジゴマとポーリンの追いつ追われつの奇想天外な展開がつづいていく。

時にはポーリンがジゴマの潜伏先を見ぬき、突入していく。大怪盗の姿はない。が、さすがは名探偵、二度はだまされない――

「〝そこの老婆よ！　なんと不自然な歩きかただ。女に変じてもわかるのだ。貴様こそがジゴマだ！〟」

が、老婆のうしろからＺ組があらわれて、探偵に襲いかかる。老婆はその隙に逃げていく。

こんどは、ポーリンがＺ組の連中に襲われて、箱づめにされてしまう。その箱が処分されそうになったとき、彼は機転をきかせ、隙間から命からがら脱出する。

古代子の着物の裾が引っぱられた。千鳥がぐっとにぎったのだ。

古代子もまた、掌《てのひら》にじっとりと汗をかいていた。夏の夜の暑さのせいではない。驚きと興奮だ。子どもだましと思っていたが、なかなかの迫力であっというまに時間がすぎていく。まさに驚きのつらなりだった。

こうして、ついに「探偵奇譚　ジゴマ　前篇」が山場をむかえる。

「さて、ジゴマが催す大宴会、その場を嗅ぎつけたポーリンは、見事に潜入！　そこで紳士に化けた兇賊を見ぬき、追いつめた！」

大宴会から逃げたジゴマとZ組は、爆走する列車に乗りこむ。ポーリンも崖からその天蓋に飛びのった。

轟音とどろく列車の屋根のうえで、ポーリンとZ組の男たちが大活劇をはじめる。探偵はつぎからつぎへと悪漢の手先を投げ飛ばす。

だが、いっきに襲いかかられて、身動きできず――

「あーっ、多勢に無勢！　ポーリンは列車から放り投げられてしまった！　これにて名探偵、一巻のおしまいだ！」

Z組の面々が諸手をあげて、勝利の凱歌を唄いはじめた。弁士が声高に叫ぶ。

「〝昼でも夜でも　暗いよ牢屋！
見張らば見張れ　逃げはせぬぞえ
娑婆には出たいが、えい、えい、えーい！〟」

列車の車内では、乗客たちが恐怖に震えている。頭巾をかぶったジゴマが右手ににぎったピストルを向けているのだ。

「こんどの犠牲は乗客たちだ！　恐怖の怪盗が銃口を向けて叫ぶ！
〝貴様ら、手提げも財布も宝石も、みんな差しだせ！〟」

観客たちがじりじりとあとずさりしていく。

が、そのとき窓からポーリンが飛びこんできて、兇賊のピストルを叩きおとす。落ちたふりをして、列車にしがみついていたのだ。

乗客たちのまえにポーリンが立ち、ジゴマと対峙した。

いよいよ兇賊対探偵の戦いだ。

「〝やい、ジゴマ！　この人たちに手をだすな！〟

〝おお。よく、ここまで来たな。ポーリンよ！〟

〝お前はもう一巻の終わりだ。この先の駅では警官がいくえにも取り囲んでいる！　牢屋行きだぞ！〟

〝ハハハ！　無駄だ、おれは決して捕まりはしないのだ！〟

〝やせ我慢もそれまでだ。観念して素顔を見せよ！〟」

ジゴマが頭巾に手をかけた。

「〝いいだろう、しかと見よ、その目に刻みつけよ！　これぞ我が真の姿！〟」

いっきに頭巾をとった。ついに変装名人の顔があらわになる。銀幕に大映しであらわれたのは、あの線画よりもはるかに異形の巨大な顔面だ。岩のようにゴツゴツした肌、顔の上半分には落ちくぼんだ両目があり、その下には巨大な鼻と、耳まで裂けんばかりの口があり、その両脇には深い皺が刻まれている。

「ああ、これが、ジゴマの素顔！　まるで鬼面のごとくの形相！

ああ、鬼だ鬼だ、これぞ本物の鬼だ！」

観客たちの息を呑む音が響いてきた。最前列の古代子と千鳥も、その顔を見て、一瞬身をひいた。

これがジゴマ……。

次の瞬間、ふと古代子は異変を感じた。いやな匂いが鼻についたのだ。煙の匂いだ。

見まわすと、うす暗い客席全体がさらにかすんで見える。どこからか煙が入ってきているのだ。どこだ？　舞台の奥だ。あそこから大量の煙が大波のように侵入してきている。

もしかして、いまこの座は――

弁士も気づいたのか、固まった。他の観客たちもきょろきょろとあたりを見まわし、ようやく観客のひとりが叫んだ。

「火事だ！」

弁士も「みなさん、火事です！　逃げてください！」と叫び、舞台の階段を駆けおりて、うしろの出入口に走った。

はっぴ姿のもぎりがうしろの扉から顔を出した。「火事です！　座が燃えています！　はやく逃げて！」

キャーッ！　とだれかが叫んで、パニックがひろがった。全員が枡の棒を跳びこえて、後ろの扉に殺到していく。

弁士が叫ぶ。「順番に順番に！　頗る、ゆっくりはやく！」

「千鳥、にげよう！」と古代子も娘の手をにぎって枡を飛びだすと、背後の扉にむかって通路を駆ける。が、観客が殺到して、いちばん前にいたふたりは最後尾だ。先に進めない。

煙はどこまできている？　古代子は振りかえった。

視界に銀幕が飛びこんでくる。弁士のいなくなった活動写真が動きつづけている。

驚くポーリン、ふたたびジゴマの立ち姿。

次の瞬間、幕が煙につつまれて、下から火が燃えうつった。赤い炎が幕を食いつくしていく。

燃えていく、巨大な身体が、異形の顔が。

こっちに来る、煙と火が。早く逃げろ。

また扉に駆けだそうとする。が、古代子の足が止まった。

舞台に、だれかが立っていたような気がしたのだ。

また、ゆっくりと振りかえる。銀幕を失ったヴァイタスコープの巨大な光が、炎と煙につつまれた舞台をぼんやりと浮かびあがらせている。

身ぶるいした。ありえない光景が存在していたのだ。

人が立っている。投影されているものではない。ほんものの人間だ。しかもその人物は――まっ黒な外套で足の先まで全身をつつんだ横幅の大きな男で、その顔は鋭く不気味な両目と巨大な鼻、耳まで裂けた口……。

そうだ、いままさに架空の映像として活写されていた――

「ジゴマ……？」と古代子はつぶやいた。

火と煙につつまれた銀幕のなかから、ほんものの兇賊があらわれたのだ。

千鳥もそのさまを見ていたのか、かすかに驚きの声をあげた。

「うん。ジゴマだよ、まちがいない！」

「まさか、ありえない……」と古代子は首を振った。

右隣りから「ひいっ」と息をのむ声がした。見ると、もうひとり、動けない人物がいる。横の枡にいた男だ。男も唖然として、目のまえの異形の鬼を見つめていた。

次の瞬間、ほんものの兇賊ジゴマが舞台からふわりと跳躍し、座敷に飛びおりた。その男に駆けよっていく。

兇賊は黒手袋の右手に短刀をにぎっていた。その短刀を両手で持ちなおし、男に刃をむけると、そのまま体あたりをする。

ウグッと男は叫ぶと、腹から血を流し、その場に倒れた。

ジゴマが人を刺した……。

つづけざまに兇賊がゆっくりと首を動かし、古代子と千鳥に不気味に両目をむけた。睨《にら》みつけながら、じりじりと寄ってくる。もしかして私たちも――

「ひっ……！」

千鳥の手を引き、ふるえる足で通路を舞台へとあとずさり、最前列の枡のあたりまで下がる。

そこからうしろは煙と火だ。逃げられない。古代子はしゃがみこむと、千鳥を抱きしめた。

だれか助けて……。

顔をあげる。ジゴマが駆けてきた。右手ににぎった短刀を自分たちに振りかざす。

刺される！　そう思った瞬間、古代子の両腕から千鳥がすりぬけて、「むこういけ！」と兇賊に座布団を投げつけた。

顔に直撃すると、古い座布団が裂けて綿埃《わたぼこり》があたりに飛びちった。兇賊がひるみ、闇雲に短刀を振りまわす。

そのすきに、古代子は壊れかけていた枡席の木の棒を引きぬいた。そのまま下からジゴマの右の胸を思いっきり突く！

　はっきりとした手応《てごた》えを感じた。見ると、兇賊はうしろにひっくり返っていた。床のうえにあお向けに倒れ、両手で右胸を押さえている。が、もぞもぞと蠢いていたかと思うと、すぐに首を起こし、古代子をじろりと睨む。そのまま身体を起こし、立ちあがろうとする。

「母ちゃん、こっち！　こっちの扉だ！」

　古代子はいきなり千鳥に手を引かれ、駆けだした。広間に通じる扉には人々が殺到している。が、煙につつまれていない出入口が、もうひとつあった。

　左側の壁にある扉だ。千鳥がその扉にむかって走っていく。古代子も身を低くして、あとにつづく。

　たどりついた千鳥ががちゃがちゃと扉を開けようとする。開かない。古代子は身体ごとぶつかった。

　そのまま扉が壊れ、ゴロリと座の外に全身が投げだされる。土の感触を感じた。

　つづけざまに飛びだしてきた千鳥が叫んだ。

「母ちゃん、おきて！」

　千鳥に身体を引っぱられて立ちあがると、鳥取座から駆けだした。座を取りかこむ小径《こみち》や街道には、すでになんにんかの野次馬が集まってきていた。

「火事だぞ！」「火消しをよべ！」「だれか駐在まで走ってこい！」

　その人ごみをかきわけて、近くの袋川まで走った。川ぞいの土手にたどりつくと、そのまま草と土のうえに倒れこんだ。

はあはあと息をつき、古代子も千鳥もなんども咳きこむ。すぐに古代子の両目から涙があふれてきて、とまらなくなった。身体も足もありえないほど震えている。それでもなんとか立ちあがると、いまだに咳きこみつづけている千鳥の背をさすった。

「千鳥、だいじょうぶ？　千鳥！」

「うん……」

ようやく咳がおさまり、千鳥が顔をあげた。煤《すす》と土で真っ黒になり、涙でぐちゃぐちゃだ。おそらく自分の顔も同じだろう。

古代子は袂から巾着を取り出し、なかから手ぬぐいを引っぱりだした。袋川の川面で水にひたすと、千鳥の両脇をもって立たせ、自分の涙よりも先に娘の顔を拭いてやった。

ふいに千鳥がつぶやいた。

「おってこないかな、あいつ……」

はっと古代子はあたりを見まわした。川をよこぎる橋のうえを、町の人たちが着物の乱れも気にせず、興奮の顔つきで駆けてくる。その脇には夜空を背景に、煙が立ちのぼる鳥取座が見える。三角屋根が赤い焔につつまれ、まわりではすでに多くの野次馬が取り囲み、驚きの声をあげていた。

ただ、川ぞいの自分たちのまわりには人気はなかった。川の水は旅館や飲み屋の電燈で煌めきながら、静かに流れていくだけだった。

「だれもいないよ」と古代子が千鳥の鼻を拭いながらいった。

「母ちゃん。あれ、ジゴマだったね。ほんものの……」

応えようがなかった。短刀を振りかざしていたのは、ほんものの兇賊だったのか。それとも、ゆめまぼろしか。

古代子は首を振った。「さあね……わかんないよ」

「でも、私らもおそわれた」

「うん。あぶなかったね。でもどうして私らまで……」

「見ちゃったからだよ」

「見た？」

千鳥がうなずいた。「そうだよ。兇賊が人を殺すところを。だからあいつは私と母ちゃんも殺そうとした……。ジゴマはいるんだ。ホントにいるんだ！」

古代子は手をとめた。千鳥の顔から手ぬぐいをはなすと、自分の顔をごしごしと拭きはじめる。

うそだ。まさか、ほんものが……あれは気の迷いで……。

千鳥が叫んだ。「あれがほんもののジゴマなら、私と母ちゃんは名探偵ポーリンだ」

「私らがポーリン？」

顔をあげると、千鳥がまじめな顔で古代子を見つめている。その小さなふたつの瞳は暗やみのなかで輝き、疑問も邪推もなかった。

「うん。ふたりでジゴマと戦うんだよ！」

千鳥のことばに、なにひとついえない、なにも訴えることができない。

ふいに古代子は敬愛する国木田独歩の文章を思いだした。独歩は著作のなかで世の秩序にあらがうかのように、こう喝破した。

〝喫驚《びっくり》したいというのが僕の願《ねがい》なんです〟

顔をあげると、燃えさかる座があった。焔にあぶられた三角屋根が崩れ落ちていく。直後、すぐ北のほうから鐘の音が響きわたってきた。だれかが櫓《やぐら》に走り、擦半鐘《すりばんしょう》を必死に叩きはじめたのだ。その固く重い連打は、いくどとなくあたりに反響し、ぐわんぐわんと激しく古代子のこころまでも揺さぶった。

現実にあの兇賊が存在していて、私たちが戦う？

――そんな〝喫驚〟が世の中にあるだなんて。

第二章　浜村

黒鶏《ミノルカ》がククククッと高い声をあげながら、庭を歩きまわっている。

その断続的な鳥の蠢きを感じながら、古代子は朝からずっと、うす暗い八畳ほどの居間のかたすみの文机《ふづくえ》にむかっていた。

昼になると、ようやく重い息を吐きだして右手の力をゆるめ、にぎっていた万年筆をそっと机の上に置いた。

目のまえの原稿用紙には、書いたばかりの雑文が記されている。読みなおしてみる。

〝女の価値は、どこにある？

女であることの意味はどこに見いだせる？

この命題には、万物の創造主も高名なサイコアナリストも応えることができない。まさに弱き女が出現した開闢《かいびゃく》以来、その内部の深い位置に坐位《ざい》する宿痾《しゅくあ》である。

かくも重き原罪に縛りつけられた女は、如何にして生きていくか。

否、女であること、その価値は一条の光線のごとく輝き、どこまでも真っ直ぐ延びて行くべきなのだ。〟……

地元の同人誌からの依頼だ。巻頭に載せる〝女の檄文〟を派手にひとつお願いします、といわれた。

嘆息する。この程度だ。歯を食いしばりながら、なんども書きなおした。それなのに、らいてうの焼き直しにしかならない。なんとかこの原稿をしあげて、すぐに小説に取りかかろうと思っていたのに……。

一ヵ月まえに東京中央新聞に小説を依頼されていた。むこうは短期連載で毎日掲載したいといってきている。その原稿料があれば、東京に行ったときの当座の資金にもなる。だがそれ以前に、雑文ひとつまともに書きあげることができない。二日まえまでは、無限のごとく激情が溢れてきて、果てなく筆を走らせていたのに。

頭がずきずきと痛みはじめた。いつもの偏頭痛だ。

古代子はなんどか咳をすると、そのまま身体を畳の上に投げだした。それからまるで胎児のように、両腕で自分の膝をだきかかえ、頭も背中も丸めた。子どものころからよくこの格好をしていた。こうしてじっと待つのだ。頭のなかの痛みや、こころのなかのささくれが彼方に過ぎ去っていくのを。

だが、いくら胎児にもどっても原稿が書けないことはわかっていた。あの焦熱の余韻が体内深く、いまだこだましていたのだ。

——座が出火した。煙が客席にみち、舞台にすうっとほんもののジゴマがあらわれた。お伽《とぎ》の国から、この現実にだ。おまけに短刀で人を刺し、血にまみれた同じ刃物を私たちにむけた。

古代子と千鳥は、なんとか兇賊から逃れ、必死の思いで座を抜け出て、暗闇のなかの川ぞいにたどりついた――

あのあと恐怖にかられた古代子は、娘の手を引いて鳥取の駅舎まで必死に駆け、やってきた蒸気機関車に飛びのった。ふたりで鉄道の座席に小さく縮こまっていると、千鳥が耳打ちしてきた。

「母ちゃん、あいつら私らを襲ってくるかもしれんよ」

「あいつらってジゴマとZ組？　まさか……」

「ほんとうだよ。私ら、あいつが人を殺したのを見たから、口ふうじのために――」

黒鉄《くろがね》は疾走しつづけ、三十分ほどで日本海ぞいに西に二十粁《キロ》弱はなれた浜村駅舎に着いた。

街燈がひとつだけのうす暗いホームに降りたつと、あたりを見まわし、ほかに降車客がいないことを確かめた。それでも黒い影に追われるかのように娘の手を引き、北側の浜村駅前通りに走り出た。線路ぞいに平行して延びるその通りを東に走り、三分ほどで同じ路に面した家宅にたどりついた。着くなり、ふたりで家に飛びこみ、玄関の鍵をかたく閉ざした。

そこで頭を振った。私たちが探偵ポーリンで、兇賊ジゴマと戦う？　ジゴマとZ組がこんな田舎村までやってくる？

いくら千鳥が勘のするどい子だとはいえ、ありえない。

苦笑して、かつて聞いたことばを思いだした。

まぼろしは夜の病《やまい》だ。

そうだ、きっとあれは幻覚だ。夜の鳥取座の暗い闇のなかで、なにか別のものを兇賊と見まちがえたにちがいない。

けど、見まちがい？　なんの？　それに、あの男がだれであれ、確かに人を刺した……。

苦笑は暗色の不安に拭い取られ、その夜、古代子は千鳥と布団のなかで抱きあって横になった。朝方ようやく寝ついたが、夢のなかで、あの兇賊の巨顔が眼前に迫ってきて飛び起きてしまった。

つぎの日は身体が怠《だる》くてたまらなかった。自分も千鳥も咳きこんでいたので、一日じゅう、ふたりで布団のなかにいた。

二日目の朝になると、千鳥はすっかり元気になって、母のクニにつきそわれて小学校に行ってしまった。自分の倦《う》み疲れも少しやわらいだような気がした。それからゆるゆると起きだして、文机にむかったのだが――

――ふいに外から、がさりと草木がゆれる音がした。

胎児と化した古代子の身体がびくりとふるえた。訝《いぶか》しげに身体を起こすと、古代子は居間に面した縁側に出た。

縁側の外には、手狭な家宅にふさわしい、低い木々に囲まれた小さな庭が広がっている。そのまんなかで、動きをとめた二羽の黒鶏が不思議そうな顔で古代子を見ていた。彼らのすみかは庭の奥のかたすみにある鶏小屋だった。庭のむこう側は、幅一米《メートル》半ほどの小川が流れている。この浜村の西を流れる永江川の支流で、その両脇には低い草木が繁り、川面では鴨が悠々と泳いでいた。そこへ、もう一羽飛来してきて水面に着水し、草木をゆらした。

鳥か……古代子は縁側のふちに腰かけると、手をのばして居間の畳のうえの手ぬぐいと煙草盆をとった。箱から煙草を一本ぬいて咥えると、マッチで火をつける。深々と吸いこみ、あたりに煙を吐きだす。夏の陽射しが煙に乱反射し、ギラギラと輝きはじめる。一瞬で全身から微細な汗が吹き出てきたような気がした。

うす目で遠くを見る。小川のむこうには、緑色の松林の防砂林が広がっている。木々の足もとの地面には、ところどころまだらのような黒い斑点《はんてん》が点在している。海と川の水がまじりあってできる浅い湿地帯だ。

防砂林と湿地帯は七百米《メートル》ほど北に広がり、その先は日本海だ。木々の隙間から、真横に細い糸のような蒼い海がゆらゆらと揺れているさまが垣間見える。

その海岸沿いに、インゲン豆をたてに刺したような細長い岩が姿を見せている。因元岩《いんげんいわ》とよばれる高さ八米《メートル》ほどの奇岩で、この村の名所のひとつになっている。

これが古代子の生まれ育った浜村だった。鳥取県の気高郡に属する、横二粁《キロ》、縦三粁《キロ》ほどのちいさな集落だ。北に日本海、南に中国山脈、ふたつのやっかいな大自然にはさみこまれている。なかでも山脈の手前には鷲峰山《じゅうぼうやま》という霊峰が聳《そび》え、その麓は翼を広げるように東西に伸びて浜村を囲いこんでいる。

古代子は煙草の灰を地面に落とした。顔をあげる。ようやく、頭痛が少しだけやわらいだ。痛みのかわりに、こんなことばが浮かんでくる。

まるで、世のなかからうち捨てられた箱庭のごとく――

そう、この箱庭の村には、名産品も地場産業もない。あるとしたら、どこまでも広がる田畑と、室町時代の開湯とされる温泉だ。この家宅に面した浜村駅前通りと線路のむこうの裏通りに、あわせて十軒ほどの旅館があり、近県の客を多少呼びこんでいる。それがたったひとつの村の矜持《きょうじ》でもあった。

が、古代子には、空元気のようにしか思えなかった。結局はここは日本のどこにでもある、人口二千人ほどの寒村のひとつにしかすぎないのだ。

だが——だからこそ、こんな辺境の地にジゴマなど来るはずがない。ここにいれば安心なのだ。

古代子は煙草を鉄の盆に放りこむと、敷石の上の草履をはいて庭におりた。井戸に近づいて取っ手を下に押す。吐水口から溢れでる水に手ぬぐいをひたして、ていねいに顔を拭いた。それから、浴衣がわりの藍色の長襦袢から腕をぬいて、上半身裸になる。やはり白い肌にはじっとりと汗が滲んでいて、手ぬぐいで首筋や乳房や背中の汗をていねいに拭きとっていく。

ふと手をとめ、井戸の横の盛土を見た。直射を浴びて乾ききっている。古代子は柄杓《ひしゃく》をとると、盛土にやさしく少しずつ水をかけてやった。

犬の墓だった。三年まえの晩秋、古代子は永江川ぞいの畦でさまよっている子犬を見つけた。すぎさろうと思ったが、寒風に吹かれてびくびくと震えている姿はどことなくむかしの自分を思わせ、つい拾ってきたのだ。雑種の雄で、千鳥はケンと名づけ、ふたりでたいせつに育てはじめた。が、去年の秋、犬は近くの線路に迷いこんで機関車に撥ねられて死んでしまった。

千鳥は着物が血だらけになるのもいとわず、ケンの死骸をかかえて帰ってきた。そしてふたりで泣きながら、ここに埋めた――

突然、がさりと草木がゆれた。

また鳥か？

手をとめて音のほうを見る。だが永江川の支流には二羽の鴨がいるだけで、川と草木は沈黙したままだった。

おそるおそるあたりを見まわし、柄杓をおくと、あわてて襦袢を着こむ。縁側の奥から足音が響き、衣服を両手いっぱいにかかえた母のクニが姿を見せた。

「古代子。そろそろ千鳥ちゃん、むかえにいかんといけんなあ」

「あ、うん。私、行ってくる」

古代子はあわてて居間にもどると、鏡台のまえに坐りこみ、肩までしかない髪の毛を梳《す》きはじめた。

そうだ、午後になったら、小学校に千鳥を迎えに行くまえに、寄ろうと思っていたところがあった。

クニは服のかたまりを縁側におき、ほぐしはじめた。

「なあ、古代子」

「なあに、母ちゃん？」

「あんたの腰巻がひとつなくなったわ」

古代子は鏡を見たまま応えた。「腰巻？　あの赤いの？」

「ああ。何日かまえに、ちゃんと干したんだがなあ」

「また母ちゃん、ぼんやりしとったんじゃないの？　あとで探しとくわ」

髪をととのえた古代子は、白粉と紅に手を伸ばした。

油蟬の鳴き声が響くなか、きっちりと折り目のついた紺の薄手の着物に身をつつみ、古代子は家宅から目のまえの浜村駅前通りに出た。横幅六米《メートル》ほどの路のはしを駅舎のある西へと歩きはじめる。若桜街道ほどではないが、それなりに馬車や百姓が行きかい、両脇に並ぶ商店にもちらほらと人が見える。

背筋を伸ばし、なかば小走りで歩いていた古代子だったが、やがて午後の陽射しにまいったのか、「ふう、母ちゃんめ」と、つぶやいた。

腰巻だ。一週間ほどまえ、すっかりほつれていたので縫いなおした。そのあと洗濯を頼んだのに……。

それにしても、ほんの数年で母はすっかり小さくなってしまった。もともと我をはる性格でもなかったし、なによりも夫・石蔵に依存していた。その夫が亡くなってから、余計にぼうっとすることが多くなった。いまは父の残した運送屋から金が入ってきていることもあり、生活の心配はない。だがじきに、私と千鳥は東京に行ってしまう。母はやっていけるのだろうか。

「古代ちゃん、今日もべっぴんさんだがなあ」

顔をあげると、通り沿いの魚屋の主人が店のまえで、笑顔をうかべている。

「おじちゃんも粋《いき》ですよ」と古代子はせいいっぱいの愛想笑いで応える。

「ハイカラさん、東京に出るんだって？」といったのは床屋のとなりの豆腐屋のおばさんだ。

「ええ。むこうでやっていく目処《めど》がついたので」

「よかったなあ。しっかりなあ」

気弱でふさぎがちな文学少女だったころは、みんな腫れ物にさわるようなあつかいだった。短髪で新聞記者だったころは、みんな異質なものを見るような目をしていた。前夫に不貞で訴えられたときは、悪女《ファムファタール》あつかいだ。しかし多少文筆が認められたいまは、応援してくれる人だっているのだ。

古代子は頭を振り、母の顔を追いやった。だからこそ、東京に行って、いつかいい知らせをみんなに伝えないと——


通りにならぶ商店や温泉旅館を横目に見て、人をさけながら歩いていると、すぐに「笹乃屋」にたどりついた。

古代子の父が創業した運送屋だ。店先では、荷馬車が一台とまっていて、紺の筒袖の野良着を着た数人の仲仕と車引きが木箱を積んでいる。荷物はおそらく、浜村の南の山の麓にある鹿野《しかの》でつくられた絹糸だ。駅舎に持ちこまれ、貨物列車にゆられて県内外の取引先に運ばれていくのだ。

鳥取県内に鉄道が敷設されたのは、明治四十一（一九〇八）年のことだ。その二年まえ、鉄道局の発表を聞きつけた父は、すぐにこの駅前通りの店を居抜きで買った。もともとこの通りは「鳥取街道」と呼ばれ、東の鳥取市と西の米子町、約百粁《キロ》をつなぐ県内でいちばんの往来でもあった。ここなら浜村駅舎も近いし、運送業を営んだら、ひと儲けできるかもしれない。そう思ったのだ。

予感は的中した。すぐに店は繁盛し、十人近く人を雇うようになった。いかに父に先見の明があったかがわかる。しかも、そのおかげでいまも母と古代子は働かずにすんでいる。

八年まえ父が亡くなったあとは、弟の暢《わたる》があとを継いだ。もっとも暢はいま、関西との販路を広げるために大阪の運送店で住みこみで働いている。

「おら、ちからいれや！　しっかり運ばんか！」

いきなり怒号が響き、びくりと古代子はふるえた。

見ると、店のまえで白いメリヤスシャツの三十代なかばの男が、仲仕の後頭部を平手で叩いている。怒鳴った男は、仲仕頭の南郷満彦《なんごうみつひこ》だ。つるつるの禿げ頭に玉の汗を浮かべ、肌に貼りついた白シャツの胸や脇からも汗じみが大きく広がっている。が、南郷は汗を拭うことなく、太い腕で十個ちかい木箱を一気に持ちあげた。

古代子は気おくれしながらも、南郷に近づいた。

「南郷さん……活動の散らしありがとうございました」

古代子は、この仲仕頭に鳥取座でのジゴマ上映の散らしをもらったのだ。

南郷はごつごつした顔を古代子にむけ、無愛想にいった。

「古代子さん、見たがっとったからな。おもしろかったか」

「え、あ、まあ。……あのう、新聞読ませてもらえますか？」

「誠《まこと》、新聞！」と南郷が太い声で土間に向かって叫んだ。

土間で帳面を開いていた十代なかばの青年が「はい、頭《かしら》！」と直立するや、店の奥に走っていった。仲仕の久見誠《ひさみ》だ。

古代子は南郷にかるく頭をさげ、逃げるように店先の縁台に坐った。すぐに誠がやってきて、一礼して新聞を差し出してきた。

「どうぞ、古代子さん。『鳥取新報』です」

鳥取県全土で発行されている日刊新聞だった。学校に行くまえに笹乃屋に寄ったのはこれが目的だった。

「ありがとう」と受けとり、開いてみる。鳥取の欄に、二日まえの事件の記事が載っていた。

〝鳥取市瓦町にて、鳥取座、出火す。

七月二十一日、午後六時三十分前後、智頭街道、袋川沿い瓦町の鳥取座から火が出た。火は座を半燃せし後、鎮火さる。

鳥取警察署の調べに拠ると、火炎の出処は倉庫に積まれしセルロイド製の活動写真用フィルムでは有るが、出火の原因は不明。

観客は確認出来る限り無事では有ったが、演芸場の灰燼から成年男子と思われる一体の死骸が発見さる。〟

古代子の手がかすかに震えはじめた。座の燃えあとで死体が見つかった。あのほんもののジゴマに刺された男だろうか。

座から逃げたあと、ずっと警察に行こうと思っていた。だができなかった。千鳥の咳がつづいていたし、自分の身体の調子も良くなかった。が、もうひとつわけがあったのだ。当局が大目に見ているとはいえ、禁映品のジゴマフィルムを観ていたのだ。とばっちりを受けて、東京に行く時期がおそくなってしまうかもしれない。

だが、このまま頬かむりをしているわけにもいかない。ジゴマの話など相手にしてもらえるかどうかわからないが、いちおう告げておいたほうがいい。もっとも、この浜村には警察も派出所もない。いちばん近くとなると東の丘をこえた宝木《ほうぎ》村の宝木駐在所だ。明日か明後日にでも行ってこようか。同居している内縁の夫の涌島がいてくれたら、相談できるのだが。それにしても、もう十日以上も予定をすぎているのに、いつになったら東京から帰ってくるのか。

「古代子さん、おもしろ気《げ》なことでもあったか？」

その声でどきりとして顔をあげると、初老の男が前歯の欠けた口をひらいて同じ新聞を覗きこんでいる。和栗庄三《わぐりしょうぞう》だ。父がこの笹乃屋をはじめたときから、ゆいいつ残っている老仲仕である。

「あ、いえ……とくだん変わったことはないですよ。読みたかったらどうぞ」

古代子は、和栗の胸に新聞を押しつけると、縁側から腰をあげた。

通りに目をやると、西から薄絣の着物の若い女が跳ねるようにやってきた。鳥取市の弥生カフェーで会った芸妓の恵津子だ。

「えっちゃん」と古代子は思わず声をかけた。

「あ、古代子さんだ！」恵津子は笑顔で近づいてきた。「こんにちは！」

「今日は金魚の着物じゃないのね」

「はい。はずかしいです。こんなきたない着物で」と恵津子は頬を赤らめうつむいた。

「ううん。とてもかわいい」

「ありがとうございます！」

恵津子がきたことを知ると、「いらっしゃい、えっちゃん！」とあっというまに若い仲仕たちがニコニコと集まってきた。

自分が来たときの反応とはまったくちがった。一歩でも外に出るとなると、古代子は素顔を隠すかのようにていねいに化粧をし、できるかぎり映える着物を身につけないと気がすまなかった。

が、いまの恵津子は化粧気ひとつない。髷も結わず、長い髪を結わえて背中に垂らしているだけだ。着物だって、洗いざらしの着古しだ。が、その姿からは、いや、恵津子そのものから若く清潔な明るさが湧き出てきて、男を呼びよせているような気がした。確かに午後すぎの太陽光線を浴びた恵津子は、古代子とは逆のほうにきらきらと輝いていた。

恵津子が明るい笑顔でいった。「あのあと、この人たちのお相手してたいへんだったんですよ」

「えっ？」

「ほら、鳥取で古代子さんと別れたあと、すぐにお座敷があるからってあわてて店にもどったら、お客さん、この人たちで」と恵津子が自分を取りかこむ仲仕たちを見まわした。

「みんなで鶴崎旅館に行ったの？」と古代子が呆れていった。

「だって頭がおごってやるっていうから」と誠が頭をかいた。

南郷がちらりとこっちに目線をやった。「まあ、息ぬきだ。夏になると忙《せわ》しくなるからなあ、しっかり働いてもらわんといけんし」

「はあい。ありがとうございます。……けど頭、あんな仏頂面してて、いがいといい貝殻節を歌うんですよ」と誠がいうと、みんなが大声で笑いはじめた。

仲仕たちも恵津子も、鳥取座の火災のことを知らないらしい。二日後の新聞にようやく出たばかりだから、まだ広まっていないのだろう。まったく同じ時分、自分と千鳥は火に囲まれて兇賊と遭遇したというのに。

「おまけに南郷さん、ぼくらをおいだして恵津子さんと朝まで……。ホント頭は芸妓好きだから」と誠が南郷に目線をやった。

南郷がぎょっとした顔をし、恵津子が舌をだしてうつむいた。

芸妓とはいえ、恵津子は娼妓《しょうぎ》もかねている。南郷は恵津子に相手をしてもらったらしい。

「あ、そうだ。いけない」恵津子は顔つきをかえた。「古代子さんに用があった」

「私に？」

「はい。いま女将《おかみ》さんのお使いでおとなりの郵便局に行ったら、岩美の尾崎さんから古代子さんに電話が入っていたそうです。そのことを伝えようかと思って」

翠のほうは鳥取座が燃えたことを知ったのだろう。心配して連絡してきたのだ。帰ってから、すぐに手紙を書かないといけない。

いまだ恵津子をかこんで若い仲仕たちが無駄話をしている。古代子は、その仲間に加わる気にはなれなかった。

「そろそろ千鳥をむかえにいかないと」

「いってらっしゃい」と恵津子と仲仕たちが頭を下げる。

が、和栗が声をかけてきた。「待って、古代子さん」

「はい？」

「こんや鷲峰祭《じゅうぼうさい》の寄合がありますけん、古代子さんもお願いします。うちからもなんにんか出しますから」

鷲峰祭とは、年にいちど八月のはじめに行われるお祭だ。浜村だけではなく、このあたりの逢坂《おうさか》、勝見《かつみ》、八幡《はちまん》、宝木などの集落の人々が一堂に会し、謡《うた》い踊るのだ。暢が不在のときは、かわりに古代子が寄合に参加していた。だが、ジゴマの映像が強烈に頭に焼きついていて、祭のことはすっかりとぬけ落ちていた。

「ああ、そうだった。ごめんなさい、和栗さん。行かせていただきますので」と古代子は深々と頭をさげた。


恵津子の明るさから逃げるかのように、古代子は笹乃屋をはなれた。そのまま駅前通りをまた西に進み、駅舎の先にある正条《せいじょう》小学校にたどりついた。通りに面した木造の正門から、兵児帯《へこ》をしめた裾の短い着物の子供たちが風呂敷づつみをかかえて走り出てくる。ちょうど授業が終わったころだろう。

正門をくぐって校舎の一階にある二年生の教室に近づいた。窓硝子ごしになかを見ると、千鳥がひとり残って書き取りをしていた。

首をかしげると、とつぜん声が響いた。

「お母さま、たいへん申しわけございませんでした！」

振りかえると、紺の着物に茶色の袴姿の青年が平身低頭している。彼はゆっくりと顔をあげると、すまなそうにまた謝った。

「千鳥ちゃんとお母さまのこと、疑ったりしてすいませんでした。昨日今日と確かめました。まちがいなく、千鳥ちゃんが自分で書いたものです。習字も詩も……」

もちろん古代子はこの男を知っていた。この春から新任の訓導として学校にやってきた加村《かむら》清《きよし》だ。彼が、かわりに母親が娘の課題をやっていると疑っていたのだ。

「加村先生。もういいんですよ。気になさらないでください」と古代子は威厳をたもって母親らしくいった。

「でも、ほんとうに申しわけなく思っておりまして」青年訓導はまた頭をさげた。「校長にも私の失態を告げました。ずいぶんと叱咤されまして、きちんと親御さまに謝罪するように、と！」

「校長先生にまで。よろしかったのに」

古代子がちいさく微笑《ほほえ》むと、加村もようやく人なつっこそうな笑顔を浮かべた。「ただ校長も、千鳥ちゃんのあまりのできばえに驚嘆しておりました。こんなにできる生徒は、明治のはじめにこの舎が開かれてから見たことがない、と」

「かいかぶりですよ」

「いえいえ、私も同じく思っております。……そういえば、家族ともども東京に行かれるそうですね」

古代子が小さくうなずく。「はい。八月のなかばには」

「良い学校に通わせてあげてください。千鳥ちゃんはほんとうに賢い子だ。できるだけその才を伸ばしてあげてください」

なかばお世辞のような加村の話を聞きながら、古代子は、また窓硝子ごしに教室のなかの千鳥を見た。もう娘の姿はなかった。外に出たのだろうか。

そのとき窓硝子にうしろの光景が反射して、校庭の奥の何本かの銀杏の木が見えた。その木々のあいだに、黒い人影が立っている。男だ。はっと振りむくと、男は身を引いて、木の奥に隠れた。

だれかに見られていた？

庭で物音がしたときは、気のせいだと思っていた。だが、まちがいない。いま明らかに人がいて、自分の目線をよけたのだ。

古代子の胸のうちに、ぞわぞわとした感覚がしのびこんできた。

「母ちゃん！」と声がして校舎の出口を見ると、千鳥が走ってくる。

「ああ、千鳥ちゃん。書き取りは終わったかい？　そのあいだにお母さまに謝っておいたから」と加村が優しい声でいった。

「うん。……はい、これ」

千鳥が古代子に、濡れた風呂敷づつみを押しつけた。

「水泳着？　泳いだの？」

「はい。体操のときみんなで浜村の海岸に出まして、因元岩の近くで少々水浴いたしました」

「あんた、まだ咳があったのに」

「ああ、お母さま。千鳥ちゃん、咳はおさまっておりましたし、ほんの少しだけでした。それに今日は凪《なぎ》でしたし、私が手を引いて海のなかでもずっと付き添っておりましたから。……よく泳げるようになったね」と加村は千鳥の頭を撫でた。

「そうでしたか。……それではそろそろ失礼いたします」と古代子は頭を下げた。

「お気をつけて。あ、千鳥ちゃんのことでなにかありましたら、なんでもよろしいのでご相談ください。宅にもうかがいますので」

「あ、いえ……ありがとうございます」

「先生、さようなら」

千鳥が帯のはしを揺らしながら、校門から外に駆けていく。そのあとを追って、古代子も駅前通りに出た。ようやく追いついて、並んで家宅にむかって歩いていると、千鳥がちいさな声でいった。

「ねえ、母ちゃん……」

古代子は身をかがめて千鳥に頭をよせた。「なに、千鳥？」

「Z組あらわれんかった？」

「えっ？　Z組？」

「うん。ジゴマの手先。私らをおってきたかもしれん」

一瞬ためらった。今日、身のまわりで、おかしな気配を感じた。しかも男がこっそりと見ていた。娘に伝えるべきか。

「あらわれなかったわよ。いるわけないでしょう。兇賊の手下なんて――」

そういおうとしたとき、とつぜん轟音が響いてきた。蒸気機関車が駅前通りぞいの線路を走ってきたのだ。じゅうぶんに速度をあげた黒い車体は、脇の田の緑の絨毯《じゅうたん》をなびかせながら大きな音をたて、古代子の声をかき消した。

夜になると古代子は千鳥とクニと晩ご飯をとり、家の近くにある共同浴場で汗を流した。それから、祭にむけての寄合に出かけていった。

千鳥もいっしょに行くといってきかなかった。小学校の友だちも行くし、子ども用にお菓子もおいてあるのだ。だがそれは千鳥なりの建前だった。千鳥は大人の話にすぐに首をつっこむ。注意されても、ずっと興味深そうに聞いている。

結局、千鳥に押し切られて、ふたりで行くことになった。出かけるときにクニに「これ、みなさんに」と干し大根の入った小さな桶《おけ》をわたされた。

暗闇のなか、駅前通りを西へ歩いて行く。蟬の声はすでになく、夏の虫の硬質な鳴き声と田の蛙の鈍重な鳴き声がまじりあい、村中に響きわたっている。あやしい目線は感じなかった。

浜村駅前通りと交差する鹿野道にはいり、その道を南に下って線路をよこぎり、村の裏側に行く。顔をあげると、満天の星々が輝き、その下には鷲峰山がそびえ、大きく翼を広げていた。

鹿野道から村の裏通りに入って、東にすすんだ。足もとの草木をさけながら、無数の田畑と藁葺《わらぶき》の民家とのあいだの路を五分ほど歩く。裏通りには駅前通りのようなにぎやかさはない。が、役場があり、商工会があり、火の見櫓と広場がある。ようするに村が実質的に機能しているのは、この南側なのだ。

やがて、広場の先の浜村寄合所にたどりついた。浜村駅舎にも似た低い木造の建物だ。玄関の電燈の下には、お菓子を食べている子どもたちの姿もちらほらと見える。

古代子が千鳥と寄合所に入っていくと、窓も引き戸もすべて開けはなたれて電燈が吊るされた十畳ほどの部屋のなか、二十人ほどの男女があぐらや横座りをして円座になり、わいわいとしゃべっていた。いちばん手前にいた表通りの反物《たんもの》屋の女主人に「母からです」と手桶をわたすと、「すまんねえ」と頭を下げてくれた。

「おお、古代子、千鳥ちゃん！」

ふたりに気づいて、円座のなかの灼けた顔の男が筋肉質の細い腕をあげた。この近くに住んでいる百姓の笠松宇市《かさまつういち》だ。おそくまで土仕事をしていたのか、手ぬぐいで鉢巻きをし、濃紺の筒袖に股引姿だ。この宇市は同い年で、同じ小学校だった。小さなころはずいぶんといじめられ、なんども泣かされた。だが、結婚して千鳥を産んだときまっ先に祝辞をいってくれたのも、離婚して実家に戻ってきたときいっさい陰口を叩かなかったのも、家に閉じこもっている古代子にあまった野菜をくれたのも彼だった。いまでも身体つきはけっして大きくないが、だれよりも働きものだと評判の男だった。

「まだ東京に行かんがな？」と宇市が身を乗りだして叫んだ。

きょう何度目かの同じ問いに古代子は笑顔で応えた。

「もう行くよ。八月のなかばにはね」

「そげかあ。古代子、こんな田舎村忘れていいからよお、しっかりやってきんさいよ。ああ、そのまえにさっさと涌島さんと役場に行って結婚の紙ださんとな。みんな祝えよお」

宇市がいうと、部屋中がみんなの笑い声であふれた。

古代子がひきつった笑いを浮かべると、勝手から野良着のうえに割烹着を着た小太りの女がやってきた。古代子を押しのけて円座に割ってくる。

「ほら、古代子もさっさと坐らんか。話のとちゅうだけん、じゃませんでな」

同じく同級の福本《ふくもと》トミ子だった。だが、あまり話したことはない。そもそも百姓家の末女のトミ子は、小さなころから田畑の手伝いにあけくれていた。たまに学校にきても、ほとんど文字もわからず、ろくに習字すらできなかった。もちろん先生に指されても問いすら理解できない。つねに満点をとってきた古代子は、いつも教室のすみにいるこの子から睨まれているような感じがしてたまらなかった。いまは三児の母となり、子育てと野良仕事に追いたてられる日々がつづいていているらしい。

「ごめんなさい」と古代子は千鳥とならんで円座にくわわった。

見まわすと、いちばん奥の座では、口とあごに白いひげをたくわえた和服姿の森川《もりかわ》村長が眠そうな顔で胡座《あぐら》を組んでいた。そのまわりには駅前の時計屋の主人、芸娼妓の鑑札担当の役場職員、年かさの股引姿の百姓もなんにんかいる。

笹乃屋の南郷と誠も来ていた。誠は古代子のふたつとなりで、小筆をにぎって一同の話をなかなかの達筆で紙に書いている。

座の向かいには加村の姿もあった。古代子に気づき、かるく頭を下げてくる。神輿《みこし》の置き場には正条小学校の校庭も使われるので、彼も呼びだされたのだろう。

おもな話題は、鷲峰祭の当日の催事だ。例年通り、神輿、芸者踊り、民謡大会、相撲、芝居……すでに決まっている出し物の場所と担当の再確認が行われていく。鳥取市の育児院からも職員がきて、紙芝居などの出し物や駄菓子の無料配布もしてくれるという。

「笹乃屋さんのところは、発動機《はつどうき》つきの船だしてくれるんだろう」と役場の職員が南郷を見た。

「ああ。じゅんばんに子どもをのせて、浜村川から海に出て帰ってくるわ」と南郷は手ぬぐいで禿げ頭の汗を拭いた。

「そりゃあ人気になるなあ。村でたったひとつの発動機船だからなあ」と百姓のひとりが漬物をポリポリとかじりながらいった。

いつのまにか古代子が持ってきた干し大根が大皿にのせられて円座のまん中に置かれていた。

森川村長が一切れつまんで、おもむろにいった。「もうひとつ、なんか欲しいなあ」

宇市が首をかしげた。「なんかって？」

「毎年、同じことばっかりやっとるよ。もうちょっと目玉になるようなもんないだか？」

「目玉ねえ……」宇市が天井をあおいで息をついた。「そりゃあなんかいいもんがあれば、やってみるのもええが。……南郷さん、なんかないだか？」

「大きなもんは、それなりに手間も金もいるがな」と南郷は太い腕を組んだまままぶっきらぼうにいった。

「けどよう、確かに、あちこちの村のやつらも来るし、いっぱい温泉客もくるがな。浜村としては、見せるもんしっかり見せんと」と宇市も食いさがる。

「いったろう、宇市、日も金もねえって！」

「ふん。村の沽券《こけん》があるだが。外から来とるあんたにはわからんよ」

「なに？　もういっぺんいうてみ！」と南郷が平手で畳をたたき、宇市を睨んだ。

宇市も負けじと睨みかえす。「おう、なんぼでもいったるわ！」

古代子ははらはらとふたりを見つめた。

南郷は日野郡の山間の村の住民で、実家では八人の兄弟姉妹の三番目だ。だが、いまだにひとり身のままで肩身がせまくなり、出稼ぎもかねてこの浜村に来て働いているのだ。一方、宇市はこの集落の出身で、村に対する愛着も誇りもある。そのせいか、このふたりはもともと意見があわず、ことあるごとに衝突してしまうのだ。

突然、森川村長が大声で叫んだ。

「もうええ！　やめれ、このだらずども！」

ビリッと寄合所がゆれるかのようにその大声が響きわたり、南郷と宇市が胴震いし、一同謹聴の態勢にかわった。

が、すぐに村長は、なにごともなかったかのようにまた干し大根をかじった。「鳥取から合唱隊かなんか呼んでみるか？」

みんなが安堵し、またわいわいと大声で話しはじめた。

「いけんよ、あいつらこげな田舎には来んって。それに気どっとってウチは嫌いだけん」「じゃあ、前になにかやっとったか、調べてみたら？」「場所はどげする？」「浜村広場なら、昼、相撲やったあと、ずっと空いとるがな」……。

　その光景をぼんやりと見ていた古代子だったが、ふと翠の顔が浮かんできた。翠なら、この十畳ほどの場をなんといいあらわすだろうか。——この空間そのものが小さな世界で、村の現在と過去、外と内、陰と陽、すべてが入りまじった立体的な透視縮図だね、とでもいうのかもしれない。

　森川村長が口ひげを撫でながら、ふいに古代子に訊いた。

「古代子さん、なんかないだか？」

「なにかって？」と古代子はきょとんとした顔で応えた。

「ほら、短歌会とか俳句会とか。あんたなら因幡ではかなり名が知られとるし」

「そうですね。お母さまなら、そういうのがおにあいだ」と加村がうんうんとうなずいた。が、つづけざまにトミ子が舌打ちした。「いけんよ。どうせ古代子はすぐに東京に行くがな。そげなもんには、なんもまかせられんわ！」

　宇市がいい返す。「トミ子、だらげなことというなや！　ほんにおまえは古代子のことになると嫌みばっかりいうて」

「宇市っちゃん！　そげなことねえだが」とトミ子はぷいと横をむいた。

「まあ、ええわ」宇市が明るい顔にかわった。「とにかく、古代子めあての男も集まるかもしれんけんね。ほら、東京に行くまえに、パーッとな、なんかやってみや」

「千鳥、やりたい！　祭で詩や句を作ってさあ、ふたりで朗読するの」と千鳥が手をあげた。

「こら、千鳥！　いけんわ。だめです、私は……」と古代子は赤面し、両手で両膝をにぎってうつむいた。

文章で自分の意見を発言するのはじゅうぶんに慣れている。だが、対面はダメだ。いくら化粧や衣装で防御しても、大勢の人のまえでは、なにもいえなくなってしまうことがわかりきっている。

さいごに村長が残念そうな顔でいった。

「古代子さんならできるかと思ったんだがなあ」

「すいません……」

結局、いまから九日後の祭で新しいことはできそうになく、やるなら来年にでも、と話は落ちついた。

しばらく雑談がつづいたあと、おりを見きわめた古代子は暇《いとま》をつげようと中腰になった。そのとき、干し大根をつまみに欠けた碗で茶を飲んでいた百姓のひとりが、ぽつりとつぶやいた。

「なあ、今日、村にあやしいやつらがおったで」

古代子の身体がピクリとふるえ、また腰をおろした。一同の目線がその百姓の顔に集まる。

「あやしいやつら?」と宇市が怪訝《けげん》な顔で彼に訊いた。

「ああ。勝見のまえの畦のところでな、昼間、わしが畑で弁当つかっとったら、おかしな男がふたり立っとったわ」

「どげな男らだ?」と森川村長が身を乗りだした。

「ふたりとも背は低かったわ。やせてぎらぎらした目しとった」

「それでどうしたんですか、その男たちは？」と古代子は思わず訊いた。

「すぐに鹿野のほうに歩いてったがな」

南郷がいった。「温泉のお客さんだらが。うっかり畑らへんに迷いこんだんじゃねえのか」

確かにここは温泉場でもある。見知らぬ湯治者など、いくらでも歩いている。

だが、百姓は首を振った。「いや、ちがう。浴衣も着とらんかった。やぶけた着物着てな、身体中うす汚れとった」

一同が神妙な顔でたがいを見まわした。すると、別の百姓が顔をあげた。

「わしもひとり見たで。火の見櫓の先の畑でな」

「えっ？」とこんどは一同がその百姓に注目する。

「そっちはどげなやつだ？」と宇市が訊いた。

「いまのふたりとはちがう。なんか身体が大きくて、まぬけそうな顔しとった」

「それでどうしただ？」とまた宇市が声をあげた。

「いきなり畑に入って大根ぬきはじめた。わしが、『おまえ、なにしとるだあ？』って叫んだら、大根かかえて、宝木のほうの山に逃げてったわ」

「ぶっそうだが」とだれかがつぶやいた。

「ああ。どこのどいつだ？」と宇市が腕をくんだ。

「どこぞの宿なしだろうが」時計屋の主人が自分を納得させるかのようにいった。「たまたま通りかかった宿なしらを、あんたらが勝手にあやしいと思っただけだが。とにかく、そげなもんは、もうあらわれんよ。なあ、村長？」

じっと話を聞いていた森川村長だが、納得顔でうなずいた。

「そうだな。……じゃあ、あらかた祭のことは決まったから、すこし飲んで終《しま》おうか」

女たちが碗や濁酒《どぶろく》の入った酒瓶を面々にわたしていく。

帰ろうとしていた古代子だが、すっかり動けなくなっていた。脳裏で小学校の銀杏の木の裏に隠れた男が、村にあらわれたあやしい男たちと重なっていたのだ。

やがて人々の嬌声《きょうせい》で我に返った。横に坐っていた千鳥がうとうとと船をこいでいる。古代子は千鳥の両脇を持って立たせると、不安から遠ざかるようにその場を辞した。


もう夜の九時をまわっていた。

古代子は千鳥と誠とともに、加村に先導されて、すっかり人気がなくなった北側の駅前通りにもどってきた。

街燈のない暗闇のなか、右はんぶんが欠けた下弦の月と満天の星々がぼんやりと通りを浮かびあがらせている。居ならぶ商店はみんな閉まっていて、いくつかの旅館の二階の窓から三味線と民謡が聞こえてくるだけだった。

「すいません、こんなところまで送っていただいて」と古代子は加村の背にいった。

「いえ、これくらいなんでもありませんから」と加村は首を振る。

寄合所を出たとき、この青年訓導は送っていくといってきかず、しかたなく、ここまで付いて来てもらったのだ。

駅前通りを東に歩き、浜村駅舎まえにたどりついた。入口の電燈の鈍い光線が線路に沿って東西にのびるこの通りをかすかに照らしだしている。

古代子はまえを歩いていた加村にまた声をかけた。

「加村先生。ここまででけっこうですので」

加村が立ちどまって振りかえった。「でも、せっかくですから宅までおくりますよ」

「いえ、先生だってお家遠いんでしょう？」

「まあ、逢坂のほうですけど……」

「ほら、反対じゃないですか。もうだいじょうぶです。誠くんだっていますから」

思わず古代子は強い口調でいってしまった。どうも昼といい、夜といい、この先生はしつこくて困る。

明かりのしたで、加村のさみしそうな顔がうっすらと見えた。

「わかりました。気をつけてお帰りください」と加村は深々と頭をさげると、振りかえって西へと歩き去っていった。

三人で加村の背を見送っていると、誠が笑いながらいった。

「古代子さん、先生に家まで送ってもらったらええですがな」

「えっ？」

「いっしょにいたいんですよ」

誠はいきなり振りかえった。そのまますたすたと歩いていく。千鳥が「まって！」と誠につづく。

送ってもらったらええ、いっしょにいたい――？

しばらく古代子は立ちすくんだ。が、ようやくふたりのあとを追って、駆けだした。

笹乃屋のまえに来ると、古代子は誠の背中にちいさく叫んだ。

「誠くん、ここでいいよ。ありがとう」

家までは三十米《メートル》ほどだ。もう見送りはいらないだろう。

「はい」誠は立ちどまった。「それじゃあおやすみなさい。じゃあな、千鳥ちゃん」

誠はぺこりと頭をさげると、笹乃屋と民家の隙間に入っていった。住みこみの誠は、若い仕やひとり者の南郷たちと店の二階で寝起きしている。裏口から店のなかに入るのだろう。

古代子は千鳥の手をにぎって、通りを家宅へと歩きはじめた。そのあいだ千鳥は何回か咳をした。それから、ふいに古代子にいった。

「ねえ、母ちゃん。村におかしな男らがおったっていっとったね」

古代子はあきれ顔にかわった。「千鳥、あんた寝たふりして聞いてたのね」

「そいつらZ組かも……」

「ジゴマの手先の?」

「そうだよ。私らを追いかけてきたんだ、あいつの秘密を知っとるから」

「秘密……」

「うん。兇賊ジゴマが日本に来とって、人を刺したってこと」

そうだ、学校で見かけた男、寄合で百姓がいっていた男……ジゴマか、あるいはZ組のだれかかもしれない。

次の瞬間、古代子ははげしく頭を振った。いや、そんなものは、夜のまぼろしだ。それにたとえ彼らが現実の殺人犯だとしても、私と千鳥はすぐにこの村に逃げてきた。追っ手もいなかった。どうして、ここに住んでいることがわかるのだ。

「まさか、来るわけないわよ」と古代子は自分にいい聞かせるようにいった。

人気のない街道を進んでいくと、左側に空き地があって、その先に家宅の玄関がうっすらと見えてきた。

古代子は安堵すると、千鳥の手を強くにぎった。

「ついたよ。もうおそいからはやくお休みしよう」

千鳥がいきなり動きをとめた。

古代子もつられて立ちどまる。「どうしたの、千鳥？」

「だれかおる。ちかくに」

「えっ？」

古代子が振りかえると、通りに面した家々の隙間から、ザッと土を踏む足音とともに、ゆっくりと黒い影があらわれた。

ひとりではない。奥の隙間からも、もうひとり。ふたりとも立ちつくし、じっとこっちを向いている。手ぬぐいで頬かぶりしていて、顔はわからない。だが体型からどちらも男だとわかる。

寄合で話がでた宿なし風の二人組か。どうしてこんなところに——

身体が震えた。古代子はかろうじて千鳥の前に立ち、通りのまん中まで後ずさる。

そのときだ。ギシリと屋根瓦の軋む音が聞こえた。すぐに千鳥が叫んだ。

「母ちゃん、上！」

はっと千鳥を見ると、顔を空にむけている。その目線をおって、自分もゆっくりと顔をあげる。

煙草屋の屋根の上だ。星々が満天に輝く暗い空がひろがり、下弦の月も大きく見える。

その夜空を背景に、ひとりの男が瓦を踏んで、すっと立ちつくしていた。外套で全身をつつんだ肩幅の広い男だ。

その顔は、落ちくぼんだ目と巨大な鼻、耳まで裂けた口――

古代子の身体に震えがはしった。

「ジゴマ……」

そうだ、まちがいない、煙につつまれた劇場のなかで見た、あの兇賊だ！

ウソだ……こんなところに、またあらわれるだなんて。

ということは、この男たちはZ組か？

また、千鳥が弱々しくつぶやいた。「母ちゃん……」

屋根のうえのジゴマが、ぶらりと下がった右腕をゆっくりと上にあげていく。黒手袋の右手には、短刀が握られていた。その切っ先を古代子と千鳥にむけた。

月光で、刃の先がきらりと光った。同時に、ふたりの男がうなずいた。音をたてないように、すり足で古代子と千鳥に近づいてくる。

叫ぶ間もなく、ひとりの男が千鳥に駆けよって、いきなり身体を抱きかかえ、口をふさいだ。

「千鳥！」と古代子が声をあげようとすると、別の男がすばやく背後に廻りこんできた。うしろから片腕をまわされて細腰を抱えこまれる。両腕を振りまわすが、もう一方の手で口をふさがれた。

「グッ……！」

男たちは古代子と千鳥を力ずくで、ずるずると空き地に引きこもうとする。その先は松林と湿地帯がひろがっている。そこに連れこまれたら、私たちはどうなるのだ。もしかすると、あの兇賊に殺される……。

いきなり男の叫び声が響いてきた。

「いてーっ‼」

千鳥が男の手に齧《かじ》りついている。つづけざまに、するりと男の腕から逃れ、「母ちゃん！」と大声で叫んだ。

古代子も口をふさぐ男の手を力まかせに引っぱり、大声で叫ぶ。

「千鳥っ！」

次の瞬間、家宅の玄関の引き戸が叩きつけられるように、激しく開いた。

紺の浴衣を着た巨大な体軀の大男が飛びでてくる。男はそのまま、千鳥に襲いかかった男に跳び蹴りをした。男がうしろに吹きとぶ。

助けにきたその人物を見て、古代子と千鳥が同時に叫んだ。

「あんた！」

「父ちゃん！」

古代子の内縁の夫であり、千鳥の義父の涌島義博だった。

涌島は応えることなく、古代子の身体を抱えている男を睨みつけた。

「なにしとるんじゃあ、おまえら⁉」

男は、古代子を抱えたまままあとずさりした。

涌島は「うおおっ！」と叫ぶなり、その男の右腕をとると、捻りあげる。男の身体は一回転して、地面に叩きつけられた。

自由になった古代子と千鳥は駆けだして、涌島のうしろに隠れた。

涌島がふたりの男を睨みつけた。

「おまえら……まだやるか」

彼の怒りと迫力を感じとったのか、男たちは、少しずつあとずさりしていく。

涌島が「おりゃーっ！」と咆哮すると、身を翻して逃げていった。

古代子はすばやく顔をあげた。煙草屋のうえに立っていたジゴマはふわりと跳躍していた。そのまま奥の家の板葺きに飛ぶ。そしてまた跳ねると、さらに奥の民家の瓦に飛びうつり、また飛んだ。やがて、その姿は屋根づたいに、夜の闇のなかにまぎれて消えた。

「古代、千鳥！　はやく、家んなか入れ！」

古代子は千鳥の手を引き、開けはなたれた玄関から家のなかに飛びこんだ。ちいさな電燈が吊された奥の居間に駆けこむと、畳のうえに突っ伏して泣きはじめた。動悸がとまらず、なんども咳こむ。

が、それよりも千鳥だ。はげしく咳きこんで、青い顔をしている。

「千鳥、千鳥！」といくども叫んで、背中をさすった。

やがて、咳も少しずつおさまってきた。古代子は安堵すると、娘を抱きしめた。

玄関の扉が開いて、内鍵が閉められる音が響いてきた。すぐに涌島が居間に入ってきて、ふたりを宥《なだ》めるようにいった。

「もうだいじょうぶじゃ。あいつら行ってしまったわ」

いきなり古代子と千鳥は、居間にあがってきた涌島に泣きながら抱きついた。

「あんたいつこっちに帰ってたのよ⁉」

ふたりの重みに耐えかねて、涌島はその場に尻餅をついた。

「二時間ほどまえじゃあ。帰ったら、ふたりとも祭の寄合に行っとるってお義母さんにきかされてなあ。待っとったら、千鳥と古代の声が聞こえてきて……。それにしてもなんじゃあ、あれは？」

「ジゴマだよ！」

涌島が目を丸くした。「はあ？　ジゴマって、活動写真のか？」

千鳥が咳まじりに叫ぶ。「うん、兇賊とZ組だ！」

「やめんか、千鳥。世迷いごとは」

「ホントだよ、父ちゃん！」

千鳥が大声でまた涌島にうったえた。彼はさけるように、古代子を見た。その涌島に、古代子はまじめな顔でうなずいた。

古代子と千鳥は身ぶり手ぶりで、この三日間のできごとを涌島に話して聞かせた。鳥取座に「探偵奇譚　ジゴマ」を観に行ったこと。そこで火事にあったこと、おまけに舞台に本物のジゴマがあらわれたこと……。

そのあいだクニが勝手からやってきて、お茶と鯷鰯《ひしこいわし》をのせた四角い箱膳を涌島のまえに置いた。そのままクニは我関せずとばかりに縁側にでて、ずっと奥にある自分の寝間に行ってしまった。

一方、涌島はたまに湯飲みに口をつけながら、じっと古代子と千鳥の話を聞いていた。浜村に帰ってから、不審な男を見た。いままたジゴマがあらわれて、私たちを連れさろうとした！

「きっとジゴマはZ組をつかって、私たちを殺そうとしたんだよ！　人を刺すのを見ちゃったから、それを秘密にしたくて！」

さいごに千鳥がいうと、涌島は胡座をくずして右脚を立てた。

「なんとも面妖な話じゃなあ。まあ、ええわ。だいたいわかった。……古代、警察には行ってないんだな」

「うん。明日か明後日に、宝木の駐在所に行こうかと思ってたの」

「そうか。警察はごめんだけど、いざとなったら行かんといけんかもしれんなあ。……けどな、わしはまだ信じられんよ。活動写真の化けものが現実にあらわれるだなんて」

千鳥がまた叫ぶ。「でも、さっき煙草屋さんの屋根のうえにジゴマがいたよ！　父ちゃんも見たでしょう？」

「いや、わしは、あの輩の相手でそこまではわからんかった」

「そう……」と古代子は煙草盆をよせると、なかから一本取りだして、火をつけた。そのままいちど吸うと、涌島にわたした。

「すまんな」と彼は深々と吸いこむと、大きな煙を居間いっぱいに吐きだした。

古代子はもう一本煙草を手にとった。

「あんた。それとは別に、もうひとつわからんことがあるの」

「なにがじゃ？」

「あの連中、どうして、私と千鳥が浜村におるってわかったのかな？　私らすぐに座から逃げたし、鉄道から浜村の駅舎におりたのは、私らだけだったし、だれもあとはつけてこなかったのに」

マッチで煙草の先に火をつけて、深々と吸いこむ。古代子が煙を吹きだすと同時に、千鳥がいった。

「そりゃあ大怪盗だから、なんでもわかるよ」

「ううん。いくら怪盗でもむりなものはむりよ」

涌島がふたりを制した。「まあ、それはええわ。なあ、古代、千鳥。おまえらが見たジゴマ、姿形は、ほんものの人だったのか？」

「父ちゃん、どういうこと？」

「話だけ聞くと、そげな見た目、とても人間に思えんわ。もしかすると、だれかが仮面や外套をつけて、扮装しとったんじゃないか？」

古代子は、中空の煙草の煙をぼんやりと見つめた。

確かにいちばん合理的な考えだ。私たちは、煙と暗闇のなかだけでしか、あの兇賊を見ていない。もしかすると、あのゴツゴツとした異形の巨顔は――

「かぶり物だったのかもしれないわね」と古代子は煙草の先の灰を盆に落とした。

千鳥が目を輝かせる。「うん。だれかが角帽子の頭巾みたいなもんかぶっとったんだよ。じゃあ父ちゃん、あの真っ黒な外套も手袋も、大男に見せるために細工がしてあったのかな？」

涌島がうなずいた。「そんなところじゃろう。きっと種はあるんだよ。……刺された男は、座の前列におったっていうとったな？」

「うん。そうだよね、母ちゃん」

古代子はうなずいた。「そうよ。今日の鳥取新報に、鳥取座が燃えた記事があって、死骸が見つかったたって書いてあった。きっとその人だと思う」

涌島は伸びていく煙草の先の灰を気にすることなく、沈思しつづけている。

「うむ……ほかになんか気になるところがあったか？」

「気になるところ？」と古代子は首をかしげる。

「なんでもええ。ほかのお客さんのこととか、活動を観たときのこととか、もしかするとなにか手がかりがあるかもしれん。たとえば、どれほど客はいた？」

古代子はすこし考えると千鳥に訊いた。

「そうねえ。どうだった、千鳥？」

「お客さんははんぶん。子どもは私ぐらいで、大人が多かった」

涌島がうなずく。「まあ、夜の部だから、そうだろうなあ。古代、千鳥、活動がはじまったときは？」

古代子は映写のときのことを頭に思い浮かべた。

「普通にチャイムが鳴って、席が暗くなって、それから舞台に活動弁士が来て、ふつうに口上して……」

「うん。それからジゴマがはじまった」千鳥が補足した。「あとはずっと弁士の人が話しながら、活動写真が流れていって、私らずっと観ていて……」

「たぶん前篇の終わりくらいに、煙が入ってきて……そこまでとくにおかしなところはなかったわ。……ね、千鳥？」

が、千鳥は細い両腕を組んで考えこんでいる。

「どうした、ちびすけ。なんかあったか？　なんでもええ、思ったこといってみい？」

千鳥は腕組みをとくと、なにかぶつぶつとつぶやきはじめた。

「昼でも夜でも、暗いよ牢屋……」

あけくれ牢守が、えい、えい、えい……」

「なんじゃ、それ？」と涌島が怪訝な顔で千鳥を見た。

「弁士の人がいったなかで、これが、いちばん耳に残っとる。なんどもこの唄を歌っとった」

古代子も思いだした。物語のなかに出てきた『Z組の唄』だ。確かにしつこいくらいなんども弁士が繰りかえしていた。

「ほう。千鳥、もっと思いだせるか？」

「うん。

〝わが窓見張る
見張らば見張れ　逃げはせぬぞえ
娑婆には出たいが、えい、えい、えい〟」

千鳥がいいおわると、涌島は煙草を盆に押しつけ、目を閉じて考えこむ。そのうちゆっくりと目を開けた。

「ゴルキーだ」

「ゴルキー……？」と古代子が首をひねる。

「ああ。ゴルキーの『どん底』のなかに出てくる詩《うた》だよ。まあ、労働歌の一種だ」

涌島はあごを撫でて、ひとりうなずいた。

「なるほどねえ。そうなると、ちょっとやっかいだな」

「やっかい？　あんた、どういう意味なの？」

「そのジゴマとZ組をなんとかせんと、東京に行けんかもな」

「東京に行けないって、私らが？」

困惑した古代子を尻目に、涌島は立ちあがった。「ああ。むりして行ったところで、あいつらはどこまでも追いかけてきて、わしらを屠《ほふ》るかもしれん。警察も、あんまり頼りにならんかもな」

「そんな……」

涌島は襖《ふすま》をあけた。となりの寝間には布団が敷いてある。クニが気をきかせて用意しておいてくれたのだろう。

涌島は寝間に入ると、布団に身を投げだした。「すまん、帰ってきたばかりじゃあ。すこし寝かせてくれや。明日もうすこし調べてみるからな」

「調べてみるって？」

応えずに涌島はつづけた。「古代。昼間ならあいつらは襲ってこんよ。けど夜はおとなしくしとれ。……千鳥、いっしょに寝るか？」

「うん！」と千鳥も布団に飛びこんで涌島にだきついた。

「おまえは、ほんとうにかしこいなあ」と涌島はその頭を撫でた。

「どういうことなの？　ねえ、あんた？」

居間から古代子がすがるように訊いたが、千鳥が起きあがって、襖を閉めてしまった。

取り残された古代子は、坐りこんで息をつく。

東京に行けない？　行ったところでどこまでも追いかけて私たちを殺そうとする？　あのゴマとZ組が。

古代子は強盗団に自分の両翼を捥《も》ぎとられたような錯覚におちいった。偏頭痛が響いてきて気鬱におそわれる。

ゴルキーの「どん底」——と涌島はいった。

この内縁の夫は、社会主義を信奉するコミュニストだ。この五、六年のあいだ、鳥取と東京をなんども往き来して活動を繰りかえしている。大杉栄《おおすぎさかえ》や堺利彦《さかいとしひこ》が発足した日本社会主義同盟にも参加し、第二回メーデーでは上野公園で警官相手に派手な立ちまわりを演じたほどだ。

そしてついにこの八月には、古代子と千鳥の三人で東京にうつって居を落ちつけ、むこうで本格的に活動をはじめる。

そんな筋金いりの社会主義者だからこそ、なにかに気づいたのかもしれない。

でもいったい、なにに？　ゴルキーはロシアの作家だ。涌島の影響で、古代子も何作か読んだことがある。ほかにも、バクーニンやクロポトキンも読んだ。もっともそのときの自分がどこまで理解していたかは、不明だが。

ただ、それがどうあいつらと関わっているのか、いまの自分にはさっぱりわからない。

古代子はみれんがましく、襖をすこし開けて寝間を覗きこんでみた。すでに涌島は大の字になって高いびきで寝てしまっている。

さすがは世界解放戦を標榜する革命闘士だ。妙なところで肝がすわっている。

目線をずらすと、千鳥が涌島のたくましい身体に抱きついて、すうすうと寝息をたてていた。

第三章　第六官

尾崎翠の反応は、涌島とはまったく逆だった。

鳥取市内の鳥取城跡のお堀ばたで、古代子が千鳥といっしょにジゴマやZ組の話をしても、ふんふんとうなずくだけで笑うことも否定することもいっさいしなかった。

城でいくつか残された御門と、その先の盛りあがった土塊《つちくれ》の城跡をじっと眺め、たまにお堀ばたを歩く女学生や天秤をかついだ老人に目をやる。そして、ふたりの奇天烈《きてれつ》な話をすべて聞きおえたあとも、翠は無言のままだった。

「ホントだよ。信じてよ、翠ちゃん！」と千鳥は翠の黒色の着物を引っぱった。

「信じとるよ、千鳥ちゃん。たいへんだったなあ。古代も、えらいことだった」

「うん」と古代子は安堵の笑みを浮かべた。

「なあ、古代。ちょうどええがな」

「なにが？」

「どうせなら、あんた、そのことを小説に書けばいいよ」

古代子はぷいとそっぽをむいた。目線の先には鳥取城跡のとなりに聳《そび》えている巨大な洋風のホテルがあった。仁風閣《じんぷうかく》だ。

明治四十（一九〇七）年、いまの天皇にあたる明宮嘉仁《はるのみやよしひと》親王が、皇太子のとき全国巡啓をした際の御宿所になった場所でもあり、この閉ざされた田舎の県で都会を感じさせる数少ない建物のひとつだった。芝生に囲まれた閣の白亜の壁が、七月末の太陽の光を照りかえす。その反射光線が一瞬古代子の目に入った。同時に偏頭痛で、頭のなかがくらりとゆらいだ。

――昨夜、内縁の夫の涌島義博は、古代子と千鳥から事情を聞いたあと、すぐに高いびきで寝てしまった。

翌朝。目を覚ましてとなりの布団を見ると、涌島の姿はなく、千鳥がすうすうと寝ているだけだった。クニの話によると、米子町の友だちのところに行ってくるといって、朝はやくから出かけていったという。煙草を買おうと家宅のまえの駅前通りに出ると、恵津子が遠くで手を振って、郵便局を指さしていた。

「岩美の尾崎さんから電話だそうです！」

郵便局に飛びこんで、局員に差しだされた受話器を耳にあてて「翠？」といった。するど、電話のむこうで翠はなんの喜びもなくあっさりといった。「古代？　鳥取座の火事はどうだった？　生きとるんだな、そりゃあよかったわ」

そのあと翠は、今日の午後会えないかといってきて、そこで古代子は鳥取市で彼女と合流して、すべての顚末《てんまつ》を話したのだった。

古代子はまた翠に目線をもどした。

「私は探偵小説は書かんよ」

「けど、売れるで。すぐに白井《しらい》喬二《きょうじ》さんみたいにひっぱり蛸《だこ》だがな」

「やだやだ。探偵やら剣豪やらは男にまかせとけばいいんだよ」古代子はいい捨てた。「考えただけでも頭が痛くなる。ただでさえ、いまでもずきずきするのに」

するとと翠が袂からなにかを取りだして、古代子に差しだした。

「ほいよ」

「なにこれ？」と右手で受けとる。ずっしりと重い。硝子の瓶だ。

「このあいだふたりで試してみようっていったやつ……鎮痛剤」

「ミグレニン？」

「ああ。けさ東京から届いてね。これをわたしたくて、鳥取に呼んだんだがね」

古代子はまじまじと瓶を見つめた。蓋がコルクで閉じられていて、なかには首もとまでぎっしりと白い錠剤がつまっている。

「これぜんぶ？　いいの？」

「ああ。もってきな。私も同じもんひと瓶あるから。さっそく一粒飲んでみたよ」

「どうだった？」

翠は笑顔を見せた。「びっくりするくらい効くわ。頭がすっきりする」

「そう。あとですぐに飲んでみる」と古代子は顔をほころばせると、宝石でも扱うかのようにていねいに巾着のなかに入れた。これで持病の偏頭痛もすこしは楽になるかもしれない。

千鳥が古代子の着物の袖を引っぱった。「ねえ、母ちゃん。父ちゃん、いつ帰ってくるの？」

「さあねえ。いつもいきなりいなくなって、いきなり帰ってくるからね。まったく私らはどうしたらいいんだか。あいつらのことを知るきっかけでも探してくれればいいんだけど」

千鳥が目を輝かせた。「じゃあ、私らもジゴマを探そう」

「千鳥。むりよ、そんな」

「でもさ、あいつらがいると私らは東京に行けないんでしょう。父ちゃんがそういってたよ。警察もたよりにならんかもって」

確かに涌島はいった。その意はいまだにわからないが、ほんとうなら最悪だ。中央に出ることは、自分の宿願なのだ。

翠が古代子の想いを読みとったかのようにいった。「そりゃあ、困ったねえ。じゃあ、千鳥ちゃん、私らもあいつらの正体を探ってみるかい？」

「うん！」

古代子が首を振る。「いや、だからそんなのむりだわ」

だが翠はつづける。「涌島さんは、ゴルキーの『どん底』っていっとったんだろ」

「そうよ。労働革命者の聖典よ。なんの符牒なんだか、わからないんだけどね」

「いや、きっと涌島さんは〝選ばれし革命者〟の視点で、あいつらを外側から探ろうとしてるんだよ」

「外側から……」と古代子は小さくつぶやいた。

「ああ。社会の動きとか情勢とかから、あいつらがどこから来たのか見つけだそうとしとる」

千鳥が嘴《くちばし》をはさむ。「父ちゃん、そんなことわかるの？」

「ああ。千鳥ちゃんのお父さんは名探偵だ」

「すごい！　じゃあ私たちも『どん底』を調べてみようよ」

「いやあ、涌島さんと同じことをやってもしかたないだろう。こういうときはな、〝第六官〟をつかうんだよ」

古代子は顔をしかめた。「第六官？　なによそれ？」

「知ってる！」千鳥が叫んだ。「動物や昆虫がもってるふしぎな力のことだよね。はなれたところでもお話できたり、火事や地震もまえもってわかるって」

「ああ、人の知覚をこえた力だ。それで、あいつらを探るんだが」

千鳥はむじゃきに喜ぶ。「すごい、第六官、すごい！」

古代子がため息まじりにいった。「あのねえ、翠。千鳥におかしなことを吹きこまないでよ」

翠はにんまりと笑顔を浮かべた。「ちがうよ、古代。最新の科学さ。私は東京でね、隅本有《くまもとあり》尚《たか》っていう有名な学者さんの論文を読んだのよ。『第六官及び第七官』って題名でね、きちんと説明がしてあった」

千鳥が目を丸くした。「第七官もあるの？」

「うん。人のたましいは、この世界や宇宙と同じくらい広がっている。なんでも官受できる。それが第七官っていうだが」

「じゃあどこにいても、なんでもわかっちゃうよね」

「そうなるがね、けど、いまの私らの領域だと第七官を使うことはむずかしい。やっぱり使えるのは、第六官だ」

「どうすれば使えるの？」

「まず、断片が必要なのさ。わかる？　世のなかを構成しているひとつひとつのちいさな部品だわ」翠は千鳥に顔を近づけた。「ええか、千鳥ちゃん？　世界は、現象と断片の組みあわせと重なりあわせにしかすぎないんよ。その断片をいくつか集めて、いろいろ組みあわせてみて、全体や中味がどんな仕組みになっているか考える」

千鳥が首をかしげる。「ポーリンみたいに推理していくってこと？」

「そうだね。その推理していく力が強い人が、第六官の使い手ってことになるんだで」

古代子はため息をついた。またはじまった。翠はよく霞のようなたとえ話をはじめる。世界だの断片だのさっぱりついていけない。だが千鳥は理解しているようだ。おさなく無垢ということもあるのだろうが、娘の感性は、自分よりも翠に近いのかもしれない。

頭がずきずきと痛んできた。口をとがらせ、ふたりの間に入る。「で、結局、どうするのよ？」

「涌島さんは外側を調べとる。……外側の反対は？」と翠が千鳥に訊いた。

「内側！」と千鳥が笑顔で叫ぶ。

「そうだね。ええか、千鳥ちゃん？　もし、私たちができることがあるとしたら、断片を集めて再構成して、第六官であいつらの〝変態心理〟や〝変態感情〟を探るんだよ」

〝第六官〟のつぎは〝変態〟か。古代子はまた呆れた。

が、千鳥は興味津々に翠に訊いた。「へんたい？　翠ちゃん、なにそれ？」

「いま東京で流行っとる、極悪事件に対する考えかただよ。たとえば、おかしな扮装をしたり、人に怪我させたり、殺《あや》めたり、そういう人は、ふつうの人と少しちがうだろう」

「うん」

「その人たちのなかには、ほんとうに頭がおかしい人もいれば、佯狂《ようきょう》しとるのもおるし、やむにやまれずにやる人だっている。ただ、どちらにしても、みんな異常なこころのときに起こるんだ」

「それを変態っていうんだね」

こんどは古代子が口をだした。「待ってよ。そしたら、私たちでジゴマやZ組のこころもちを探ってみるってこと？」

「そうだよ。人と人とは、どこかでつながってる。古代、そしたらなにが生まれる？」

「人と人が関係すれば、そこに感情が巻きおこる」

翠が真剣な顔で古代子を見つめた。「そう、喜怒哀楽だよ。とくに〝怒〟だ。あんたはそのことをずっと書いてきたんだろう。女としてだれよりも悲しんで、だれよりも激情して、憤怒を表現してきた。そこのところは、私よりもずっと鋭いし、感じやすいと思うよ」

「うん……」古代子は息をついた。「でもどうしたらいいの？　あいつらのことなんて、私たちでわかるわけがない」

「かんたんさ。手がかりなんてなんぼでもあるがな」

翠は千鳥の手を取ると、お堀をはなれて、すたすたと若桜街道を南に向かって歩いていく。

古代子は頭を押さえながら、あとを追った。第六官はわかった。敵のこころもちを確かめたくも思う。けど、そのまえに――にぎっている巾着がゆれる。このなかの鎮痛剤を飲んでみたかった。どこかに水はないだろうか。

夏の午後の放射熱を浴びながら、若桜街道から横道に入り、なんどか辻を曲がって智頭街道に出た。とちゅうで古代子はすれちがう氷売りに目をうばわれたが、翠は振りむきもしない。

やがて、翠は智頭街道沿いの図書館の向かいにある二階建ての建物にたどりついた。決して大きくはないが、いまだ江戸期の町並みを多く残すこの地区では、めずらしいほどの瀟洒《しょうしゃ》な洋風建築だ。地元の新聞社「因伯《いんぱく》時報」だった。鳥取新報と同じく、かつて因幡《いなば》と伯耆《ほうき》と呼ばれた鳥取県下に日刊新聞を発行している。

翠はためらいもなく玄関をくぐる。古代子も千鳥とあとにつづく。

入るなり翠は、居ならぶ机にむかっている数人の社員をぐるりと見わたし、いちばん手まえの茶色の着物を着た男に声をかけた。

「脇坂《わきさか》さん！」

古代子はこの人物の名前を聞いたことがあった。翠の知りあいの記者の脇坂太吉《たきち》だ。机にむかっていた脇坂が、てかてかと汗で輝くまるい顔をあげた。三十半ばくらいの年かさに見てとれる。

「ああ、尾崎さん。いらっしゃい。わざわざ原稿をお持ちくださったんですか？」

「いや、訊きたいことがあるんだけどねえ」

「はあ。なんでしょうか？」と脇坂は立ちあがると、太った身体をゆらしながら、近づいてきた。

「ねえ、脇坂さん。三日まえの鳥取座の火事のこと、記事にしとるだろう。警察からいろいろ話を聞いとるよな。ちょっと教えてくれんかなあ」

なりゆきを見守っていた古代子だったが、ようやく翠の意図を理解した。どうして気づかなかったのだろう。新聞社を頼って、火災の跡で発見された男について覧《み》ていけばいい。その男とだれかの関係性が浮かんでくるかもしれない。

「いや、ちょっと待ってください。警察からの話を、そうかんたんに教えるわけにはいかんで——」

脇坂は、翠のうしろにいる古代子に気づいた。顔つきをかえて、あとずさりしていく。

「た、田中古代子さんですか？」

「はい。田中古代子です」と古代子はわざとらしく、ていねいに頭をさげた。

「あんたたちがいじめた当人だよ。ホント、古代子の不貞裁判のときは極悪婦人だとか、娘がかわいそうだとか、あんなにおもしろおかしく書いてさあ」

「ええ。近所も歩けなくなったくらいで……」

確かにあのときはひどかった。前夫と別れて離婚の手続きをしないまま、浜村に帰ってきた。そのあと平塚らいてうの影響を受けた文章を同人誌や新聞に書きつづけていた。すると前夫から、地方からやってきた男の温泉客と浜村の海岸で話していただけで姦通《かんつう》を疑われ、裁判を起こされたのだ。しかも因伯時報を中心とした一部の新聞は、そのことをおもしろおかしく書きたてた。

「女の自立を訴える〝新しい女〟、田中古代子、希代の悪女《ファムファタール》」

後日、正式に離婚が決まり、騒動はおさまったのだが。

翠が脇坂を睨んだ。「そのあと、なんのあやまりもなくさあ、ひどいねえ。古代子はね、また東京の新聞で連載が決まったんだよ」

「えっ、そうなんですか？」

「ああ。将来有望な因幡出身の作家が地元のこの新聞になにも書いてくれなくなると、困るんじゃないのかねえ」

脇坂は手ぬぐいで額をふきながら、「すいません、すいません」となんども頭をさげた。

結局、古代子たちは脇坂に一階の奥のすみにある細長いソファに案内された。扇風機の風が直接あたる特等席だ。

翠は着くずした黒の着物をもっとゆるめ、扇風機の風を首もとにあてていた。千鳥は翠の扇子を広げ、芸妓のようにくるくると回して遊んでいる。古代子は事務の女性に水をもらい、ミグレニンを一錠飲みくだした。

そのうち脇坂が十枚ほどの紙をかかえてやってきた。

「お待たせしました。とりあえず、今朝までにうちが集めた鳥取座火災の資料です。警察からの聞きとりも入っています」

脇坂が向かいに坐って、低い卓のうえにその資料を置いた。三人とも覗きこむ。小さな文字で埋めつくされている。

脇坂は、いちばん上の紙をとって、話しはじめた。

「場所は鳥取市瓦町、鳥取座。発生は、午後六時半くらい」

「そういうことは知っとるよ」と翠がぶっきらぼうにいった。

「ええ」古代子があとをついだ。「知りたいのは、まず、火災の跡で見つかった亡骸《なきがら》は、どこにあったのか？　どんな感じだったのか？　どんな人だったのか？　わかりますか？」

脇坂はうなずくと、別の紙を取りだし、三人のまえに置いた。

「まず、位置です。これが燃え跡の簡易図になります」

紙には、鳥取座の平面図が書いてあった。図のあちこちには無数に×印がつけられている。

その部分が燃えてなくなったという意味なのだろう。

「派手に出火したわりには、意外と燃え残ってるんですね」

「ええ。川が近いですから、はやく消し止められたんです」

演芸場のまん中には、小さな人の形の図が記されていた。脇坂は、指先でその人形《ひとがた》を指した。

「ここです。死体は、ここで見つかりました」

古代子と千鳥がまさに目撃した場所だった。

「この人のことなんですが、さすがに警察は死体の写真を回してくれなかったんですが、調査票はあります」

脇坂が別の紙を出した。覗きこむと、座で亡くなった男の詳細が記してあった。

〟性別　……男。

特徴　……短髪、五尺三寸（百五十九糎《センチ》）。中肉中背。

年齢　……二十代前半から中程頃と推定さる。

着衣　　……紺の和服、白の褌《ふんどし》。

所持物　……布製の長財布。中に一円札と五銭玉が二枚。

火傷部位……頭部、左腕、足。〃……

古代子が鳥取座で見た前列の男と、背丈と扮装は一致していた。

「やはり火事で亡くなられたんですか？」と古代子が訊いた。

「あ、いえ、確かに身体じゅうずいぶん灼《や》けていたそうですが、けど、警察は……」と脇坂はいいよどむと、少し頭をかいた。

翠が脇坂に小声でささやいた。「だいじょうぶ。ここだけの話だ」

「はい。じつは今朝、うちの記者がまた鳥取県警に行って話を聞いてきたんですが、米子病院の臨検係が調べたところ……」

脇坂が次の頁を開き、指ししめした。

〃外傷等　……腹部に刺された事に依る裂傷。〃

「これって、刺し傷。ということは、脇坂さん」古代子が身を乗りだした。「だれかに殺められたってこともあるわけですか？」

「ええ。もっとも、詳しい検死報告はあさって米子から届くそうですから、断定はできませんが、まあ、おそらく」

少し古代子の目が眩《くら》んだ。やはり、あの人はジゴマに刺し殺されたのだ。

脇坂がつづけた。「もし殺しだとしたら、火をつけたのは犯人でしょう。遺体を燃やして刺し傷を隠そうとした。けど、思ったよりも早く消し止められてしまって、傷もそのまま残ってしまった」

「そうなりますね」

「ええ。あ、すいません、古代子さん。このことはまだ秘密にしておいてください。明日の時報に載せるつもりですので」

古代子は神妙な顔でうなずいた。「はい。その殺された人の素性はわかったんですか？」

すばやく気になったことをたずねた。鎮痛剤のおかげか、いつのまにか頭痛は消えさり、頭のなかは澄みわたっている。

「いいえ、いまだに氏素性はわかっていません。名前がわかるようなものは持っていなくて……」脇坂が手ぬぐいで額の汗をぬぐった。「ただ、目撃証言は多少あります」

「どういう意味だ？」と翠が顔をしかめた。

「火事のあと、警察があたりを聞きこんだそうですが、この人、木賃宿に長く滞在していたようなんです」

「木賃宿って、袋川ぞいでよく見かけるやつか？」

「はい、尾崎さん、あのあたりです。川ぞいの智頭街道にいちばんちかい宿屋の女将が証言したそうです。同様の男が四ヵ月まえからずっと留まっていて、いまだに宿に帰ってきていない、と。警察は女将さんに死骸の顔を見てもらって、その人だと確かめたようです」

「四ヵ月まえ……春からずっと」古代子はつぶやいた。「じゃあ名も居どころもわかるんじゃないんですか？　ほら、宿帳とか確かめれば」

「いちおう宿帳には名と大阪の住処《すみか》が記してあったらしいんですが、鳥取署が府警に問いあわせたところ、ぜんぶ偽だったそうです」

「偽……ですか？」

「はい、古代子さん。ただ宿代の払いはきちんとしていたらしくて、だから、女将も何もいわなかったらしいんです。この男、とくに出歩くこともせず、日がな一日、二階の窓から袋川を見つめていたそうです」

「袋川を……」

横の枡に坐っていた男は、川面になにを見ていたのだろうか。

「ああ、あと、いちおう大阪訛りだったそうです」

「ふうん……」翠がいちど考えこんでいった。「じゃあ大阪だけはあってるのかもしれないねえ」

「ええ」

「むこうから流れてきた堕落書生だったんじゃないんか？」

脇坂が曖昧にうなずいた。「まあ、そうかも……。それにしても、持ち物もほとんどなくて、身なりはあまり綺麗だといえなかったそうです。身体もごつごつしていて、どちらかといえば日雇いふうだったようですね。そんな男がどうしてあの日、鳥取座なんかに行ったのか？」

「うむ。ジゴマもZ組も謎なら、殺された男も謎か……」翠がため息をついた。「なあ、古代。なんか気がついたことはねえか？」

「ううん。これだけじゃあ第六官はむりね。ただ服装は、浜村で私らを襲ったZ組にてるような気がする」

「あいつらの仲間なのかもしれん」と翠がうんうんとうなずく。

「ねえ、脇坂さん。ほかに男の特徴や素性を知る手がかりらしきものはないんですか？」

「手がかりらしきものは、えっと、ほかに……あっ！」

脇坂が卓のうえの調査票を取ろうとすると、いつのまにか千鳥がにぎっていて、自分の顔に近づけていた。

「ねえ、この字、なんて読むの？」

千鳥は脇坂に二枚目の紙を見せて、ある文字を指さした。

「ん？　ああ、これはね〝刺青《しせい》〟って読むんだ」

「しせい……」

「入れ墨のことだよ。わかるかな？」

「うん！　身体に描いてある模様だよね」

「そうだよ。えらいね、お嬢ちゃん」

「それくらい知ってるよ！　刺青……〝右腕の肩の前部に一寸程の彫りあり。〟……この人、右の肩に入れ墨があったんだって！」

「入れ墨？」古代子は千鳥から紙を取った。「〝○で囲まれた英字のAらしき文様。〟」

翠も紙を覗きこむ。「○で囲まれた英字のA？　なんか意味があるんかいな？」

古代子は「英字のA」とつぶやき、巾着から万年筆と原稿用紙を取りだした。それから用紙に書いてみる。まず『A』の文字。それを○で囲む。Ⓐというマークになった。

「こんな感じかな。この彫りものが肩に……翠、なにか知ってる？」

「いや、さっぱりわからん」

「そうだよね。脇坂さんは、なにか見おぼえはありませんか？」

「いえ、私もまったく。それに、そもそもそれが英字のAをあらわしているかどうかも、はっきりしませんし」

翠が古代子に目線をむける。「古代、ほかになんかないか？」

古代子は調査票をとって捲《めく》り、ほかの手かがりはないか探しはじめる。翠と脇坂も別の紙をとって、同じ作業に熱中しはじめた。

が、ふいに古代子は千鳥を一瞥《いちべつ》した。娘は紙に手を出さず、うつむいたまま、じっと黙りこんでいた。


「いいわね、この薬。頭がすっきりする」と古代子は巾着からミグレニンの薬瓶を取りだし、翠の目のまえで振った。

「だろう。私も夜になったら、また飲むつもりだよ」と翠がかすかに笑顔を見せた。

次の瞬間、「来たよ」とふたりのあいだに立っていた千鳥が東を指さした。見ると、線路のうえを漆黒の蒸気機関車が白い煙をたなびかせながら、こちらに驀進《ばくしん》してきた。

——古代子は翠と脇坂記者の力をかり、鳥取座火災で死骸となって発見された男について調べた。だが、あれ以上のめぼしい事情はなにひとつ見つからなかった。

困りはてた古代子だったが、翠がまえに鳥取座の関係者でいっしょに舞台劇をやったことがある知りあいがいるから、その人に三日まえのジゴマ上映について訊いてみる、といってくれた。

　それから三人は因伯時報を出て、鳥取駅舎にむかったのだった。

　古代子と千鳥は翠に別れのあいさつを告げると、ホームを駆け、西にむかう浜村経由米子行きの蒸気機関車に飛びのった。

　人気の少ない車内に入ると、右側のてきとうな座席を選んで、並んで坐った。千鳥は窓ぎわで、古代子はそのとなり。

　走り出すとすぐに古代子は、「まぶしいね、海が見えるね」と窓の外を見つめた。

　窓外では、鳥取市から浜村に帰るときによく見る日本海の光景が流れている。だが、いまの古代子は、いつもとまったくちがう感覚で眺めていた。妙に頭が冴えているのだ。ふりそそぐ太陽光も、白と紺が入りまじる日本海の波も、ずっと明敏に感じられる。轟音を響かせる黒鉄のなかにいながらも、岩にぶつかって崩れおちる波頭の音すら聞こえてくるかのようだ。

　まちがいなく鎮痛剤ミグレニンのおかげだ。これでいままで悩まされてきた偏頭痛ともおさらばだ。古代子のこころもちはそれだけでずいぶんと明るくなった。

　岩場がとぎれ、砂浜が姿をあらわした。極彩色の水着を着た子どもたちが波打ちぎわで水をかけあったり、砂山をつくったりして遊んでいる。

「見て、千鳥。みんな海で遊んでる」古代子は外を指さした。「そろそろ浜村の旅館にもたくさん客がくるだろうね」

「うん……」と千鳥はうつむいた。

「あんたもきのう学校で泳いだっていってたよね」

「…………」

「千鳥。さっきからずっと黙ってるけど、どこか具合がわるいの？　また胸が苦しくなったの？」

ようやく千鳥は顔をあげると、「だいじょうぶ」とだけかろうじてつぶやいた。

蒸気機関車は、三十分ほどで浜村駅舎にたどりつき、ゆっくりと停まった。駅員が箱の扉をあけると、古代子は千鳥とホームに降りたった。行李《こうり》をもった矢絣の行商の男も同じホームにおりる。ほかにも薄い桃色の着物を着た女性たちの姿もあった。浜村の旅館で働く芸妓なのかもしれない。

その人たちにまじって小さな改札に歩いていくと、そのむこうに大男が立っていた。涌島だ。きっとクニから鳥取に行ったと聞いて、迎えに来たのだろう。

涌島はふたりに気づくと、破顔して手を振ってきた。

「古代、千鳥！」

「父ちゃんだ！　行こう、千鳥！」

古代子は千鳥の手をとって駆けだそうとした。が、千鳥はホームでうつむいたまま、ぴくりとも動かない。

「どうしたの？」と古代子も動きをとめた。

「なあ、母ちゃん。あのね……私、知ってる」

「知ってるって、なにを？」

「あの丸いエーの人、ほかにいる……」

「同じ入れ墨をしている人がいるの?」と古代子は千鳥の顔を覗きこんだ。

「うん……」

しばらく黙りこんでいた千鳥だったが、きっと顔をあげた。

「加村先生だ!」


家宅の小さな庭の井戸の取っ手を下に押し、冷たい水を汲みあげて桶にみたした。

それから古代子は鎮痛剤を一錠口のなかに放りこむと、柄杓で桶の水を掬《すく》い、じかに口にあてて薬といっしょに飲みほした。それから、柄杓に残った水を縁側に置いてあったふたつの湯飲みに入れると、身体を伸ばして居間で坐している千鳥と涌島のまえに並べた。

涌島は湯飲みの水で口をしめらせると、千鳥に訊いた。

「加村先生って、千鳥の訓導のことか?」

千鳥は手にもつ白い露草をいじっている。帰ってくる途中、路傍で摘んだのだ。その花から指先をはなすと、千鳥はつぶやいた。

「そうだよ……」

古代子も居間にあがった。「なんかの見まちがいじゃないの?」

千鳥はちらりと古代子を見た。「ううん。同じだった……と思う。きのう学校でみんなで浜に泳ぎに行った」

「そうだったわね」

「私、ずっと先生のそばにいた。そしたら、右の肩にあの丸いエーの印があったんだ」

涌島が嘆息した。「殺された男にも同じ彫りものがあったんだろう。だとしたら、確かに先生も仲間かもしれんな」

古代子は首を振った。「まさか……」

信じられるわけがない。いくらなんでも、こんな身近に鳥取座で殺された人の関係者がいるだなんて――

「ありえないわ。あまりに偶然すぎる」

千鳥が叫ぶ。「ほんとうだって！」

古代子が叫びかえす。「ちがう。やっぱりなにかの見まちがえよ！」

「まあ、落ちつけや、ふたりとも」

涌島が制して、古代子と千鳥はうなだれた。

「まあ、先生が仲間かどうかおいといたとしても、丸エーならちょっとやっかいだな」

古代子が涌島を見つめた。「待ってよ、あんた。あの印、なにか意味があるの？」

「ああ。本場のアナキストの印じゃ」

「アナキスト？　じゃあAはアナキズムのAってこと？」

「そういうこっちゃ。じつはな、ここんとこ海のむこうでは本場の無政府主義者が丸エーを標榜して、はでに活動しとるんだよ」

「でも、あんたがいた日本社会主義同盟だって、アナ派じゃないの」と古代子が涌島にうったえる。

「そりゃ、わしらもクロポトキンよりのコミュニストだ」涌島はうなずいた。「とはいえ、こっちがやることといったら、せいぜいメーデーで場末の警官と殴りあいするくらいだよ。けど本場のアナはずっと過激に振れとる」

「…………」

「盗みもするし、拷問もする。手榴弾《キバリチチ》ほうって、人も殺める」

「世界革命のために……？」

「ああ。信念や信仰は、人を盲目にさせるからな」涌島は息をついた。「まあ、とにかく、日本でもその本場の丸エーに感化されとる集まりがおってな、〝夜光会くずれ〟って呼ばれとる」

「夜光会くずれ……」と古代子がつぶやいた。

「老壮会《ろうそうかい》って知ってるだろう？」

「うん。大川周明《おおかわしゅうめい》先生や北一輝《きたいっき》先生の世界解放戦線でしょう」

涌島がまたうなずく。「そうだ。夜光会っていうのは、老壮会の別の呼び名だ。その会のなかで、一昨年はじめの極東諸民族大会から極端にアナキズムに走るやつらが目だつようになってきたんだ。それが夜光会くずれだ」

社会主義者の運動やアナキストの思想をすべて理解しているわけではない。だが古代子には、〝夜光会くずれ〟という響きが、〝Z組〟ということばの持つ妖しさや禍々《まがまが》しさと妙に合致しているように思えた。

涌島がつづけた。「そいつらは本場さながらに、警察なんぞおかまいなしで暴れよる。おまけにロシアと直接つながってて、かなり露探《ろたん》も混じっとるらしい」

千鳥が顔をあげた。「露探ってなに？」

「日本のひみつをこっそり盗み聞きして、ロシアに伝えるんだよ。……さ、その花、ここに挿しなさい。どうせ犬に供えるんだろう」

涌島は飲みかけの湯飲みを千鳥のまえに置いた。千鳥は「うん」とうなずくと、露草を差しいれた。

古代子はふと居間から庭のかたすみを見た。盛土のケンの墓が午後の陽をあび、涼しげな夏の風に吹かれている。

居間に目線をもどすと、古代子は涌島に訊いた。

「じゃあ丸エーを彫ってるってことは、殺された男も夜光会くずれってこと？」

「そうじゃ。その可能性はたかい」

だが古代子は首をかしげた。「でもどうして、そんな過激な組織がこんな山陰の田舎の村まで来てるのよ？」

「もちろん、わけがある。東京も大阪も去年の大震火災のあとから、特高の目が厳しくなってな」

「うん。大杉栄先生もそれで当局に……」

涌島は胡座を解き、正座するとうつむいた。それから吐きだすようにいった。

「栄先生の無念はいつか晴らすよ」

「…………」

「とにかく、やつらはな、わしら以上に特高の目の敵にされとるんだ。だから、中国地方の潜伏しやすい場所に散ったんだ」

「そう……。でも、まだ信じられない。こんななんもない村に」

涌島がゆっくりと顔をあげた。「なあ、古代。弁士はゴルキーの『どん底』の詩を唄っとったろう」

「うん」

「あげな労働歌は、党員のやつらが集会でたまに唄う。わしは千鳥からその話を聞いたとき、裏でコミンテルンでも関わってるんじゃないかと思ったんだ。だから、ここらのコミュニストの事情が知りたくてな」

「あんた、それで、朝から米子に行ったの？」と古代子が涌島を見つめた。

「ああ」涌島がうなずく。「むこうの青年運動家で、因幡や伯耆のコミュニストの動きに通じとるやつがおってね、会って話を聞いてきたんだ。そいつは、鳥取市やこの気高郡に潜伏しとりそうな集団をいくつか教えてくれた」

「そのなかに、夜光会くずれもあったのね」

「そういうことじゃ」

ようやく納得した。鳥取座で殺された男は、本場アナキスト直系の夜光会くずれ――そうだ、彼が木賃宿の二階から川面に見ていたのは、いつかなし遂げるつもりの世界革命だったのだろう。

「あともうひとつ聞いてきた。潜伏したやつらは、事情のやり取りをするために、たまに集まるらしいんだ」

「たまに集まる？」

「ああ。とくに演芸場や活動写真館が多いらしい」

古代子はしばらく考えると、あっと顔をあげた。「あんた！　もしかして、あの鳥取座が集まりの場だったんじゃないの」

涌島が納得の顔にかわる。「そうかもしれん」

「けど集まるっていっても、映写なんてたくさんあるし、きっかけはどうするの？」

「やつらはまえもって符牒を決めとくらしいんじゃ。たとえば、〝ジゴマ〟や〝ファントマ〟の悪漢がでてくる犯罪活動写真とかな」

「じゃあ、そのたぐいの活動が映写されることを知ったら、近くの座や巡回興行に行く。仲間に会えるかもしれない。あ、そうしたら、あのゴルキーの労働歌も意があるわ」

「意とは？」

古代子は興奮気味に応えた。「仲間のだれかがまえもって弁士に頼んでおくのよ。運動に関わる詩《うた》を台詞《せりふ》にまぜてもらうようにね。そうしとくと、弁士のことばを聞いただけで、ほんとうの集まりかどうか区別できるわ」

「なるほどな。それで、映写が終わったあと残っとれば、確実に会えて事情のやりとりができる。ということは、あのジゴマ映写のとき、客のなかになんにんか因幡に潜んどる夜光会くずれがおったかもしれん。……古代、今日は冴えとるなあ」

涌島にほめられて、古代子の頬がすこし赤らんだ。

が、問題はこれからだ。かなりの断片は集まった。第六官を働かせて、もっと先に進むのだ。

「じゃあ、あの鳥取座の殺しはいったい？」

「仲間同士の諍《いさか》いかもしれん」と涌島が真剣な目でいった。

「諍い……どうして、あんた、そう思うの？」

「ジゴマ――いや、犯人は本場の工作員《オルグ》みたいに平気で人を刺したり、座に紅《べに》をつけたりしとるからな」

「紅をつけるってなに？」とまた千鳥が涌島に訊いた。

「家に火をつけること。放火だな。まあ、まともな人間じゃあできん。殺されたやつも夜光会くずれなら、殺したやつも夜光会くずれかもな」

ふたりの話をぼんやりと聞きながら、古代子は考える。

人が集まれば、人間関係が生まれ、軋轢《あつれき》ができる。その結果、怒りが爆発した。憤怒は座を燃やし、人をも殺めさせる。それこそが、翠のいっていた変態心理であり、変態感情だ。

「そうね。諍いの訳はわからないけど……」

「ああ。ほんとうなら、犯人は火災で灼け死んだと思わせるつもりだったのかもしれん。けど、火は消しとめられ、警察に人殺しだとばれてしまった。しかも古代子と千鳥に、人を殺したところを見られてしまった。だからばれんようにおまえらを二度も襲った」

古代子はうなずいた。「うん。あ、でも、どうして、ジゴマの扮装をしていたの？」

「最初の座でのことは、やったやつに聞いてみんとわからん。だがな、屋根のうえのほうは、そのままのぶきみな姿で脅したほうが殺しやすくなるとでも思ったんだろう。しょせん女と子どもだからな」

「そうね」といちどは納得したが、古代子は考えこんだ。

ということは、またジゴマは私らを殺しにくるかもしれない。今度はZ組の男たちをも見てしまったのだ……。

涌島が古代子のこころを読みとったかのようにいった。

「古代、心配するな。もうやつらはかんたんに手をださないさ。わしが帰ってきたことを知っとるだろうからな」

「確かにあんたは特高も一目置いてる有名人だし、第二回メーデーにも日本社会主義同盟にも参加した革命闘士だし……」

「とはいえ、このままではいかんなあ。いくらわしがおっても、黙っとったままだと寝首をかかれるかもしれん」

「寝首をかくってなに？」と千鳥がまた涌島に訊いた。

「人に見つからんように、こっそり殺しにくることだよ」

「じゃあ加村先生もうちに殺しにくるの？」

いきなりの千鳥の問いに、「えっ？」と古代子と涌島は顔を見あわせた。

「加村先生か……そうだったな」涌島が困惑した。「ほんとうに加村先生の身体に丸エーの印があったとしたら、先生も、夜光会くずれのひとりってことになるがなあ」

「そうね、あんた。でも――」

いまだに古代子には、加村が妖しい会の仲間だと思えない。あの優しそうな青年訓導が。しかも、同じ村のすぐ近くにいたとは。あまりにも偶然すぎる。千鳥の見まちがいだ。

だが、ふと気づいた。

脇坂記者の話によると、鳥取座で亡骸となって発見された男は四ヵ月まえから近くの木賃宿に泊まっていたらしい。加村も新任で、この春から正条小学校に来ている。鳥取にきた時期が一致する。

もうひとつ。もし彼が仲間なら、ひとつの謎が解けるのだ。どうして、ジゴマとZ組は私らの居所を知っていたのか。加村が仲間のひとりなら、わかって当然だ。私らのことを知っている。追ってくるのは雑作もない。

庭から長く日が射しこんでくる。居間にまで伸びてきた斜光を膝に浴びながら、古代子は涌島を見た。

「千鳥をうたがってるわけじゃないけど、やっぱり私は加村先生が夜光会くずれだなんて、信じられない」

「じゃあどうする？　ほうっておくか？」

「証左を得られないかな？」

「証左？　先生があの組織の一員だっていう？」と涌島が首をひねる。

「うん……。ねえ、あの人のことを少し調べさせて。あぶないのはわかってる。けど千鳥の先生よ。この子にも関わることだし、なにか見つけたらすぐに宝木の駐在所に行く。信じてくれるかどうかわからないけど、腹くくってぜんぶ話す。そうしたら私たちは縁はなくなるし、東京に行けるかもしれない」

「まあ、そうなるといいが……いざってとき警察なんか信じられんぞ」

古代子が身を乗りだした。「でもいまはそれしかないの。おねがい。いいでしょう？」

その視線に圧されたのか、涌島はわずかに身をひいた。「めずらしいなあ、古代がそこまでいうだなんて」

鎮痛剤のおかげで頭が鋭敏になったからだろうか。いままで文章でしか書けなかった思いが、具体的な行動にかわっていく。そうだ、自分の道をはばむものは許せない。

「まあ、ええが。だがな古代、わしは、もうひとついやなことを考えとるんじゃ。鳥取座に先生らしき人はおったか？」

「さあ、わからなかったわ」と古代子は首を振る。

「ふむ。意外と目のまえにおったんじゃないか？」

「目のまえって？　待って、もしかして先生がジゴマ……」

慄然とした古代子を見て、涌島はあわてて両手を振った。

「いや、すまん。そいつはいくらなんでも、わしの勇み足のうがちすぎだ。まだ先生が絡《から》んどるかどうかもわからんのにな」

「うん……」と古代子が小さな声でいった。

「とにかく、あぶなげなことも多い。やりかたは考えないといかんなあ。どうやって調べるか」

「先生の家、探してみる？　夜光会くずれの手がかりが見つかるかもしれないわ」

「勝手に人の家に入るんか。まあ、しかたない。けど、先生がどこに住んどるかわからんといかんな」

「逢坂っていってた。たぶんどっかに家を借りとると思うけど……」

千鳥がいきなり立ちあがった。となりの寝間に入ると、箪笥のいちばんうえの抽斗《ひきだし》のなかから、冊子を取り出した。居間にもどってきて、表紙を見せる。正条小学校の生徒名簿だ。そしてぱらりと捲《めく》るなり、はい、とふたりのまえに差しだした。

教師の名前と住所が載っていて、加村の箇所もあった。

〝訓導　加村　清　　気高郡逢坂村　拾参番屋敷　弐〟——

「これでいいんでしょ？」と千鳥は得意満面にいった。

古代子と涌島は顔を見あわせると、クスクスと笑いはじめた。

「なんだ、千鳥。おまえも泥棒の片棒かつぎか」

千鳥も笑んだ。「だって私もはやく東京に行きたいもん」

「そうね。……住処はこれでわかるわ。逢坂村なら、歩いて半時間ほどで行ける。私、行って加村先生の家に入ってみようか？」

「いや、念のためにわしとふたりで行こう」

「じゃあ、明日か明後日のお昼にでも。そのころなら先生、学校にいるだろうから」

涌島が考えこんだ。「いや、日が出とるうちはあまりよくないなあ。百姓らも田畑におるから、人目につく」

千鳥が涌島の着物の裾を引っぱった。「でも、父ちゃん。夕になったら、先生、家に帰ってくるよ」

思案顔のままの涌島だったが、なにか思いついたのか、畳に平手をつくと、力をこめて大きな身体を浮かして立ちあがった。

「よいっしょ。ちょっと出てくる」

「あんた、どこ行くの？」

「郵便局だ。先生は大阪から来とったんだろう。大阪の運動仲間に来栖標《くるすしるべ》ってやつがおってな、むこうで加村先生のことや夜光会くずれの動きを調べてもらう。そのあとは酒屋によって南郷さんのところだ。晩飯はいらんよ」

いい残すと、涌島はふらりと玄関から外へと出ていった。古代子と千鳥は、その背をただぽかんと眺めるだけだった。


翌日の午後三時すぎ。

笹乃屋のまえで、白シャツの南郷が大八車に荷を積んでいた。その顔には珍しく笑みが浮かんでいる。

「涌島さん。あんた東京なんか行かんで、笹乃屋で働けばええよ」

車のまえでは、涌島が同じように笑みを浮かべて、車に木箱を載せていた。筒袖の紺絣の着物を着て、腹にはさらし、下には股引、まるで百姓か俥夫《しゃふ》のような恰好だ。

そばには割烹着姿の古代子が立ち、ふたりを見くらべていた。南郷も腕っぷしのあるたくましい男だ。だが、涌島はもっと背が高く、身体も大きい。そのふたりが陽の光を浴びながら荷物を積んでいると、なかなか映えた。

――きのう家を出ていった涌島は、郵便局で用をすませると、酒屋で買った酒瓶を手に、笹乃屋へ出かけていったという。

そこで南郷に会って、帰島の挨拶をかねて頼みごとをした。

近々、笹乃屋で逢坂に行く荷があればお手伝いしたい、と。

涌島は、荷運びの手子《てご》として加村が住む村に行けば、それほど目だつことはないだろうと考えたのだ。

もちろん南郷は訊いてきた。「涌島さん、どげして、また?」

「わけあってな。お忍びでむこうに行きたいんだよ。ことが片づいたら、きちんと話します」

南郷は首をかしげた。が、よっぽどのわけがあるのだろうと察し、明日の午後、逢坂の農家に賀露で獲れた魚を届けるから、その荷運びについていけばいい、と無愛想にいってくれた。

そのあと涌島は荷運びの手伝いをし、仕事が終わると、ほかの仲仕をまじえて夜おそくまで酒を飲み、貝殻節を唄っていたらしい。

――誠が古代子の横をすりぬけて、ふたりの足もとに箱をおいた。「そげですよ、涌島さん。ここで働いてください。すぐに仲仕頭になれますよ」

指先で荷台の木箱を数えていた和栗もうなずいた。「ああ。頭はあとひとり欲しいところだが。あんたならちょうどいい。古代子さんもずっとここにいてもらうか」

面々が笑って、涌島はすこし照れながら首にかけていた手ぬぐいで顔の汗を拭う。

「じゃあ頼むわ」と南郷が涌島に声をかけた。

涌島は「はい」と応えると、大八車を牽きはじめた。

両脇の大きな木製の車輪が動きはじめた。誠がうしろを押し、古代子は和栗と並んで、そのあとをちょこちょことついて行く。

駅前通りを西へ。行き先は、逢坂村。

乾いた土面の駅前通りを進んでいくと、鶴崎旅館のまえで、水まきをしていた恵津子と出会った。

恵津子は割烹着姿の古代子を見て、柄杓をもつ手をとめた。「あら、古代子さん。どうしたんですか、そんな恰好で？」

「今日はお手伝い」と古代子はその場をごまかす。

すると、恵津子は古代子の立ち姿を上から下までながめて笑顔を浮かべた。「いつもとちがう感じですね。かわいい。古代子さん、荷はこびの女将さんも似あいますよ」

いつも気丈にハイカラを気どり、標準語を使うようにしている古代子だったが、綺麗ではなく、かわいいといわれることは、まんざらでもなかった。

「いいなあ、古代子さんはきちんとしたお着物を着ても、割烹着を着ても、すてきで。うらやましい……」

お世辞ではなく、本心で恵津子がそういってくれたような気がして、古代子は「ありがとう」と少し頬を赤らめた。

駅前通りから細い農道に入った。南西へと進んでいく。両脇の田んぼの緑が、大きな櫛で髪を梳かれるかのように、午後の涼風でゆらゆらと波うっている。路の先では、蜃気楼《しんきろう》のように鷲峰山の西の麓がぼんやりと歪《ゆが》んでいる。あそこに加村が借りている家があるのだ。

今朝、古代子は千鳥を小学校まで送った。そのとき校舎のなかを歩いている加村を見かけた。まちがいなく、今日は夕刻まで学校にいる……。

ふいに古代子の横を歩いていた和栗がつぶやいた。

「ひさしぶりに南郷の笑ったの見たなあ」

「そうですね。ここんところ声もかけられなかったから」と荷台を押していた誠が着物の袖で汗をぬぐった。

「そんなに怖かったんですか？」と古代子が和栗に訊いた。

「ああ。あいつ、二代目のことでちょっといらいらしとってな」

「暢のこと？」

「ああ。はやく帰ってこいって、ぶつぶついっとる」

暢――古代子の弟だ。田中家では長男にあたり、父亡きあと笹乃屋のあとを継いだ。が、いまは運送業の販路拡大の目的で大阪に行ったまま、帰ってくる気配がない。

「さいきん気高に何軒か同業ができてなあ、仕事を取られんように、二代目と算段せんと」と和栗がつけ足した。

「ごめんなさい」と古代子は頭を下げた。

「古代子さんがあやまることじゃねえですわ」

和栗はかるく笑った。が、古代子はうつむいたままだった。

暢が十八のころ、古代子に打ちあけたことがある。

「姉ちゃんがうらやましいよ」

暢は商売よりも、文学や絵が好きな青年だった。古代子に似た白くほっそりした顔と体軀は、荷物を担ぐよりも絵筆をにぎっているほうがあっている。古代子の小説がはじめて大阪朝日新聞で賞に選ばれたとき、いちばん喜んでくれたのは、暢でもあった。

だが、父が亡きあと、弟は笹乃屋を継がなくてはいけなくなった。そして商業高校を出たあと、すぐに店で働きはじめた。が、声は小さく、荷物もまともに運べない。すぐに仲仕たちは二代目を信用しなくなっていった。自らが率先して大荷物を担がないと、仲仕たちのような荒くれ男たちを纏《まと》めることはできないのだ。

和栗がちらりと古代子を見た。「南郷じゃあないがね、いま涌島さんが店にいたら、ずいぶんと助かるがなあ」

誠も荷台を押しながらうなずいた。「そうでしょうね。おふたりがいてくださると、どんなに心強いか」

先頭で大八車を牽いていた涌島がわずかに振りかえった。

「そうか。そりゃあうれしいな。じつはな、わしは力仕事もきらいじゃないんだわ。けど、わしらはじきに東京に行くから。な、古代」

「うん。八月に入ったらね」

「東京かあ……」誠がため息まじりにいった。「帝都なんて夢みたいだな。すごいとこなんでしょうね」

「誠くんも行ってみたいの？」

「いいえ、ぼくはここがあっとるから」

誠はそれ以上なにもいわず、荷台をおす両腕に力をこめる。

古代子は、ふと自分の足もとを見た。今朝かりてきた母の藁《わら》草履を履いている。そのところどころちぎれかけた履きもので乾いた土を踏みしめながら、少しずつ前に進んでいる。路の両脇には草が生え、そのむこうは右も左も田んぼだ。ぱらぱらと百姓たちが青く茂りつつある田の草取りをしている。

もしかすると、こうやって土を踏みしめ、荷を運び、田畑を耕す人生もあったのかもしれない。自尊心もなく、名前もなく、主義主張も革命のこころもなく、ただ油蟬《あぶらぜみ》が鳴き、殿様蛙《とのさまがえる》が跳ねる。そんな山と海にかこまれた指先だけの空間で生きていく。自らが求める場とは対極だった。けど若いころ、暢にかわって店のあとを継ぎ、この小さな世界の一員を選んだとしたら、どんな自分になっていたのだろうか――


いつのまにか大八車は逢坂村に入っていた。とはいえ、光景はあまりかわらない。ほとんどが田んぼと畑で、その合間の細い路を進むだけだ。

やがて西の山の麓に近づいてきた。その低い山ぞいに面して、いくつか藁葺きの農家が点在している。そのなかのいちばん大きな家のまえで大八車は停まった。この村落の豪農のひとつだ。

古代子たちは玄関から家人をよび、氷と魚がぎっしりつまった木箱を裏口まで運んだ。終わったあと、その家を辞し、空になった大八車を涌島がまた牽いて、そのまますぐ近くの西の山ぞいの茂みで停めた。松の木がすっと数本ならび、格好の木陰でもあった。

「じゃあわしら、ちょっと行ってきますから」と涌島が大八車の引手から身体を外に出した。

「ええ。南郷さんから聞いてます。お友だちに会ってくるんでしょう。しばらくここで休んでますから」と誠はうなずくと、すぐ近くを流れる小川に手ぬぐいをひたして、顔を拭きはじめる。

古代子が涌島に駆けよろうとした。が、和栗が呼びとめた。

「古代子さん、そのまえに、ちょっとええですか?」

「はい?」と古代子は立ちどまった。

気づいた涌島は、誠に並んで小川の水を飲みはじめた。ふたりに気をきかせてくれたのだろう。

和栗は古代子に近づくと、声を潜めてささやいた。

「ここだけの話なんですが。……あのね、さっきはいえんかったけど、南郷のことなんだわ」

「南郷さんがどうしたんですか?」

「あいつ、ここ何ヵ月か、店の金を抜いとるみたいなんだが」

古代子は驚きの声をあげた。「店の金を?」

「ええ……」和栗がうなずいた。「うちの経理のもんが、いくら算盤《そろばん》を弾《はじ》いてもあがりが合わんで、金庫に気をつけとったら、晩方《ばんがた》、あいつがこっそり抜いとるのを見たって」

「ほんとうですか? でも、どうしてそんなことを?」

「さあ。ただここんとこ、旅館に行くことが多いで、だからかもしれん」

確か、このあいだ恵津子が南郷の相手をしたといっていた。なんにんかの芸娼妓に通い詰めなのだろうか。

「それにしては額がおおきゅうてね、べつのところの支払いが足らんくなるし、困っちまって……。なあ、古代子さん。二代目、大阪から呼べんかな」

「わかりました。すぐに暢に手紙を出しておきます」

和栗が「すまんね」とぺこりと頭をさげた。

が、古代子は首をかしげた。「でも南郷さんも弟に帰ってきてもらいたいんでしょう。あの子が戻ってきたら、自分のやってることがばれるかもしれないのに……」

「さあ、やつがなに考えとるかさっぱり……」と和栗は首をひねって、立ちすくんだ。

おりを見たのか、涌島が呼んだ。

「行こう、古代」


午後四時ちかく。

涌島は木陰から草藪をわけて、西の山に入った。すぐにほとんど獣道と思えるような路を見つけて南に進みはじめる。古代子もその背中を追った。

五分ほど歩いてから真下を見おろすと、小径ぞいに小さな家が長屋のように並んでいた。涌島が山を下り、路を横ぎってその家々に近づく。ひとつひとつ玄関を見ていき、やがて真ん中の家のまえで立ちどまり、古代子を手まねきした。

古代子もあたりを見まわしながら、その家の玄関まで走った。

涌島が古代子に目くばせする。「表札に加村ってある。まちがいない、ここじゃ」

涌島はあたりを見まわすと、玄関の南京錠をガチャガチャ引っぱった。「鍵かあ」

「あんた、壊してよ。そういうの得意でしょう」

「またおまえは、強いことをいうのお。まあ、日比谷の派出所の錠前は、拳骨でぶちこわしてやったがな」

涌島は手ぬぐいで南京錠をつつんだ。なんどか力まかせに引っぱると、扉側の留め具のほうがあっさりと外れた。

涌島は笑みを浮かべると、玄関の引き戸を横に開いて、家のなかに足を踏みいれた。古代子もあとにつづく。

うす暗い。土間からなかを見まわすと、外に面したいくつかの障子からかすかに外光が滲み、舞い散る埃を浮かびあがらせている。

草履を脱いで室内にあがると、ふたつの部屋があることがわかった。奥の勝手につながった居間兼寝間と、その横に小さな納戸。物はさほど多くない。

居間にはめぼしい物品はなく、古代子と涌島は横の納戸にはいった。手前のすみにある低い台座のうえには、几帳面《きちょうめん》にきちんと着物が畳んで置いてある。学校で加村と会ったとき、彼が身につけていた紺の着物と茶色の袴だった。

涌島が納戸の奥にある簞笥のいちばん上の抽斗を引っぱって、なかを探りはじめた。古代子も覗きこんだ。ほとんどが学校に関する書類や書物ばかりだ。下の抽斗もおなじ。だが、上から三番目の抽斗を開けると、気になるものがあった。折りたたまれた因伯時報の一枚だ。日付を見ると、三週間まえ。

古代子は広げて見るなり、ちいさく声をあげた。「これ……」

いちばん下の欄に、鳥取座の公演の予定が並んでいて、四日まえの「活動大写真　探偵奇譚ジゴマ」が丸で囲まれていた。

つづけて、同じ抽斗にジゴマの散らしも見つけた。鳥取の弥生カフェーで千鳥が翠に見せた紙切れと同じだ。紙面には、あのジゴマの線画《ビジュアル》に、例の煽情的な惹句が踊っている。

〝十二年ノ時ヲ経テ、復活ス！　兇賊ジゴマ！

駆ケレ、来タレ、鳥取座へ！〟

「加村先生も知ってたんだ。鳥取座でジゴマが映写されること……」

「そういうことになるな。千鳥のいったとおり、やっぱり加村先生もお仲間だ」と涌島はべつの抽斗をあさりつづけている。

「待ってよ、あんた。でも、あの人がほんとうに夜光会くずれかどうか、まだ……」

涌島が抽斗からなにかを取りだし、掌にのせて古代子に見せた。数個の薬包だ。

「先生、こんなもんも隠しとる」

「なによ、これ？」

「砒素《ひそ》だろうな」

「砒素って……毒じゃないの？」と古代子が声をあげた。

「ああ。飲んだらあの世行きだ。同じもん東京の露探が懐《ふところ》にいれとったよ」と涌島が神妙な顔でいった。

「どうして、こんなものを」

「むこうの間諜は敵に捕縛されたとき、自害するために持っとるんだ」

「じゃあこれを飲めば自分で死ねるってこと？　有島武郎先生みたいに？」

「ふん。有島先生は首吊りじゃ」

吐き捨てると、涌島は別の抽斗を探りはじめた。「とにかく、こんなもん持っとるだなんて、先生、まちがいなく夜光会くずれだ。おまけに露探だよ」

涌島がまた別の抽斗から、白いさらしに巻かれた棒らしきものを取りだした。そのさらしをほどいていくと、なかから短刀が出てきた。刃には赤黒い血痕らしきものがこびりついている。

見覚えがある。これは……。

「ジゴマが持ってた短刀に似てる」

涌島は再びさらしに刃物をつつみ、抽斗にもどした。

「だったらまちがいない。ここにあるってことは、人殺しの兇賊も先生だ。昨日ははっきりといえんかったけどな」

古代子はぼんやりと立ちつくした。加村先生があの兇賊？　つまり夜光会くずれの加村は、同じ会に属する座にいた男と諍いをおこし、憤怒の感情を爆発させた。そして兇賊に変じて殺し、その瞬間を見てしまった私と千鳥にまでも刃をむけた。しかも寄合所から駅まえまで私らを送ったあと、すぐにジゴマに変じて、また襲いかかってきた。

――それが加村先生の変態心理か。

現象と断片で組みあげれば、そうなる。

いや、ちがう……古代子は首を振った。第六官が告げる。違和感がある。この考えかたは、どこかずれてる。どこだ？

目線をそらすと、納戸の西の壁に本棚があった。いくつかの本が並んでいる。近づいて和綴の一冊を取り出す。本草学の本だ。さまざまな書きこみがある。押し花も一輪はさまれていた。加村は、植物に興味があるらしい。

が、すぐに別の本に目が引きよせられた。真ん中の棚に、地元鳥取の文芸同人誌が並んでいたのだ。

月刊「水脈」「我等《われら》」……すべてここ数年、古代子が短歌や散文詩を載せた号ばかりだ。そのうちの一冊を抜きとろうとした。

本の合間に入っていた薄赤い麻の布がはらりと床に落ちた。拾って、広げてみる。

「これ、私の……」

そうだ、おとといの朝、母がなくなったといっていた、私の腰巻だ。どうして、ここに……。まさか加村先生が……。

そうだ、あの青年訓導は、千鳥の詩や習字を母親の古代子が書いたといって近づいてきた。なんでも相談してくださいい、ともいった。

もうひとつ。寄合所からの帰り路、わざわざ付きそってくれた。あとで誠が笑っていた。

『先生に家まで送ってもらったらええですがな。いっしょにいたいんですよ』

ようやく気づいた。加村先生は自分のことを――

ふいにかたかたと錠前をゆする音がして、いきなり玄関が開いた。反射的に古代子と涌島は振りかえった。

加村が入ってきた。同時にふたりに気づき、顔つきをかえた。

「古代子さん！」

涌島が悪びれずにいった。「すいません。勝手に入らしてもらいました」

「やっぱり」と加村がうなずいた。

「加村先生、やっぱりって」と古代子がつぶやいた。

「今日は鷲峰祭のことで役場の人と話があるから、はやく学校を出ようと思っていたんです。そうしたら、千鳥ちゃんが妙に引きとめるから、どうしてかなあと思って……こういうことなんですね」

つづけざまに玄関から千鳥が飛びこんできた。加村の脇をすり抜けて居間に飛びこむと、泣きながら涌島の腰に抱きついた。

「ごめん……父ちゃん。先生とめようと思ったんだけど、ごめんなさい！」

「千鳥。つけてきたんだな」涌島は千鳥の頭を撫でると、加村を見つめた。「加村先生。あんた、丸エーの彫り物いれとるだろ。夜光会くずれか」

加村は涌島を見つめたまま、黙りこんだ。

「ゆうてくれや。もうみんなばれとる。あんたら、この春から鳥取市や気高のいくつかの村に潜伏しとるだろう」

加村がようやくうなずいた。「はい。すでになんにんか来ています。私は訓導の免状を持っていたので小学校に入れました」

「ほう。考えたな。夜光会くずれはまちがいないな」

「ええ。いまは『露亜党《ろあとう》』と名のっています」

「露亜党か。聞きおぼえがあるよ。夜光会くずれのなかでも、特に純度の高い、露探がまじった破壊活動者の集まりだ」

「けど涌島さん、あなただって日本社会主義同盟でしょう。私たちと考えかたは近いはずだ」

「ああ。けどな、仲間を殺したりはせん。ふん、大川周明先生が聞いたら泣くよ」

「いえ、先生も私たちの活動を認めてくださると思います」

「勝手なことというな！」涌島は箪笥をあごで指した。「先生。あの箪笥のなかにあぶな気《げ》な刃物があったよ。鳥取座でジゴマに化けて、あれで仲間を殺したんだろう？」

「…………」

「おまけに見られたもんも殺そうとした。先生、あんたほんに運が悪かったな。それがたまたま古代子と千鳥で。そのせいで、あんたがやったってばれてしまった」

加村は肯定も否定もせず、うつむく。

「ここまできてシラを切るんか？　じゃあ、教えてくれ。死んだ男も夜光会くずれだろう？　名は？」

加村がようやく口をひらいた。「柊木芳晴《ひいらぎよしはる》といいます」

「柊木か。よっぽど腹に据えかねるようなことがあったんか？」

加村は黙したまま古代子を見た。すねたような青年の目線が突きささる。

古代子のこころのなかがざわめいた。……ちがう、やっぱり、なにかがずれている。あてはまらない断片がある。

「待って、あんた。この人はやってない」

「古代、なにいっとる？」

にぎっていた赤い麻布を加村にかざして見せた。「先生、これ私の腰巻よ。ここ何日か見あたらなくてね……こっそり盗ったんじゃないの？」

加村の顔つきがかわった。腰巻きを見つめたまま立ちすくむ。

「それに、千鳥のことで私になんども会いにきた」

「ほう」涌島が目線を腰巻から加村にやった。「加村先生、あんた、古代子のこと好いとったんか？　じゃあ、あんたはちがうかもしれん。古代を好いとったら、殺そうとしたりせんな」

青年訓導は、またゆっくりとうつむいた。

「そうよ、先生……」古代子は足袋《たび》のまま土間におりると、加村に近づいた。「あと、もうひとつ。目ざとい千鳥が入れ墨のこと以外なにもいわなかった。いっしょに泳いで先生の身体を見たはずなのに……」

古代子は加村に近づくなり、いきなり和服の胸もとを開いた。張りのある若者の胸があらわになった。

「やっぱり。ジゴマには右の胸に傷があるはず。私が枡の木の棒で思いっきり突いたから。けど、あなたにはない。ほかにいるんでしょう、柊木を殺した人が？　私らを狙った人が」

加村は乱れた着物をていねいに戻すと、ようやく顔をあげた。

「私は……私は露亜党のために、人生をかけて革命をなし遂げるつもりだった。だからいっとき、この地に潜伏した……けど、古代子さん、この村にはあなたがいた」

「私がいた？」

「ええ」加村は絞りだすようにつづける。「心地よい詩に、美しい文。それにしっかりとした考え……。なんどもなんども読みました。実際にお会いしたとき、こんなすてきな女の人がいるだなんて……私のこころは震えました。あなたがいたから……だから！」

加村は居間に駆けあがると、いきなり涌島に体あたりをくらわせた。不意の急襲で、さすがの大男も床に転がった。そのいきおいで、うしろの千鳥もよろめく。

「キャッ！」

涌島があわてて立ちあがり、千鳥の身体を抱きかかえる。

その脇をすりぬけて加村は納戸に飛びこむと、簞笥の抽斗を開けて、さらしに巻かれた短刀を取った。白い布をほどきながら居間に戻ると、刃物の鋭い切っ先を涌島にむける。

「下がれ！」

涌島は千鳥を背にしてかばいながら、少しずつ下がるしかない。

加村が居間から土間に飛びおりた。外に出ようとする。

「待って！」と古代子が加村に手を伸ばし、叫んだ。

加村が動きをとめた。一瞬だけ目があった。――両目から涙がこぼれている。すぐに彼は路に飛びだした。

古代子も土間から外に出て、見まわす。加村が路を横切り、自分たちがやってきた西の裏山のなかに入っていく。

つづけざまに涌島も出てきた。「加村先生は⁉」

古代子はふるえる指で山をさした。「あ、あのなかに……」

「古代！　村に帰って南郷さんと宇市さんを呼んでくれ」

「南郷さんと宇市っちゃん？」

「ああ。南郷さんは仕事がら気高の路にくわしい。宇市さんはここらのことならなんでも知っとる」と涌島も路を横切り、山に走る。

「うん！　でも呼んで、どうするの⁉」

涌島は、わずかに振りかえると、叫んだ。

「加村先生を狩る」

「わ、わかった……！」と古代子はかろうじて応えた。

涌島は草薮をかきわけ、山に飛びこんでいった。が、古代子は身体からすべての力が抜けおち、地面にぺたんと坐りこんでしまった。

「母ちゃん、母ちゃん！」

千鳥が家から飛びでてきた。古代子に駆けよって、抱きついてくる。

せいぜい古代子にできたのは、わが子を強く抱きかえすことだけだった。

第四章　来鳥者

千鳥を抱いたまま地面に坐りこんでいた古代子だったが、呼吸をととのえると、ようやく立ちあがった。

千鳥の手を引き、ふらふらと歩きはじめ、なんとか和栗と誠がいる山沿いの木陰にたどりついた。

「逢坂に人を殺したかもしれん人がおって、西の山に逃げこんだの。短刀もってて、いま涌島があとを追ってるけど、南郷さんと宇市っちゃんに来てもらいたいって……」

かろうじてそう伝えると、誠は血相をかえて浜村への小径を駆けていった。

そのあと千鳥を大八車の荷台にのせ、古代子は和栗と浜村にむかった。車は和栗が牽いてくれて、古代子はうしろから押した。

荷台のうえの千鳥が振りむいた。

「加村先生は、母ちゃんのこと好いとったの？」

「そうね……。でも母ちゃんには、あの人がいるから。父ちゃんのこと、ずっとずっと好きだから」

乾いた声で千鳥がいった。「うん。父ちゃんがいるもんね。しかたないよね」

そうだね。しかたない。どうしようもない。


涌島が家宅に帰ってきたのは、あたりがすっかり暗くなった午後七時すぎのことだった。ふうふういいながら重い身体を引きずるようにして玄関から居間に入ってくると、巨体をゆらして畳の上に坐りこんだ。

「どうだったの、あんた？　加村先生は？」と古代子が駆けよった。

「いや、まだ見つからん」と涌島は首を振ると、着物を脱ぎはじめた。

着物は土と草にまみれていた。よっぽど山のなかを駆けずりまわったのだろう。古代子は庭におりると、桶の水で手ぬぐいを湿らせ、手を伸ばして居間の涌島にわたした。

受けとると、涌島は身体の汗を拭きはじめた。

「今夜はもう探すのはむりだ。わしは宇市さんに、ひと足先に帰って古代と千鳥に顔みせとくようにいわれてな。これからまた寄合所に行ってくるよ。浜村と逢坂の村長が来るらしいから、これからのこと、いろいろ話してくる」

古代子は縁側にあがって居間に戻ると、畳んでおいてあった着物を取り、涌島のうしろから着せてやる。

「警察には行くの？」

涌島が首を振る。「いや。とりあえず、ひと晩様子をみようってことになった。明日になっても見つからんかったら、宝木の駐在所に行く。それから、また山に入らんといかんなあ」

「あとは村の人にまかせたら？」

「けどな、先生、刃物もっとるし、あぶないがな」

涌島は寝間の襖を少し開けた。千鳥が布団に横たわり、ちいさく鼾《いびき》をかいて寝ていた。

「どうだ、千鳥は？」

「私なんかよりもずっと落ちついてた。けどね、咳も出て、少し熱もあったの」

「そうか。なかなか千鳥の咳はおさまらんなあ。東京に行ったら、いちばんにお医者さんに看てもらわんと」

涌島は寝間の襖を閉めると、太い胴に帯を回した。

「古代、家におれよ。まだほかの露亜党のやつらが気高の集落に潜んどるかもしれんからな」

「うん。あいつら見た村の人もいるし、加村先生も他になんにんか潜伏してるっていってたからね。……ねえ、あんた」

涌島は帯をきつく締めた。「なんだ？」

「私、思うの。やっぱり先生は柊木を殺してない。胸に傷がなかったし」

「ああ、わしもそう思う。けど、先生、なんもいわんかった」

「どうしてなのかな？　どうして否定しなかったのかな？」

古代子が必死に考えはじめると、涌島は急に優しい顔になった。

「かわいいな、古代は」

「えっ？」

「おらんくなった加村先生のために、一所懸命そうやって考えとる。そんなさまの古代は、すごくかわいい」

涌島は大きな右の手のひらで、古代子の頭を撫でた。

「やめてよ」と古代はうつむいたが、その手を払わなかった。

涌島は「行ってくる」と土間におりて、玄関から外に出た。それから着物の裾を少し上げると、暗い駅前通りを西のほうに小走りで駆けていった。

いっしょに外に出た古代子は、小さくなっていく涌島の背を見送るしかなかった。あの人になにもありませんように……と古代子はこころのなかで手をあわせた。

涌島が走りさった暗闇の彼方に、朧気《おぼろげ》に低い西の山が見えた。あの裾から加村は山のなかに入った。いったいどこに消えてしまったのだろうか。


青年訓導が見つかったのは、次の日の午後のことだった。

古代子は朝からずっと千鳥の面倒を見ていた。汗を拭き、着替えさせ、食事をとらせた。午後になると、夏の日射しがはげしくなり、庭の黒鶏は小屋から出ようとしなくなった。一方、娘の咳はやみ、顔色も良くなってきた。

安堵したとき、家宅の玄関が開き、恵津子の大声が響いてきた。

「古代子さん！　古代子さん！」

「えっちゃん？　どうしたの？」

古代子が顔を出すと、恵津子が立っていて、また叫んだ。

「加村先生、見つかったそうです！」

「えっ？　どこで？」

「東の丘の墓場です。で、それで、それで……亡くなられていたそうです」

「亡くなった……」古代子は呆然と立ちつくした「ほんとうなの？」

「はい。いまお店のまえで水まきしてたら、宇市さんがあわてて駆けていくところに出くわして。知りあいのお百姓さんが見つけたって。すぐに古代子さんに伝えてくれっていわれて、それで私……」

「行ってくる！」

古代子は居間に転がっていた巾着を引っ摑んだ。が、振りかえると、奥の寝間で、布団のなかの千鳥がぼんやりとした目でこっちを見ていた。

恵津子が心配そうにいった。「千鳥ちゃんぐあい悪いんですか？」

「うん。昨日から少しね。もうだいぶ良くなったんだけど。どうしよう。母さんは笹乃屋の手伝いで鹿野に行ってるし……」

恵津子が笑顔を見せた。「私、夕《ゆうべ》まで暇があるんで千鳥ちゃん見てますよ」

「でもそんな、悪いわ」

が、恵津子が寝間に声をかけた。「いいわよね、千鳥ちゃん」

千鳥が顔をあげた。「ええよ。えっちゃんといっしょにいる」

「ほら、千鳥ちゃんもああいってるし」

「そう。悪いわね。ありがとう。じゃあ私、行ってくる」

古代子は土間の草履に足をつっこむと、外に駆けだした。

駅前通りを十分ほど東にまっすぐに走り、鷲峰山の麓にあたる東の山に入った。そこから山頂につづく横道に入る。ときおり名もない雑草のするどい葉先で脛を擦りながらも、ようやく中腹にある松の木と茂みに囲まれた三十坪ほどの平地に出た。丘のうえの墓場だ。半ば朽ちかけた卒塔婆や、苔まみれの燈籠や墓石がところせましと数十個ほど並んでいる。

そのなかに、なんにんかの着物姿の男や百姓たちがいて、ざわざわと騒いでいた。憔悴《しょうすい》した顔の南郷と宇市を見つけた。

「南郷さん、宇市っちゃん！」と古代子は叫ぶと、歩みよった。

が、立ちどまる。墓石の合間の砂のうえに、仰向けに倒れている男の下半身が見えたのだ。草履がぬげ落ち、袴は乱れている。おそるおそる近づこうとすると、宇市が両手で制した。

「古代子、見るんじゃねえ」

「でも、わ、私、だいじょうぶだから……」

古代子がいいよどむと、奥の茂みから涌島がぶらりと姿をあらわした。

「宇市さん、見せてやってよ。千鳥の先生なんだから、わしらよりもずっとこの人が加村先生かどうかわかる」

宇市は一瞬困った顔をしたが、渋々うなずいた。南郷も顔つきをかえないまま、あごで古代子をうながした。

古代子は宇市と南郷に一礼すると、墓石の隙間をぬって近づいた。

まちがいなく加村だった。砂のうえに両手をひろげて大の字で倒れている。顔は引きつっていて、見ひらかれた目と半分開いた口には、無数の蠅がたかっていた。

「加村先生……」と古代子はかろうじてつぶやいた。

その場に跪《ひざまず》くと、無意識のうちに手をあわせていた。両目に涙があふれてくる。

涌島がうしろから古代子の右肩を叩いた。「加村先生にまちがいないな」

「うん。でもどうしてこんな……」

「腹、よく見てみろ。あの短刀だ」

遺骸の腹部の左に目をやると、隠し持っていた件《くだん》の短刀が刺さり、着物と袴に血が滲んでいるのがわかった。もっとも血は半日ものあいだ直射日光を浴びていて、すでに乾き切っていたが。

「殺されたの？」

「どげかなあ……」宇市が平手で蠅をはらった。「自分でやったのかもしれん。逃げ場がないと思って、自分で腹切りだわ」

「いや、だれかに殺められたんだろう」と涌島がさえぎった。

「なにか証《あかし》があるの？」と古代子が訊いた。

涌島は、いままで自分がいた墓場の奥の茂みを指した。

「あの茂みの下の草がずいぶんと荒れていて、葉に血の痕があった。もしかすると、先生、あそこで短刀奪われて刺されて、よろよろとここまで来て、倒れたんかもしれん」

「うむ」南郷が腕をくんだ。「涌島さん、足あとはあるだか？」

「いえ、ありませんでした。墓場は砂地だが、むこうは草ばかりだし、草伝いに奥に逃げたら足あとも行き先も見つからん」

宇市が大きく息をついた。「まあ、どっちにしろ、だれかに刺されたことはちがいなしか」

百姓が丸めた茣蓙《ござ》をかかえてやってきた。宇市は受けとると、その茣蓙を広げ、加村の亡骸のうえにかぶせた。そしてひざまずいて、「南無阿弥陀仏《なんまいだ》……」と手をあわせた。

古代子もういちど手をあわせると、ようやく立ちあがった。「あんた、警察は？」

「誠くんが宝木の駐在所に行っとるよ」

涌島は東のほうを指すと、ふうと息をついて天をあおいだ。それから、墓のすみに横だおしでうち捨てられていた燈籠のひとつに腰をおろすと、加村の亡骸にかぶせられた茣蓙を見つめた。

「なあ、南郷さん、宇市さん？」

「ん？」と南郷と宇市が沈痛な顔で涌島を見た。

「すこし相談ごとがあるんだがなあ……」

「なにをだ、涌島さん？」と南郷が涌島にむきなおった。

「だれがやったか、だいたいわかっとる」

宇市が叫んだ。「わかっとる!? 涌島さん、ほんとうか？」

涌島がうなずいた。「ああ。こいつはアナキスト同士の諍いだ。おまけに殺したやつらは、まだここいらに潜んどる度合いが高い。なんとかせんといかん。同じコミュニストとして、それだけの責任は感じとる。けど、わしだけじゃあ手にあまる」

「…………」

「こんども、あんたらの知恵や力をかりたい――」

涌島がそこまでいうと、ピーと高い笛の音が響いてきた。見ると、東の宝木にむかう小径から、なんにんかの警官が警笛を鳴らしながら駆けてきた。

涌島がまた口を開いた。「その前に、あいつらのとこに行かんといかんな。南郷さん、宇市さん、村長に伝えておいてくれんか。村の人は関係ない。犯人は物騒でやっかいで、平気で人も殺すやつらじゃ。突つくとあぶない。村の人もやられるかもしれん。警察もできるかぎり押さえてくださいって」

「警察はええんか？」と南郷が強い口調でいった。

「ふん。あいつら、社会主義者同士で勝手に殺しあえって思いますよ。それに巡査が村を嗅ぎまわる姿を見たら、やつらは奥の奥に逃げて、かんたんに顔を見せんくなる。わしがなんとかしますから」

「そうか。まあ、鷲峰祭も近いしな……」と南郷が渋々いった。

「わかった。村長には伝えとくわ」と宇市もうなずいた。

「古代。駐在所に行ってわけを話してこよう。なんもせんでも、どうせ召喚される」と涌島は立ちあがると、古代子の背を叩いた。

「うん……」と古代子は力なくうなずいた。

墓場から北を見おろすと、蒼い日本海がひろがり、その手前の線路をいままさに白い煙をあげながら、蒸気機関車が東へとむかっていた。レールは神戸、大阪、東京へとつづいている。

古代子は立ちつくしたまま、その黒鉄が東に走りさる光景をじっと見つめていた。

「ほんもののジゴマがあらわれた⁉」

そう叫ぶと、古代子と涌島のまえに坐っていた口ひげをたくわえた中年の駐在所の警察官は、椅子からころげ落ちるくらい身体をゆらし、大笑いした。

だが鳥取県警からやってきた、頭に大量の白髪がまじった細身の年かさの警察官は、その横で顔色ひとつかえずに聞いていた。

鷲峰山の東のむこうにある宝木駐在所、そのなかの小さな取調室でのことだった。

あのあと古代子と涌島は、いちばんわけを知っている縁者だとして、警官たちにこの駐在所まで連れてこられた。そして、この口ひげ警官と白髪警官にいままでの経緯《いきさつ》を話したのだ。

鳥取座の火災のこと、兇賊ジゴマがあらわれて、客のひとりを殺したこと、そのことを見てしまった古代子と娘が、同じジゴマとZ組に襲われたこと。しかも、その大怪盗が夜光会くずれの露亜党の一味で——

「柊木と加村先生をやったんはそいつらじゃ。みんな大阪から流れてきた危険なアナキストでな、いまも因幡のどこぞの集落に隠れとるにちがいない！　このあたりはとくにあぶないんじゃ！」

県警の白髪警官が向かいの涌島をにらんだ。

「なあ、涌島さん。まあ、とりあえずは、そうしとこうか」

涌島が鼻を鳴らした。「なんじゃ、信じてくれんのか？」

「私は最初から、そんな与太、話はんぶんにしか聞いとらんよ。なんせあんたは、東京の特高に目をつけられとるからな」

「どういう意味だ？」

「涌島さん、あんたが殺したってこともあるんじゃないのか？」

「わしが？」と涌島がにらみかえした。

「ああ。益体《やくたい》もない社会主義者同士の争いなんだろう。あんたもおんなじ仲間だよ。警察としては、そのことも考えて見張りもつけなならんな」

警察官の冷たい目線が涌島の顔に突きささる。

涌島はしぶしぶ口を開いた。「やっぱりあんたらにみんな話したのがまちがいだったよ。……わしはやっとらん。加村先生が殺された時分、ずっと、笠松宇市さんっていう浜村の百姓といっしょにおった。話を聞いてみるとええがな」

「そうか、あとで確かめてみるわ」

白髪警官は手帳に宇市の名前を書きこむと、こんどは鋭い目で古代子を見つめた。「田中古代子さん」

「はい」

「あんたの名前は知っとるよ。このあたりじゃあずいぶんと有名な文筆家だね」

「さあねえ。けど鳥取県警の人が知ってるなら、そうなんでしょう」

涼しい顔をして古代子は応えた。この部屋に押しこまれるまえに、鎮痛剤を一錠飲んでおいたのは正解だった。頭がすっきりして、警官の目線を跳ねかえすほどの余裕があった。

が、白髪警官は冷たい目つきのままだ。「いまの話がほんとうなら、その加村先生っていうのは、古代子さん、あんたを好いとったらしいね」

「それが？」

「あんたのことで、また新聞がさわぐよ」

「女の自立を訴える〝新しい女〟、田中古代子、希代の悪女《ファムファタール》って？」

「ああ。そういうことだ」

「この件と、なんの縁《えにし》があるんですか？」と古代子はいいかえす。

「それがわけで、潜んどるやつは仲間割れしたのかもな。ようするにあんたもこの殺しに関わってることだ」

「私が？　なんでよ、私は、私は……ちがう！」

次の瞬間、涌島が両手で白髪警官の襟もとをひねりあげた。

「てめえ、ええかげんにせいや！」

はらはらと見ていた口ひげ警官が腰のサーベルに手をかけた。が、県警の警官は眉ひとつ動かさず、右手で口ひげを制した。

涌島は両手の力をゆるめると、椅子にどっしりと坐りなおした。

「これ以上はなんも話さん。文句があるなら、特高呼んでこい！」

県警の警官は自由になった首を両手ではらった。

「ふん。ふたりはしばらくここにおってもらうからな。ほら、立て！」

いわれるがままに立ちあがると、口ひげ警官に先導されて、駐在所の奥に連れていかれた。

太い格子の扉でできた四畳半ほどの留置場があり、そのなかに押しこめられ、大きな錠前を掛けられた。

すり切れた畳のうえに坐りこみ、しばらく古代子と涌島はじっとしていた。が、あたりはすっかり暗くなってきて、そのままふたりはごろりと横になった。

「千鳥、だいじょうぶかな？」と暗い天井を見ながら、古代子がぽつりとつぶやいた。

「えっちゃんに見てもらっとるんだろ。千鳥もあの人なら、慣れとるから」

「そうね。あの子、えっちゃん好きだから。それに、夜は母さんが帰ってくるし、ひと晩くらいならだいじょうぶだと思う」

涌島が右腕を古代子の頭の下に差しだした。

「ありがとう」古代子はその腕を枕にした。「……ねえ、あんた。東京に行くのおそくなるわね」

二回も人殺しに遭遇して、おまけに留置場に閉じこめられているのだ。帝都行きの計画は、なくなってしまうかもしれない。

なんともいえない、この無力感。女であるということは、こんなに無価値なのか。都会の女なら、こんななかを楽々と乗り越えていけるのだろうか。

鎮痛剤が切れてきたのかもしれない。古代子の頭が少しだけ痛んできた。同時に、両目から涙があふれてきた。

そのことを察したのか、涌島が大きな左の手のひらで古代子の頬をつつんだ。

「心配するな。ええか、古代？　東京には必ず行く。これからやることはたくさんある。むこうにいって、本屋をつくるつもりだ。自分らの考えを、世のなかに広めるためにな」

「…………」

「それにな、古代子は思ったよりもずっと強い女だ。こんなもん、いくらでも跳ねかえせる」

「うん……」と古代子が涙声でいった。

するといきなり涌島が半身を起こし、太い声で歌いはじめた。

「昼でも夜でも　暗いよ牢屋！

見張らば見張れ　逃げはせぬぞえ！」

狭い留置場のなかで涌島の声が反響し、古代子はびくりと身体をふるわせた。

「どうしたのよ、あんた。急に？」

「ゴルキーの唄はこんなときに唄うんじゃ。古代もいっしょに歌え！　娑婆には出たいが、えい、えい、えーい！」

また涌島が大声で叫んで、天井にむかって腕を突きあげた。すこし躊躇《ためら》っていたが、古代子も身体を起こし、右腕を振り上げて負けずに叫ぶ。

「娑婆には出たいが、えい、えい、えーい！」

次の瞬間、古代子は涌島の大きな胸に飛びこんだ。

古代子と涌島が宝木の駐在所から解放されたのは、翌日の昼近くになってからのことだった。屑米《くずまい》と里芋《さといも》のかんたんな昼飯をもらい、留置場で食べていたとき、口ひげ警官がやってきて扉を開けてくれた。

「さ、もう出られるから」

首をひねりながら、留置場の先の部屋に行くと、これまた昨日の県警の白髪警官が渋面で立っていて、そのうしろには宇市の姿があった。

古代子が目を丸くして叫んだ。「宇市っちゃん！」

宇市がにやにや笑った。「さ、涌島さん、古代子。帰ろう」

「あ、うん。けどどうして急に？」

すると白髪警官が無愛想な顔のまま、つぶやいた。

「朝から浜村の村長が鳥取県警のほうに押しかけてきてなあ……」

「おれも森川村長といっしょに行ったがな。そこでな——」

——そこで村長は署長室にのりこんで、署長相手に古代子と涌島をすぐに出すように命令したという。

まず、ふたりがかかわっている証左もない。それに、ふたりがいないと来週の鷲峰祭で差しさわりがある。なので、さっさと解放せよ。あと、祭が終わるまでは警察の捜査もまずひかえめに。村のことは村でかたをつけるので。そして——

「おい、田村《たむら》！　わしのいうこときかんと、ことしの鷲峰祭はすべてとりやめるで。一年かけたもんがぜんぶお釈迦になったのは、警察のせいだって新聞にいうたるがな」

宇市の話によると、鳥取県警の署長は森川村長の県師範学校時代の後輩だという。

白髪警官が悔しげにいった。「とにかく、特高が浜村に行くかもしれんからね。そんときは県警は責任とらんよ。いいね？」

「けっ」宇市が吐きすてた。「ほら、行こう行こう。こんな験《げん》の悪いとこ、いつまでもおられるか」

古代子は宇市に腕をとられ、涌島とともに駐在所の外へ連れだされた。外に出ると、宇市に頭をさげる。

「ありがとう、宇市っちゃん」

宇市は首を振ると、古代子と涌島に耳打ちしてきた。「村長から伝言だ。ふたりを信じとるから、あとはしっかり頼むってよ」

涌島がうなずいた。「ありがたいな、村長……」

ふいに涌島が、平屋建ての黒い駐在所の玄関を睨んだ。口ひげ警官が玄関から顔を出し、こっちをうかがっている。涌島は彼に近づくと、腕をとって外に引っぱり出した。

「な、なんだ……」と彼は帽子をずり落としながらつれだされた。

「なあ、教えてくれんか？」と涌島は口ひげ警官の顔を睨んだ。

「なにをだ？」

「加村先生はやっぱり殺されとったんか？　それとも自分で死んだんか？」

「ああ。きのうの夜、米子病院の臨検係がきて、写真撮ったりして死骸を調べとったよ。前のほうから強く刺されたことはわかる、といっとった。で、やっぱりだれかに刺されて殺されたってことで落ちついた。正式な報告が来週くるわ」

「ふむ」と涌島がうなずいて、こんどは古代子が訊いた。

「先生、大阪から来てたんです。ご親族と通じたんですか？」

「いや、県警から大阪府警に電話連絡をしたんだがね、加村清という名前は本名で、学校に教えていた前の住所もほんとうだった。けど、天涯孤独だったみたいでね」

「天涯孤独？　ひとりものだったんですか？」

「ああ。もともと加村は口減らしで捨てられた子らしくてな。親族も身よりもなくて……。わしらもほとほと困っとるんだ。このままだと、遺骨どこに持っていってええか」

「そうですか……」と古代子はうつむいた。

「すまんな、いろいろ訊いて」と涌島は警官に頭をさげると、宝木の集落をよこぎる大きな路にむかった。

古代子もあとにつづく。それから涌島と宇市と西へ、宝木から浜村のほうへと歩いていった。

ふいに古代子の脳裏に、加村の優しげな顔が浮かぶ。先生は墓をつくってもらえないのか。そう考えたら無性にさみしくなった。

山を抜けるとき、あの墓場に行く小径が目に入った。だが、逆光でその先はわからなかった。

気がつくと、山をこえて浜村の東の外れにたどりつき、駅前通りに入っていた。行く先に、浜村川があらわれた。横幅十五米《メートル》ほどの大きな川で、南の鹿野からまっすぐ下って北の日本海に流れこんでいる。

その川にかかる木造の浜村橋をわたっていく。そのとき聞いたことのない轟音が響いてきた。鉄道とはちがう。金属が水を激しく跳ねとばす硬質な音だ。

古代子が日本海側の川面を見ると、一艘の船が櫓《ろ》をこぐ船の何倍もの速さで橋のほうに近づいてきた。

やがて、船は速度をゆるめて何艘か留めてある木船の隙間に入り、ゆっくりと停まった。船には白シャツの南郷が乗っていて、うしろの小さな鉄の機械を操作した。轟音がやんで、あたりが夏の午後の静寂にかわった。

古代子は橋のうえから手を振った。「南郷さん！」

「警察から出られただな。よかった」と南郷が川縁につきでている杭に舫を繋ぎはじめた。

宇市が橋の上からきょろきょろと船を見まわす。

「これが発動機船か？　はええなあ。えらいもんだなあ」

古代子もつられて船を見た。よく見る帆立漁《たてりょう》で使われる小さな木船だが、うしろには、小さな長方形の鉄の機械が据えつけられている。その鉄の箱が水に浸かっている丸い羽根をまわし、水を弾き飛ばして船を推進させているのだ。

鉄の箱がどういう仕組みで動くのかはわからなかった。ただ鳥取市でたまに見る定期バスや四輪の車と同じ造りで、石炭ではなく軽油やガソリンを使って動くと聞いている。翠がいっていた東京の円太郎バスも同じ駆動なのだろう。最近は船にもつけられるようになっていて、笹乃屋も導入したのだ。この船で浜村川経由で日本海に出れば、賀露や鳥取にもかなりの速さで荷物を届けることができる。運送屋にしてみれば、金の儲けぐちがひとつ広がるのだ。

宇市が南郷に叫んだ。「祭のとき、子ども乗せるんだろう。うちの餓鬼もたのむ。きっと目をまわすぞ」

宇市が大声で笑うと、こんどは涌島がいった。

「南郷さん、宇市さん、今日の夜、暇あるかな」

船の上の南郷が応える。「昨日いっとった相談ごとか？」

涌島が「はい」というと、南郷も宇市も「ええよ」とうなずいた。

「じゃあおおかた七時くらいにでも寄合所で。お願いします」

涌島が頭を下げると、ふたりとも笑顔を見せた。

古代子たちは、橋をわたりおえて南郷と別れた。すると、すぐに宇市が田んぼにいる百姓仲間に気づいた。ここらであやしいやつ見たかどうか訊いてみる、と田と田のあいだの畦に入って、ひょいひょいと歩いていった。

宇市とも別れると、ふたりはまた駅前通りを東へ進んでいく。

古代子は涌島に訊いた。「あんた。三人でなんの話するの？」

「露亜党のやつらは、鳥取市だけじゃなくて、気高郡全体にも何人か潜伏しとるはずじゃ。とくに浜村だと、ジゴマと、あと二人組の男……鳥取市から流れてきて、まだここにおるかもしれん」

「うん。で、どうするの？」

「あいつらを狩る」

「狩る？」古代子は目を丸くした。「潜伏してる人たちをみんな捕まえるの？」

「ああ。党員狩りだ。少なくとも気高に潜んどるやつらは、みんな捕縛したる」

「そんなことできるの？　気高っていっても広いし、相手がなんにんいるかもわからないのよ。それに、どうやってやるのよ？」

「まだわからん。けど、どっちにしろ、このままにして東京には行けんよ。同じコミュニストとしてな」

古代子は呆れていった。「ばかね、あんたは……」

「わしのなにがばかだ？」

「それだけじゃないでしょう。あんた、加村先生を逃がしたことに責任を感じてる。……ごめんなさい。私が加村先生の家を探したいなんていったから」

が、涌島は子どものように口をとがらせた。「ふん。うがちすぎだ。邪推する女はきらわれるぞ」

古代子は笑顔をかえした。「ねえ、私も寄合に行く。いっしょになにか手だて考える」

「けど、千鳥だっているがな」

「じゃあ、あの子が寝てからでいいから。ね、あんた」と古代子は涌島の腕を引っぱった。

「そうだな。じゃあ、千鳥が寝たころを見はからって、むかえに来るわ。なんかつまみでも用意しとけや」

「うん。ええ考えがでるといいね」と古代子は弾んだ声でいった。

そのまま駅前通りを先に進んでいくと、少しずつ人通りが増えてきた。商店の呼びこみ、猫車をおす土工、温泉客……きのう人が殺された村だと思えない。まるで真夏の光線をさけるかのように、みんなでわざと知らんふりしているようだった。

その人ごみの隙間の先に、小さな子どもが立っていて、あちこちを見まわしている。

千鳥だ。

古代子は「千鳥よ」と涌島にいうと駆けだした。

すぐに千鳥も気づいた。笑顔を浮かべて、こっちに走ってくるなり、古代子の胸に飛びこんできた。「母ちゃん！」

「身体のぐあいはどう？」

「もうなんともない、咳もとまった！」

涌島も追いついてきて、千鳥の頭を撫でながら顔を覗きこんだ。「顔色もええし、だいじょうぶみたいだな」

「私は頑丈だ」とこんどは千鳥は涌島の腰にだきついた。

「おかえりなさい、古代子さん、涌島さん」と声が響いてきた。顔をあげると、恵津子がぱたぱたと近づいてくる。

「よかったね、千鳥ちゃん。ふたりとも帰ってきたね」

「うん！」

「涌島さん、警察のほうはもう……」と恵津子が訊いた。

「はい。とりあえず、いっとき釈放ですわ」

「えっちゃん、ごめんね。急にこの子、見てもらって」と古代子がすまなそうに頭をさげる。

「ありがとうございました」と涌島も深く頭をさげた。

「いいえ」恵津子は首を振った。「わけは宇市さんに聞きましたから。それに、千鳥ちゃん、咳もやんだし、私がお仕事のときは、お店でええ子にしててくれたし」

「きのうはえっちゃんの部屋にも行ったよ。見て、これ!」と千鳥は袂から鳥の形をした笛を取りだし、掌にのせた。

「チドリ笛?」と古代子がじっと見つめた。

「ええ」恵津子が応えた。「いっしょに通りの雑貨屋さんに行ったんです。そしたらたくさん鳥笛があって。ほかにも金糸雀《かなりあ》笛や鳩笛もあったけど、チドリ笛がいいって、これを」

「あんた、えっちゃんに買ってもらったの?」

「うん」

「こら、千鳥!」涌島が恵津子に平身低頭した。「お金、払いますから、すいません、ほんとうに……」

「いいんですよ。私が買ってあげるっていったんですから」

恵津子が平手で涌島をさえぎる。その光景を尻目に、千鳥がチドリ笛の尻尾を口につけ、息を吹きこんだ。

ピロピロとチドリの鳴き声があたりに響きわたる。

困惑していた涌島がゆっくりと穏やかな顔にかわった。

「ほう、ええ音《ね》だなあ。こころのなかに染みこんでくるみたいじゃ」

古代子も同じだった。床の固い留置場にひと晩も留《とど》められ、さんざん直射の光線のなかを歩いてきて、身体中じっとりと汗がにじみ、怠《だる》かった。だが、その鳥笛の音がみんな吹きとばしてくれるような気がした。

が、千鳥が調子にのって吹きつづけると、音が割れて唾液があたりに飛び散った。

「だいなしじゃあ」と涌島が破顔した。

恵津子がくすりと笑い、古代子もつられて大声で笑った。

夕刻になると、古代子は涌島と千鳥とともに家宅を出て、近くの共同浴場で汗を流した。それから涌島は、晩飯をすさまじい勢いでかきこんで家を出ていった。寄合所に行って、南郷や宇市と話しあうのだ。

涌島たちはどうやってこの因幡に潜んでいるなんにんもの露亜党員を狩るのだろうか。自分もなにか手助けができればよいが……。

そんなことを考えながら、古代子は千鳥を縁側に坐らせ、おかっぱの髪をうしろから梳きはじめた。

外からむし暑い気がただよい、蟋蟀《きりぎりす》と殿様蛙の喧《かまびす》しい鳴き声が響いてくる。

千鳥がチドリ笛を取りだして、ピロピロと吹きはじめた。

「千鳥。もう夜だからやめなさい」

千鳥は笛を口からはなした。「うん」

「そうそう、すこし机んとこかたづけなさいよ」

居間のすみにある千鳥の文机は花や小物であふれている。路で露草を摘むように、きれいなものやかわいいものだったら、つい拾ってきてしまうのだ。時には駅前通りの魚屋のまえにあるゴミ捨て場で塵芥《じんかい》のようなものまで持って帰ってくる。貝殻、小石、布のきれはし……そんな戦利品を机に並べて、悦に入るのだ。

「かたづけるよ、東京に行くまでに」

「ほんとうかしら？」古代子が笑った。「はい、いいわよ」

千鳥は立ちあがると、居間の文机からノートをとった。

「ねえ、母ちゃん。新しい詩を書いたの。読んでよ」

古代子は受けとると、開かれた頁に記してある千鳥の詩を読みはじめた。

〝うきぐさの中で　きんぎょのダンス
しっぽをひろげて　ひらひらおどる
きんぎょのダンス　うきぐさがゆれる〟

躍動が伝わってくる。

「いい詩ね」古代子はつぶやいた。「でもどうして金魚なの？　うち飼ってないのに」

「えっちゃんの部屋に行ったらね、金魚の着物が吊してあったの」

「ああ、あの鳥取で会ったときの――」

古代子は鳥取市の弥生カフェーで、恵津子に会ったときのことを思いだした。確かに彼女は、金魚柄の白い薄手の着物を着ていた。

「私ね、あの着物欲しいっていったの」

「えっちゃんに!?」

「うん。だってきれいだったんだもん。だからどうしても欲しくなって。でもえっちゃん、もう古いから捨てるって。ごめんねって。だからかわりに――」と千鳥はチドリ笛を古代子にかざした。

「かわりに、その笛買ってもらったの？　まったくあんたは、えっちゃんにわがままばっかりいって」

古代子が不満をもらすと、勝手からクニがやってきた。

「なあ、古代子。電報がきとったよ」

詩のつぎは電報か。クニから紙片を受けとって、千鳥と覗きこむ。千鳥がひとつひとつカタカナを声に出して読んだ。

〝ツタエタキコトアリ　チカクライホウ　オサキ〟

「翠ちゃんがこっちにくるって！」

「みたいね。伝えたいことってなにかしら？」

「鳥取座のことだよ。翠ちゃん、知りあいがいて、訊いてみるっていってたから」

わが娘ながら、あいかわらず頭の回転が速い。翠はそういっていた。なにかわかったのだろう。

千鳥が坐りこんで、なんどか咳をした。

「さ、まだ少し咳が残ってるから、横になりなさい」

「うん」と千鳥はチドリ笛をにぎったまま、寝間に行こうとする。

そのときふいに、がさがさと庭をかこむ低い木々と草がゆれた。

「…………!?」

古代子はすばやく庭の左側に目をやった。また木々がゆれる。そのむこうに身を低くした暗い人影が見えた。

だれだ？　まさかこの時間に翠が来るわけもない。もしかすると、Z組――いや、露亜党のだれかが襲いにきたのか。

古代子は身がまえると、うしろから千鳥の両肩をつかんで、下がらせた。それから、「母ちゃん」と小声でクニにささやく。「千鳥といっしょに玄関のほうに行っとって」

クニはきょとんとした顔で千鳥の手を取って、玄関に行った。

もういちど振りかえって庭を見る。草と木々をこえて、庭に暗い影が入りこんできて、立ちつくす。居間からひろがる電燈の光がその人物の姿をかすかに照らしだした。

ぜいぜいと息を切らしている。男だ。二十代なかばの頬の痩せた顔つきで華奢な体軀、身につけた紺絣の着物はぼろぼろであちこちが汚れている。その風体《ふうてい》は、以前見たZ組の男たちを思わせた。

「だ、だれ、あんた！」と古代子は叫んだ。

が、男はその場に膝をつけて坐りこみ、古代子に平手をむけた。

「お、お静かに……あやしいもんじゃああらへんです。た、田中古代子さんですか？」

「そうだけど……」

「ぼ、ぼく、来栖標《くるすしるべ》っていいますねん」

来栖標――どこかで聞いたことがある。そうだ、涌島が連絡をとってみるといっていた大阪の活動仲間だ。

古代子はおそるおそる口を開いた。「あのう、もしかして涌島の知りあいのかた？」

「は、はい。よかった。やっと着きましたわあ。やっと着いたぞ！」と叫ぶなり、来栖はせまい庭に大の字になった。

「着いたぞお、鳥取に！　……あ、み、水もらえまへんか？」

古代子はあわてて湯飲みをとって縁側から庭におりると、柄杓で桶の水を掬って湯呑みに入れ、来栖に差しだした。

来栖は一瞬で上半身を跳ね起こすと、湯飲みをとって喉の奥に水を流しこんだ。

「ありがとうございます。いやあ、奥さま。大阪で奥さまの新聞の連載小説読んどりました。立派なもんです、泣きましたわあ」

「は、はあ。どうも……」古代子は来栖の顔を覗きこんだ。「来栖さん、もしかして大阪から来られたんですか？」

「はい。涌島さんから、いろいろ調べてほしい、終わったら、すぐにこっちに来てくれいわれて。で、むこうをたちました。けど、ぼく特高に目えつけられとって。だから、歩いて中国山脈を越えてきたんですわ」

「歩いて山脈を⁉」

「ええ。あ、すんません。お水、もういっぱいいただけませんか」

啞然としている古代子に、空の湯飲みが差しだされた。

「ははは！　よう来たの、来栖よ！」

涌島は大声で笑いながら、寄合所の玄関のまえに立っている来栖の細い身体を強く抱きしめた。そのままなかに引きずりこんで、投げとばすように部屋に坐らせる。来栖は痛いともいわず、へへへと笑うだけだった。

涌島は、部屋できょとんとしていた南郷と宇市に来栖を紹介した。「わしの活動仲間です。身なりは小さいが、いちばんものを知ってて頭もええし、頼りになるんですわ」

南郷はぎょろりと来栖を睨むだけだったが、宇市は満面の笑みを浮かべてぺこりと頭を下げた。

それが古代子が来栖を寄合所に連れていったときの三人の反応だった。

――来栖が田中家にたどりついたあと、古代子は少し休ませた。話によると、彼は大阪で山陽線に乗ったが、特高がついてきていることに気づいたという。そこで岡山駅舎で飛びおりて、そのまま北の山に入った。そのあとは大雑把な山陰の地図と田中家の住所だけをたよりに、丸一日かけて徒歩で中国山脈を越えて鷲峰山にたどりつき、その山中をも越えて日本海ぞいの浜村までやってきたのだ。

しかも来栖はそれだけの距離を歩いて移動したにもかかわらず、超然とした顔をしている。

そういえば、かつて古代子は涌島から聞いたことがあった。大杉栄の指示を伝えるために特高の追撃をかわし、歩いて仙台まで行ったことがある、と。ようするに、それが社会主義を信奉する革命戦士の鉄の意志であり、世をかえようとする気迫は、体力の限界さえも軽々と乗りこえるのだ。

一方、件の〝党員狩り〟だが、古代子が来栖をつれてくるまで、三人のあいだで狩るべきか狩らないべきか意見が割れたまま空まわりし、まったく纏まらなかったという。

涌島は天井の電燈を浴びながら、来栖にいままでの経緯《いきさつ》を話した。古代子は部屋のすみでお茶を入れ、煙草を吸いながら、たまに補足した。そしてすべての事情を聞いた来栖は、「うーん」と腕組みをすると、正座したまま動かなくなった。

「どう思う、来栖？」と涌島が訊いた。

来栖が腕組みをといた。「……まあ、このあたりに夜光会くずれの露亜党が潜伏しとるのは、まちがいありませんな。やつら、こっちになだれ込んだって話、確かめてきました」

「ほんとうだったんですね」と部屋のすみから古代子がいった。

「はい。やつらが潜伏した集落付近の座や演芸場で落ちあうっていうのもほんまです。いま活動写真なら駒田好洋のような弁士が巡回興行もやっとります。あの人たち、どんな寒村だろうが山奥だろうが、人がおるところなら映写機もって楽団と廻りますから、じゅうぶん利用することができます」

「わしらの考えはまちがえとらんかったな」涌島が納得顔でうなずいた。「それで、加村先生のほうはどうだった？」

「あ、はい。涌島さんにいわれて調べてきました。まあ、だいたい駐在さんの話とおんなじですが……」

来栖は懐からぼろぼろの紙を取りだした。「……加村清は神戸生まれです。確かに天涯孤独で、十八までは神戸の本町で育って、雑貨屋に文房具を納品する仕事をやってました。けどそのかたわら、たいへん苦労して訓導の資格をとって、大阪の小学校で見習い雑務として働きはじめました。そこではまじめな仕事ぶりで、すぐに生徒たちをまかせられるようになったようですな」

「…………」

「むこうで加村の話を訊いてまわったら、もうひとり露亜の活動をしとった大学生が浮かんできましたわ。こいつが柊木芳晴でしょう。教員を狙って声をかけていたようです」

涌島がうなずいた。「それで先生は、柊木にアナキストの思想を吹きこまれて活動に走った。けど、わからんでもない。きっと宿なし身寄りなしの自分の出自をうらんどったんだろうな」

古代子がつぶやいた。「うん。世のなかをかえたいというこころはだれよりも強かったんでしょうね」

来栖がまた紙を一瞥した。「それから加村は教員をやめましてね、柊木とふたりで動くようになったんですわ。けど大震火災の余波で特高に追われ、あとはみなさんの考えどおり、仲間といっしょに、因幡の集落のあちこちに潜みはじめたんでしょう」

「それが、この春あたり……。でもふたりは殺されました」

「ええ」来栖は湯飲みに口をつけた。「そのわけは、みなさんが考えられとるように党員同士の諍いの可能性が高い。ジゴマの扮装も顔がばれんようにしたかったんでしょうな」

涌島が腕組みしたままつぶやいた。「うむ……やっぱり犯人は党のやつらか。けど、なんで諍いなんか起こしたんかな？」

「まあ、金でしょうな」

「金？」

「はい。露亜党が大きくなったんは、ある金融組織とつながっていて潤沢に金があるからといわれておりました。その組織の名前を露亜銀行っていいます」

涌島が中空を見あげた。「露亜銀行……聞いたことあるな」

来栖が紙を懐に戻しながら、うなずいた。「ええ。やつらの名のもとですわ。けど、最近はすこし事態がかわりましてね。その銀行は東京に本店がありましてな、去年の大震火災でね、直撃をくらったんですわ」

涌島がなるほど、とうなずいた。「じゃあ党は提供もとを失なって金がなくなった。柊木と加村先生は、残りの少ない資金の使いこみでもしとったかもしれんな」

「そんなとこでしょうな。それで恨まれて殺された。まあ、半分はぼくの想像ですが」

「けど、現にふたりともやられとる。おまけに、そいつらは現場を見た古代子と千鳥を二度も口封じで殺そうとしとる。それくらいのわけはあるだろう」

こんどは古代子が訊いた。「もうひとつ気になることがあるんです。加村先生はジゴマじゃないと思います。けど、兇器の短刀を持ってました。いったいどうしてなんでしょうか？」

来栖はあっさりといった。「そんなもん、すぐわかりますわ」

涌島が目を見ひらいた。「わかる？　どういうこっちゃ、来栖？」

「まずやつらは考えた。男ふたりを殺すには手間がかかる。それに、小学校に勤める訓導が殺されたら大さわぎになる。だから、犯人らは加村殺しをあとまわしにして夏休みにでもやろうと思ったんでは？　そこで、なにかしらの訳をつくって座には来させんかった」

「そうか！」涌島が身を乗りだす。「けど、先生は気になって座まで行ったんだ。そこで、たまたま殺しを見た古代子と千鳥に気づいた。それで、やつらは先生からふたりの素性を聞きだした！」

来栖が平手で涌島を制した。「まあまあ、涌島さん、そんな短兵急に決めつけんでも。まだ話のつづきがありますわ」

涌島が頭をかいた。「ああ、つい興奮してな。すまんのう」

来栖がにっこりと笑った。「……そのあと、やつらはまたこの村で古代子さんと千鳥ちゃんを襲った。ですが、しくじったうえに、涌島さんが帰ってきてしまった。狙うのはもうむずかしい」

「…………」

「さて、ここからが古代子さんの問いの答です。……犯人らは加村に短刀を押しつけて、いったんですよ。罪かぶらんと、古代子さんをまた殺しにいくぞって」

「私を殺す？」と古代子は顔つきをかえた。

「はい。つまりやつらは知っとったんですよ。加村が古代子さんを好きなことを――」

「知っていた、好きなことを……」

「待て、来栖」涌島が口をはさむ。「なぜそういえる？」

「とちゅうの事情はどうあれ、それが加村の弱点で、終着点だからです。やつらにしてみたら、それで彼が警察に捕まってくれたら、ふたりとも処分できて自分らは安気《あんき》になります。加村にしてみてもそれくらいのことがあらへんと、悩みませんわ」

「なるほど。確かに先生は黙りこんどった。で、そのあと逃げて、殺された、か」

古代子は加村のすねた目を思いだす。ジゴマに化けて人を殺したな、と涌島に責められたときだ。彼は悩んでいたのか。私を守るために罪をかぶるかどうか。

ふいに来栖に目をやった。同時にはっきりと感じた。一見穏やかそうに見える青年だが、そのことば遣いや思考には、田舎の村民が持ちあわせていない都会人の知性と聡明さがある。風習や因襲よりも、現実の人間関係と感情の流れだけで考えるのだ。

いきなり宇市が平手で畳をたたいて面々を見まわした。

「そんなこともうどげでもええよ。狩るんか、狩らんのか!?」

一同が身を固くして、宇市を見つめた。

「今日また百姓に聞いたよ。あのふたり組の男が、またここらをふらふらしとったってな。あぶないがな、少なくとも気高のやつらはみんな狩るのがええ！」

が、南郷が無骨な顔を宇市にむけた。「いや、宇市。祭が近いし、騒ぎはおこさんほうがええ。気高の人たちや商店の人たちがけがしたり、死んだりしたら、そっちのほうが大ごとになるで」

「けど、南郷さん。あいつら好き勝手にやるのを、わしら百姓だまって見とるだか？」

「あぶないっていうとろうが、穏便にせんと！　絶対にやるべきじゃねえ！」

意見が割れていたのは、この南郷が強硬に党員狩りに反対していたからだった。運送屋で働く彼は、党員狩りの余波で同じ仲仕や商店の連中の稼ぎに影響がでることを心配しているのだろう。

一方、この村で生まれ育った宇市は、自分の愛する村に見も知らない外部のやつらが入りこんでくることが許せない。

宇市が古代子に訊いてきた。「古代子だってやったほうがいいと思うだろ」

古代子は「うん……」とあいまいに応えると、あわてて煙草に火をつけた。

「ほらみれ。さっさと狩るべきなんだわ。地元のもんには地元のもんしかわからんわけがあるだで！」

「宇市。わしは確かに外のもんだ。けどな、この村のこと考えとるのはおんなじだわ！」

「どうだか。あんたの考えとるのは銭もうけばかりだろ。女買いにいけんくなると、困るもんな！」と宇市が挑発するようにあざ笑った。

「なんだと！」と南郷がまた顔を赤くして、宇市に迫る。

するると、来栖がさえぎるようにいった。

「おふたりとも、待ってください」

一同が大阪からきたばかりの短髪の男に目線をやった。来栖は涼やかな顔つきのまま、おもむろにいった。

「来たばかりのもんの意見で申し訳ありませんが、宇市さんに賛成ですわ。狩る、というか潜んでる露亜党のやつら、いっきに捕縛するほうが良いと思いますな」

「あんた、宇市の肩もつんか？」と南郷が怒り顔で来栖に迫った。

「いえ、とんでもない。南郷さんの気もちはじゅうぶんにわかります。村のかたをあぶない目にあわせるのは良くないことです」

「だったら！」

涌島が南郷を制した。「まあ、来栖の話を聞いてやってください」

南郷はうつむくと、足を組みなおした。さすがの彼も涌島の迫力には従うしかないのだろう。

来栖がつづけた。「大震火災のまえ東京や大阪では、あいつら、ずいぶんと暴れてましてな。対立抗争しとる党の館に火をつけたり、薬屋ほかして勝手にモルヒネ売買したりして、まるでお天道さまに唾はく横道者《おうどうもの》や。現にここでは殺しまでやっとります」

宇市が納得顔にかわる。「ほらみい、あぶないやつらだが。放っとくと同じようなことをしでかすわ。やっぱり狩ったほうがええがな」

「宇市さん、まあまあ、落ちつきなはれ。実はですな、あともうひとつ、絶対に狩っておくべきわけがあるんですわ」

「わけ？」と一同は彼のほうに身をのりだした。

「はい。実はいちばん怖いのは、潜伏していることじゃああらしません。露亜党のやつらが山陰の集落に入ったのはもうひとつ狙いがあるんですわ」

涌島が来栖を見つめた。「狙い？　なんだ来栖？」

「古来から、武器を使わずに集落をのっとる戦法がありましてな、むかしの中国や欧州でも、戦いの前哨として用いられるんです。本場のアナキストも使うって小耳にはさみました。……地方に散ったものたちは、ときおり事情をやり取りしてひとつの村を決める」

「…………」

「それから、村ごとのっとるんですよ」

「村ごとのっとる？」とさすがの南郷も顔つきをかえた。

「はい。やつらはここぞと決めた村に、住民のふりをしてどんどん移ってくる。そこで、まえから住んでた人たちに嫌がらせをしたり、悪い噂を流したりして、追いだしていく。気がつくと、もうそこは党員ばかりの村になるんです」

「党員ばかりの村……」と宇市がこわばった顔でつぶやいた。

「はい。そうなったら、役場も警察も特高もなかなか手出しができなくなる。やつらの天国になりますわ」

「待ってよ、来栖さん。この浜村がそうなるかもしれないってことかい？」

「はい、宇市さん。その度合いは高いですな。白蟻の集団みたいに、木の家に棲みついて、じっくり喰らいつくすんですわ」

「喰らいつくす……」と古代子がつぶやいた。

いきなり宇市が激しく平手で畳を叩いた。「いけんよ、そんなの。なあ、南郷さん、頼むよ。気高のやつらだけでもな」

南郷は息をつくと、絞りだすようにいった。

「そういうことならしかたない。わかったよ、やるか」

涌島が平手で膝をうった。「よし、じゃあ決まりじゃあ」

「けど、涌島さん」南郷が顔をあげた。「ほんとうにやるとして、どげしてたちの悪い党員を狩るだが？」

「そうだなあ。なあ、来栖、古代。おまえらが来るまえに三人でいろいろ考えたんだが、ええやり方を思いつかんのじゃあ。まあ、加村先生も少しいっとったが、露亜党のやつらはおそらく——」

おそらく、気高郡のなかのこの浜村をふくめて、西の八幡に逢坂、東の宝木、南の勝見に鹿野……縦横、十粁《キロ》近くのかなり広い範囲にひそんでいる。隠れている場所は、たとえば空き家、廃墟、山のなか、海岸……。

そんな無数の場所をひとつひとつ調べていくことはできるのか。空き家はともかく、山のなかにまで入って、人のいそうな場所を確かめるのは、あまりに手間と時間がかかる。

そう、たとえ南郷の反対を押し切って党員狩りを実行したところで、結局、この難題で躓《つまず》いてしまうのだ。

「よし！」宇市が本気の顔でいった。「百姓仲間だけじゃ足らん。気高の他の村の青年団らにも頼んでみるわ。やつらの村にもかかわるからな。そしたら人手はなんとかなる。それで気高じゅう虱《しらみ》つぶしだ。畑の大根の間引きだと思えばなんとかなるがな」

南郷もうなずいた。「まあ、泥だらけになってほじくりかえすしかないだろうなあ。仲仕連中にもやらせるし、和栗さんに頼んで、宝木や八幡の取引先にも話を通してもらうか」

が、古代子が口をはさんだ。「待って。ねえ、あんた。みんながみんな潜んでいるわけじゃないでしょう」

「古代、どういう意味じゃあ？」

「もしかして、加村先生みたいにもう幾月もまえからやってきて、どこかの仕事場に入って平気で働いとる党員もいるかもしれんよ」

「そうだな。確かに、このあたりの村々の住民として生活してて、堂々と通りを歩いてるのもおるかもしれん」

南郷が息をついた。「そうなると、越してきたばかりのもんもひとりひとり調べんとなあ」

宇市が投げだすように畳のうえに湯飲みをおいた。「聞いてまわるか、役場にたのむか？」

「いけんな」涌島が首を振った。「騒ぎになりすぎる。加村先生を探すのは西の山だけでおさまったから知らんもんは知らん。村長のおかげで警察もことをあらだてとらん。だから、むこうにはこっちの動きもあんたらの顔もばれとらんと思う。だがな、そこまでやるとみんな丸わかりだ。やつら暴れるかもしれん」

「うーん」と全員が黙りこみ、ようやく涌島が来栖に訊いた。

「来栖、どう思う？」

来栖は腕組みをしながら、おもむろに天井を見つめた。電燈がにぶく光っている。やがて来栖は面々を見まわし、こともなくいった。

「党員狩りなんて、かんたんですよ」

一同が驚いた顔で来栖を見つめた。「かんたん？」

宇市が来栖にせまった。「どげするんですか？」

「ジゴマの活動写真を映写したらええんですよ」

「ジゴマの映写？」

「はい。露亜党のなかでは、悪漢の活動写真は、〝集うべし〟という符牒になっとると思います。もし、このあたりで上映会をやるとなると、まちがいなく潜んでる党員がみんな集まります。まあ、明かりによってくる羽虫みたいなもんですわ」

また来栖が電燈を見た。数匹の羽虫がたかり、浮遊している。

「そこを打尽にするってわけか？」と涌島が訊いた。

「ええ。客のなかの、あまり見ん顔のやつらを囲めばええでしょ。それだけですみます。かんたんや」

来栖は立ちあがると、電燈のまわりをただよう一匹の羽虫を両手ですばやくパンとつぶした。

「なるほどなあ」涌島がなんどもうなずいた。「確かに時間もかからんし、いちばん手っとりばやい」

宇市が目を輝かせた。「鷲峰祭でやったらええがな。ほら、このあいだの寄合のとき、村長、もうひとつなにか目玉が欲しいっていっとったし」

が、南郷は困った顔をしている。「いや、でも活動の上映会なんて、どこでやるんだが？」

南郷が納得の顔にかわった。「場所としては、もうしぶんないな。村長ならなにかしらの上映会ってだけで喜んでくれるだろう。けど、祭は八月一日だが。あと四、五日でことなくできるもんか？」

「まあ、なんとかしますよ。いや、やるしかない。どうかな、宇市さん、南郷さん、古代」と涌島が全員の顔を見まわした。

その目線を受けいれるかのように、一同がうなずいた。

「わかった。それで気高の青年団らには話してみるわ」宇市が顔をあげた。「……けど、映写機はどうする？」

映写機……古代子が小さく叫んだ。「それなら、むかしお父さんがお古を買ってたと思う！ねえ、南郷さん」

「ああ、まだ物置にあるわ。動くかどうかわからんけどな。出してみとくか」

だが、涌島が首をひねった。「けど、古代。かんじんのジゴマのフィルムがないなあ。鳥取座のは燃えただろうし」

来栖がおもむろにいった。「それならば、知りあいがMパテー商会の難波支社に勤めとるから、あした電話で訊いてみましょか。あったらこっちに送る手はず考えますさかいに」

「頼むわ、来栖」と涌島が明るい顔つきでいった。

「ありがとうございます」と古代子も頭を下げ、来栖を見つめた。

来栖は中腰のまま、また宙の羽虫を叩きはじめた。

それにしても活動の映写を行って、党員のほうからこっちに来るようにしむける。このやり方もまた都会人の発想だ。地方の寒村で地を這うようにして日々田畑を耕している土着の人間では思いつかない。すみずみまで人にあふれ、だが、たがいの顔を知らない空間で生きてきた人間だからこそ思いつくことができるのだろう。古代子は来鳥してきてくれた来栖に感謝した。

いきなり宇市が叫んだ。「あーっ！　活動写真なら活動弁士もいるがな。どうする、南郷さん？」

「そうだな。これぱっかりはきちんとした人を頼むしかないが。あてはあるか、涌島さん？」

「ん？　弁士か……。そうだなあ。古代、おまえがやれや」

「えっ、私が？」と古代子は自分を指さして、目を丸くした。

「ああ。男手は捕縛にいるし、おまえはここの生まれのくせに、訛りも少ないしな。それにほんもののジゴマの活動写真を観たことあるのは、おまえと千鳥しかおらん」

「ちょうどいいや。古代子、東京に行くまえの晴れ姿だ。みんなでええ舞台こしらえたるがな」と宇市がはやしたてた。

南郷も笑っている。「美人なら男もたいそう集まるな」

来栖もうんうんとうなずいた。「はでに楽しく、できるだけお客さんを引きつけてください。客が動かんとなると、あいつらも途中で場から出づらくなりますからな」

古代子は正座のままあとずさりした。頬が紅潮しているのが自分でもわかった。

「待ってよ、あんた。むこうは私のこと知っとるのよ」

「だいじょうぶだ。さんざん白粉《おしろい》ぬったくって化けれや」

古代子は首を振った。「けど、女に弁士なんてできないわよ」

涌島も負けない。「だったら余計にやってみろ、女活動弁士を。まさしく古代が好きな女性解放だ。そうだ、それならいうことは、いつも書いとる女の自立とか独立とかがええ。らいてうさんに負けんように派手にな。古代なりの爆弾演説《ザ・スピーチ》だ」

「だから、ちがうわよ。ジゴマの弁士だって！」

そのとき、いきなり寄合所の引き戸が開き、鉽《ブリキ》のカンテラをにぎった誠が飛びこんできた。

「あ、南郷さん！　涌島さん！」

「どうした、誠？」と南郷が振りむいた。

「爺さんが！　鶏売りの与助《よすけ》爺さんがたおれてる！」と誠は南の鷲峰山を指さした。

暗闇のなか、寄合所のまえの裏通りから南にむかう小径に入り、誠が駆けていく。そのあとを寄合所にいた男たちが追いかけた。

古代子もあとにつづいたが、あっというまにみんなの背中は暗やみのなかにまぎれてしまった。だが、三分ほど進むと、田んぼ沿いの畦に、涌島たちが集まっていた。

近よると、涌島がカンテラの明かりで土のうえに横たわる野良着の老人を照らしていた。鶏売りの与助爺さんだ。「いてえいてえ」と叫んでいて、南郷が「しっかりしろ」と身体をゆすり、宇市が裂いた手ぬぐいを脛にぐるぐると巻きつけている。

「あんた……どうしたの？」と古代子は涌島におそるおそる訊いた。

「爺さん、襲われて、鶏をみんな盗られたそうだ」

「襲われた……」

——与助爺さんは今日、鹿野村の南のほうに鶏を売りにいったという。すっかり遅くなり、暗やみにつつまれた帰り道を歩いていたら、突然ひとりの男があらわれて、いきなり飛びかかられて、脛を殴打され、籠《かご》を奪われた。

そのときたまたま誠が同じ鹿野からの帰り道を歩いていた。そして苦しんでいる与助を見つけて、明かりがついていた寄合所に飛びこんできたのだ。

「露亜党のやつらか？」と南郷が涌島に訊いた。

「多分な。食うもんに困って、鶏盗ったんだ」涌島があたりを見まわした。「まだこのあたりにおるかもしれん。狩ったほうがええ」

「ああ」宇市がうなずいた。「南郷さんと道の先の山のほう見てくる」

「頼みます。わしは来栖と東の丘のほうに行く」

男たちが駆けだした。涌島が、一瞬振りかえって古代子に叫ぶ。「古代。誠くんと、爺さんを寄合所に運べ。すぐに帰ってくる」

「わかったわ」

誠も「はい！」と与助に近よった。まっ暗な夜の畦のうえで、与助はいまだに痛みでうなっている。そばには、壊れた背負い籠が転がっていて、鶏は一羽もいなかった。

「ひでえことしやがるなあ……」と誠が怒りの顔でつぶやいた。

人を殺し、鶏を奪う。こんな人たちがあたりに潜んでいるのだ。古代子は思わずあとずさった。

背中にこつんとなにかがあたった。畦の脇に生えている背の高い杉の木にぶつかったのだ。

次の瞬間、古代子の右腕がいきなり大きな手でにぎられ、すさまじい力で、うしろにぐいっと身体を引っぱられた。

「キャッ！」と叫ぶが、手はぐいぐいと古代子を背後に引きずりこむ。そのまま身体ごと木のうしろに引っぱりこまれ、地面に倒れた。着物の背も尻も土まみれになった。

「古代子さん？」

誠の声が聞こえてきた。異変に気づいたのか、誠が木のうしろにきて、あたりをカンテラで照らす。

古代子が見あげると、杉の木に負けないくらいの身体の大きな男が立っていた。ぼろぼろの着物を着たZ組、いや、隠れ党員か。百姓がいっていた大根を盗んでいた男かもしれない。

男は下品な笑いを浮かべた。「女もいたのか……」

誠が叫ぶ。「与助爺さんやったのおまえだな。ここにかくれとったんか⁉」

「邪魔すんじゃねえ！　餓鬼はだまっとけよ！」

「くそっ！」と誠が男に飛びかかった。

が、男は誠の腕を取ると、ひねりあげ、腰を蹴とばした。誠の身体がぐいっとおかしな方向に曲がり、田んぼに飛び、泥が人型に散った。そのままぴくりとも動かない。

「誠くん！」

古代子が叫んだ次の瞬間、与助がおそるおそる杉の木から顔を出した。男がぎろりと睨む。鶏売りは顔をゆがめると、「うわーっ！」と叫びながら、足を引きずって逃げていく。

男はまた古代子を見た。下卑た笑みで、懐からなにかをつかんで足もとにほうり投げてきた。首の曲がった鶏だった。

「同じ目にあわすぞ」

「…………！」

男がじりじりと古代子ににじりよってくる。古代子は立ちあがると、振りかえって逃げようとする。

男が飛びかかってきた。いきなりうしろから両腕で腰を抱えこまれる。そのまま畦に投げとばされる。草の葉で膝を切った。

「っつ！」

倒れた身体に、いきなり男が覆いかぶさってきた。

古代子は両手と両足を振りまわしてばたばたと暴れた。が、自分よりもはるかに重い男の体重にのしかかられて、なんの抵抗にもならない。

あらがうことのできない力の差。屈するしかない無力感。

……いやだ、こんなの、もういやだ！　反射的に地面の石の塊をにぎって振りあげると、思いっきり男の肩に打ちつけた。

「うぎゃーっ！」と男は右肩を押さえて、のけぞった。

男の圧迫から逃れた古代子は、うしろに飛びのく。そのまま地面に倒れこんだ。

一方、男は身体をおこし、古代子を睨む。

「ふざけんな！　くそっ、こんなもんかすり傷だ！」

両手をひろげ、古代子にじりじりと躙《にじ》りよってくる。

が、古代子はころがっていた細長い棒きれを拾うと、すっと立ちつくし、睨みかえした。力のかぎり両手で棒きれをにぎり、その尖った先を男にむける。古代子の鼓動が高鳴り、怒りが湧きあがってきた。

やれる……やれるやれる――無意識のうちに叫んだ。

「あんた殺してやる！」

一瞬、男がたじろいだ。が、大声で叫んだ。

「殺せるもんなら、殺してみろ！」

男が半腰になり、ゆっくりと両手をあげ、「うぉーっ！」と古代子に突進してきた。

男の腕が振りおろされる。が、古代子はかわすなり、「うりゃ！」と闇雲に木の棒で男を突いた。

「いてえ！」と男が地面に転倒した。その頬から血が流れている。

男は「くそっ！」と巨体をゆらしてまた立ちあがった。

古代子も手の甲で額の汗をぬぐい、また男に木の棒の先をむけ、対峙した。

男が両腕をひろげ、腰を落とした。憤怒の顔でふたたび飛びかかってくる——

が、次の瞬間、いきなり男の後頭部にうしろから四角い板が打ちつけられた。

「ぐっ！」

誠だ。泥だらけの誠が、用水路の羽目板でうしろから襲いかかったのだ。

「この野郎！」とガンガンと男の頭を叩く。

板が割れて四散した。誠は板を捨てて、男に飛びかかった。が、男は右腕で誠を吹きとばした。つづけざまに誠の着物の首をつかんで、立たせる。

「てめえ……」と男は右手を高くあげて、誠を殴りつけようとする。

我にかえった古代子は、木の棒を捨てた。割れた羽目板の長い破片に飛びついて、すばやく拾う。男に駆けよって、両手を振りあげると、その尖った木切れで背中を刺す！

「うぎゃーっ‼」

男の叫び声が田畑いちめんに響きわたった。前のめりに倒れこむ。そのまま身体をけいれんさせてうなりはじめた。

古代子は放心すると、その場に腰を落とした。

同じように坐りこんでいた誠だったが、我にかえって立ちあがり、男に近よって胸に蹴りを入れた。男が激しく身をよじらせる。

「あとで宇市さんらと締めてやるからな！」

叫ぶなり、誠は坐りこんでいた古代子に駆けてきた。

「だいじょうぶ？　古代子さん、ご、ごめん」と誠は膝をついて頭を下げる。

「…………」

「古代子さん、ごめんなさい、ごめんなさい……」

「誠くん、あなたがあやまることないのに……」

やがて古代子は、乱れた着物の胸もとを両手でなおすと、しっかりとした口調でいった。

「ねえ、誠くん」

「どうしたの、古代子さん？」

「弁士のことなんだけどね……」

誠がきょとんと古代子を見た。「弁士？　なにいっとるの、古代子さん？」

「私、できそう。……やるわ。弁士やるから」

第五章　弁士

翌朝、古代子は宇市に寄合所に呼びだされた。

行くと、自分を襲った身体の大きな隠れ党員が、身体じゅう荒縄でぐるぐる巻きにされて、十畳間に転がされていた。

宇市が男の髪の毛をつかんで、顔をあげさせた。

「けっ、かすり傷だが。薬がもったいなかったよ」

宇市の話によると、この男は、誠や百姓や青年団員たちにさんざんいたぶられて、知っていることをすべて話させられたという。……先週おくれて入ってきた自分は、加村や柊木の事情はよく知らない。ただ、気高の村々には自分以外に八人ていど入ってきていること、露亜党はこの浜村に目をつけ、乗っ取りを考えていること、そして先日大根を盗んだのは自分であること。確かに百姓のひとりがいったように、まのぬけた顔をしていた。

これから宇市たちは、ほかの潜んでいる党員たちに見つからないように、男を箱づめして大八車で鳥取県警に運ぶという。だが、その前に男は、宇市に古代子のまえでずりずりと畳に額を擦りつけさせられた。「この女にあやまれ！」

「すいませんでした、ほんとうに……」

涙を流していた。だが、古代子は冷ややかな目で、ただあやまりつづける男を見下ろすだけ

だった。

午後になると、古代子は千鳥と東の山にでかけた。

ふうふうと山道を登っていくと、北のほうに、浜辺に白い波を打ちつづける日本海が見えてきた。遠鳴りは聞こえない。あたりでかすかに油蟬の鳴き声が響くだけの静かな光景だった。

小径を進むと、中腹の丘に、無数の燈籠や卒塔婆や墓石が見えた。墓場だ。加村の死体が見つかった場所でもある。

なかに入ると、静寂の皮膜を打ち破るかのように読経《どきょう》が聞こえてきた。見まわすと、かたすみで黒の袈裟《けさ》を着た痩せぎすの僧侶が、両手で数珠をこすって死者をとむらう仏のことばを唱えていた。

僧侶の足もとには、三尺四方ほどの苔の生《む》した厚い石の蓋があった。合葬墓《がっそうぼ》だ。この村で亡くなった身よりのないもの、行きだおれのものがここに納められるのだ。

蓋の上には、小さな線香立てが置いてあり、数本の線香の先から垂直に煙があがっている。

その脇には骨壺。なかに入っているのは加村の骨だった。

加村の亡骸は、墓場から百米《メートル》したにある浜村の葬儀場で検死を受け、焼かれ、骨はてきとうな壺に入れられた。そして今朝、浜村の役場に鳥取県警から連絡があった。大阪で加村の遺

骨を引きとるものは見つからなかった、そっちで処分してくれ。こうして彼は、殺された墓場に葬られることになった。

宇市からその一連の知らせを聞かされた古代子は、最後に千鳥とともに見送ろうと思ったのだ。

合葬墓に近づくと、浜村の役場の中年の男と宝木の駐在所の口ひげ警官が立ちつくしていた。恵津子もいた。合葬墓をまえに、ただ神妙にうつむいていた。古代子も千鳥と並んだ。

やがて読経が終わり、僧侶がうなずくと、役場の男が骨壷と線香立てをとった。すぐに口ひげ警官が石の蓋に手をかけ、押しはじめた。かなり重いのか、全身に力をこめる。やがてずずりと石の蓋が奥にすべっていき、なかが見えた。真下の四角い空間には砕かれた無数の白い人骨がまじりあい、均一に敷きつめられている。

役場の男が骨壷の蓋をとって、壺から加村の骨をざらざらと流しこんだ。掌で表面をならすと、すぐに蓋を閉めようとする。

が、恵津子が「待ってください」と彼をとめた。それから合葬墓の穴に近づくと、白い手ぬぐいで茎をつつんだ赤紫の花束を人骨の層のうえに、そっと置いた。そしてまた手をあわせた。

そのとき古代子には、恵津子の両目が涙で光ったように見えた。

「ねえ、どうしてえっちゃん、お墓にきたの?」

古代子たちが山をおりて、浜村につづく駅前通りを歩いているとき、千鳥が恵津子に訊いた。

「さあ、どうしてかなあ」恵津子は首をかしげた。「通りでいつも鑑札でお世話になってる役場の人と会ってね、これから加村先生を葬るって聞いて、つい、ついてきちゃったの」

「先生のこと知ってたの？」

「ぜんぜん知らないの。うちの店のまえを歩いてるの、なんどか見たことあるだけ。あ、でも、だからかな。知らない人だけど、ひとりでこの村にやってきて、ひとりで亡くなって。どことなくさみしく感じて、見送りにきたのかな。おかしいですよね、古代子さん」

古代子は優しい笑顔を浮かべた「ううん。でもえっちゃん気がきくわね。お花まであげて」

「いえ、あれは墓場のまわりに咲いてた花を、てきとうに集めただけですよ」

「それでも、加村先生は喜んでると思う」

まじわることのなかった個人世界をこえて、無縁仏に対して素直に憐憫《れんびん》の涙を流していた恵津子は、やはりだれよりも無垢でいじらしいように思えた。

駅前通り沿いの家宅までもどると、玄関まえに着物姿の男が立っていた。来栖だ。来栖も古代子たちに気づいて手をあげた。恵津子は一同に頭を下げると、鶴崎旅館に帰っていった。

来栖は、手ぬぐいで額の汗を拭きながら古代子にいった。

「いやあ、涌島さんといっしょにむこうとなんども連絡を取ってね。ジゴマフィルム、見つかりましたわ」

「あったんですか？」

「はい。棄てられたものも多くて難儀しましたけど、もう仲間が手に入れて、大阪を出てこっちにむかっとりますから」来栖はにっこりと笑った。「……『兇賊　女ジゴマ』ですよ」

「女ジゴマ⁉」と古代子は目を見ひらいた。

十二年まえ日本中を席巻した「探偵奇譚　ジゴマ」には続篇がある。女の兇賊を主役にした一編であり、古代子も聞いたことがあった。とはいえ、女ジゴマとは。

「古代子さんが弁士やるなら、いちばんええですわ」

「うん。母ちゃん、にあうよ」千鳥がはやしたてた。「ばあちゃんに女怪盗の服つくってもらおうよ！」

「千鳥！」と古代子は千鳥に拳骨を振りあげた。

すると、くすくすと笑っていた来栖が急にまじめな顔にかわった。

「ぼく、これから大阪にもどります。そのあと仲間とすぐに東京に行って、活動に参加します」

「東京……そうですか。ほんとうに色々とありがとうございました」と古代子は頭を下げた。

「帰るまえに、古代子さんにお話しがあるんですわ」と来栖が神妙な顔で囁きかける。

「話……？」

「ええ。気になることがありましてな。南郷さんや宇市さんにはいえへんことで、涌島さんも素直な人だから、素振りにあらわれてしまうかもしれんし、だから古代子さんだけにお伝えしたくて」

「はあ」と古代子は首をかしげると、玄関をあけて「どうぞ」と家のなかに招きいれた。

千鳥が「ただいま！」となかに入ると、来栖もあとにつづくが、「ここでええです」と、板張りのあがりかまちの縁に腰をかけた。

古代子は同じかまちに正座して来栖の顔を覗きこんだ。

「それで私だけに話って？」

「いやあ」来栖はにぎっていた手ぬぐいでまた顔をふいた。「じつは鳥取市や気高あたりに隠れとる輩の件でおますが……」

「露亜党ですよね」

「ええ。まえに話しましたよね、なぜやつらはここらに潜んだんか」

「東京や大阪だと特高がきついし、この因幡なら人目にもつきづらいし、それにお金もなくて――」

「そうです。お金です」

千鳥がきて、来栖のまえに水の入った湯飲みをおいた。

「おおきに」と来栖は湯飲みをとって口をつけた。

「お金。けどそれがいったい……」と古代子は首をひねった。

いつのまにか千鳥が古代子の脇にちょこんと坐っていた。睨んだが、千鳥は去ろうとはしなかった。

来栖は湯飲みをかまちのうえに置いた。「お金がないと、やつらはやっていけん。だから、とうぜん金が得られるところに行く。それも露亜の党員が特定の場所に棲みつくわけのひとつなんです」

「待ってください。ということは、つまり、この集落ふきんには、彼らの金づるがあるってことですか？」

「はい。もしかすると、村のだれかが加村あたりの党員と通じとって、金をわたしとるかもしれません」

「村の人が金を？」と古代子は驚きの声をあげた。

「ええ。ようするに、身内に敵の仲間がおるのかもしれへんってことです」

「まさか、そんな……」

「ああ、すいません」来栖はすまなそうな顔をした。「もしかすると、ぼくの考えちがいもあるかもしれませんし……。ただそういうことも、頭に入れておいたほうがいい」

が、古代子の頭はついていかない。来栖のいうことが古代子の予想を超えているのだ。

だが来栖は、もっと困惑するようなことを古代子に突きつけた。

「あともうひとつ、気になったことがありましてな」

「あ、はい」と古代子はあわてて来栖に目線をやった。

「たまたま鳥取市に活動を観にいった古代子さんと千鳥ちゃんは、ジゴマ――いや、露亜の隠れ党員殺しを見てしまい、そのあと襲われた。まず犯人として疑わしき男は、なんとお嬢さんの訓導だった」

「ええ……」

「あまりに偶然すぎる」

そうだ。すっかり忘却《レテ》の川にうち捨てられていたが、最初、加村があやしいとわかったとき、はっきりと思ったのだ。

　近すぎる。こんな近くに事件の関係者がいるだなんて、と。

「党員殺しのあとジゴマは浜村にもあらわれた。おふたりの居所を知っとったってことになりますな。涌島さん曰く、加村から訊きだしたのではないのか。……けど、待ってください。あの男が、古代子さんの素性をいうとは思えまへん。なんせ、加村はあなたのことを好いとった。危険な目にあわせるわけがない」

　古代子はうなずいた。寄合所から帰るとき、加村は送ってくれた。あのときの彼からは恋慕以上のものは感じなかった。

「確かに……。もし私らの居場所を仲間にいっていたら、もっと必死に守ってくれてたかもしれません」

「つまり、加村はおふたりが狙われていたことに気づかんかった。じゃあどうして、ジゴマは居場所を知っとったのか？　いや、そうじゃない。こう考えるほうが腑に落ちる。もともと古代子さんと千鳥ちゃんを知っとった」

　古代子は来栖を見つめた。「もともと知っていた？」

「はい。もしかすると、仮面や外套や手袋は、おふたりに顔や姿を見せないために身につけたんじゃないですか？」

「私らに顔や姿を見せないため……」

「ええ。わかりますか、古代子さん、この意味が？」

　わからない。来栖はなにをいいたいのか。なんだ、この謎かけは。

困惑するだけの古代子を尻目に、横で坐りこんでいた千鳥がこともなくいった。

「母ちゃん、かんたんだ」

「ほう、千鳥ちゃん、わかりますか?」

「うん。ジゴマは、はじめから母ちゃんと私を狙ってたんだよ」

来栖がまるで講談のようにぽんと膝を叩いた。

「ご名答ですな」

あの兇賊は、はじめから私と千鳥を狙っていた?

古代子は腰をうかして来栖に迫った。「待ってください、来栖さん。信じられません!」

「まあまあ、落ちついてください。ひとつのものごとのありようです。ジゴマが柊木を殺して、ついでに古代子さんと千鳥ちゃんを殺そうとした、と考えられるのなら、逆もむりなく考えることができるんです」

「逆……私と千鳥を殺してから、柊木を殺す?」

「はい。ただ実際は男をやってから、女子どもをやったほうが楽ですからね。だからそうしただけで――」

古代子は激しく首を振った。「でも、そんなことってありえない」

「いや、この事件のうらはもっと複雑かもしれまへん。そもそもジゴマはふたつの殺意をいだいていた。露亜の隠れ党員と、いま仮定した古代子さんと千鳥さんと……」

「…………」

「ええですか? もし、その関連を突きとめたら、偶然は偶然でなくなるかもしれません」

突然あらわれた幻惑の二重構造に、古代子の頭のなかは空白になった。

「あ、すいません」来栖はあわてて頭を下げた。「いや、あくまで可能性のひとつですわ」

「そうだよね」千鳥が笑顔を見せた。「世のなかには、いろんな現象と断片があって、その組みあわせでいろんなことができあがるから」

「ほう、お嬢ちゃん、むずかしいことをいうねえ」

「翠ちゃんがいってた！」

来栖は破顔すると、黙りこんだままの古代子に告げた。

「ジゴマや隠れ党員たちといちばん接したのは、古代子さん、あなたです。なんかありませんか、こころあたりが……」

「私らを恨んでるような人ですか？」

「そうなります」

遠い目で考える。「笹乃屋のだれか……でも、あの夜は仲仕たちはみんな、えっちゃんの鶴崎旅館に行ってて――」

「じゃあちがいますな。ほかにはおられますか？」

頭のなかに、あらゆる人たちの名前と顔が浮かんできて、ずきずきとぐるぐる廻る。宇市っちゃん、トミ子、浜村通りの人たち、百姓たち、温泉客……鎮痛剤はどこだ。

巾着に手を突っこんで、なかをまさぐる。ない。「すいません、ちょっと薬をさがしてきます」

来栖があわてて両手で制して、頭を深々と下げた。

「ああ、もうよろしいおま。もうしわけありまへん。この村にまったく縁もゆかりもない男の戯《ざ》れごとだと思ってください」

「…………」

「けど、なにせ古代子さんは鷲峰祭の映写のとき、いちばん目だつところにおることなりますから、頭のかたすみにでも入れておいてください」

「はい……」

ちりん、と縁側につるされた風鈴が鳴って、玄関まで聞こえてきた。だが、古代子の耳には入ってこなかった。

そのあと古代子は千鳥といっしょに、これから大阪に帰るという来栖を浜村駅舎まで見送りにいった。

その途中、来栖はなんども古代子に頭を下げていた。

「ほんま、余計なことといってしまってすいません。まあ、あまり気にせんといてください。たんなる妄想かもしれへんし」

「いえ、ご忠告、きちんとこころに留めおきます」

「ジゴマフィルムのほうはすぐに届きますから」

来栖が改札を通りすぎた。この青年活動家は、東の鳥取経由ではなく、西方向の米子経由で松江に行って、また徒歩で中国山脈をこえて南の山陽線に出るという。そこから鉄道に乗って大阪にもどる。かなりの大まわりだが、すべて特高の眼をさけるためだった。しかも、そのあとはすぐ東京に行くという。

古代子が改札ごしに来栖にいった。「たいへんですね。活動とはいえ、日本全国あちこち」

「まあ、気になりません。生きていく拠《よりどころ》さえあれば」

「でも、歩いてあんなに遠くまで行くなんて想像もつきませんよ」と古代子は小さな体軀の男を見つめる。

「いいえ。……古代子さん、ええですか？　国境《くにざかい》を踏みこえて見も知らん別の世界に行くなんて、思ってるよりもずっとかんたんなんですわ。だれもやろうとしないだけでね」

来栖が満面の笑みを浮かべている。なぜか古代子には、その顔が輝いているように見えた。

直後、午後いちばんの鳥取発米子行の蒸気機関車が煙を噴きあげながら、近づいてきた。

「じゃあね、千鳥ちゃん」来栖が改札ごしに千鳥の頭を撫でた。「それじゃあお世話になりました。ぼく、東京に行きます。古代子さんもかならず帝都に来てください。そんときまたお逢いしましょう」

「はい！」


来栖を見送ったあと、古代子は千鳥と駅舎から駅前通りに出た。それから路に沿って東の家宅に帰りながら考えた。

来栖がいっていた。隠れ露亜党員と村のだれかが通じているかもしれない。しかもジゴマは私と娘も狙っていた――

千鳥はいつのまにかチドリ笛を取りだして、ピロピロと吹いている。その高い鳴き声が妙に気にさわった。

「千鳥、うるさいからやめなさい！」

千鳥は口からぱっと笛をはなして、うつむいた。古代子はしばらく横目で我が子を見ていたが、やがて大きく首を振った。まったく、娘にあたるとは……。

家宅にたどりついた。が、玄関の引き戸を横にすべらせて開けると、古代子は軒端《のきば》にしゃがみこみ、千鳥にいった。

「ごめんね。母ちゃん、ちょっと出てくる。夜までには帰ってくるから、婆ちゃんと家にいて」

古代子はそれだけいうと、不満そうに頬をふくらませている娘を家のなかに押しこんで、玄関を閉めた。それから、来たばかりの駅舎に小走りで駆けていった。


口につけていた白い陶器の珈琲カップを、真っ赤な油布が敷かれた洋風のテーブルの上の白い皿に置いた。

それから古代子は、いつも持ちあるいている原稿用紙を目のまえにおくと、愛用している万年筆をにぎりしめて書きはじめた。

〝さて今宵、皆々さまにお目にかけるのは、あの「探偵奇譚　ジゴマ」の続篇……「兇賊　女ジゴマ」なり！

なんと、あの大怪盗ジゴマには女がいた！　女兇賊が女Z組を引きつれて、花の巴里の市民を、恐怖のどん底に突き落とす！〟

鳥取市の若桜街道沿いにある弥生カフェーのかたすみでのことだった。家をでたあと、郵便局によって電報を出した。それから、すぐに鉄道で浜村駅舎から鳥取駅舎に行き、この店に来た。そして弁士用の原稿を書きはじめたのだった。

〝兇賊ジゴマの妻か艶《いろ》か⁉　その美貌を仮面に隠し――〟

古代子は万年筆をとめた。

女ジゴマの活動写真の内容はまだ把握していないが、鳥取座で聞いたジゴマの弁士もこんなふうにいっていた。前説はこんな感じで、少し修正を加えていこう。きっと物語そのものは「探偵奇譚　ジゴマ」とあまりかわらないだろう。あとはフィルムが届いてから、考えればいい。ただ――

ふいに声が響いた。

「きゅうに電報くれるから、なにかと思ったわ」

顔をあげると、午後の日射しの逆光のなか、テーブルのそばにだれかが立っていた。薄紺の着物に黒いクロッシェ帽をかぶった尾崎翠だった。

古代子は笑みを浮かべた。「そりゃあ翠、あんたを呼びだすわけなんて決まってる。レディ・ハミルトンが吸いたくなったの」

翠は涼しい顔つきのまま、袂からクリーム色の煙草の箱を取りだすと、テーブルの上にほいとほうり投げた。

そのまま翠は古代子の向かいに坐り、しばらくふたりで煙草を吸いながら雑談をした。それから古代子は、翠にこんどの鷲峰祭で女弁士をすることになった経緯《いきさつ》をかいつまんで説明した。

翠はあいかわらず笑うこともばかにすることもなく、淡々といった。「弁士ねえ。背も声も気も小さいあんたが、そんな大層なことをやるんか」

「しようがないじゃない。これも東京に行くためなんだから。けどね、おもしろおかしくやって、客を動けなくしろっていわれてるの。そこがむずかしくてね。きっとまえにジゴマの活動で見たような女怪盗の長台詞もあるだろうし。どうしたもんかと思ってね」

翠はあいかわらず涼しい顔つきのままだ。「あんたの好きなことといえばええがな。いつも書いとるやつだ。〝立ちあがれ、女どもよ〟とか」

「涌島も同じことといってたわ。古代なりのことをいえばええってね」

「そうや。そこは自分のことばで語るべきだな」

「うん。ただ――」と古代子は少しいいよどんだ。

「ただ、なんだ？」

「涌島は、社会社義者の人たちに響く文章をひとつ入れてもらいたいっていってた。鳥取座の弁士がゴルキー使っとったから、そんな作家のことばを」

「そうだねえ。私はあまりロシアの作家は知らんけど、ツルゲネフあたりはどげな？〝星を求めて手を伸ばす〟だったかな？」

「ツルゲネフか。あたってみる」と古代子は原稿用紙に〝イワン・ツルゲネフ〟と書きこんだ。

「それでええ」と翠は深々と煙草を吸いこむ。やがておもむろに煙を吐きだすと、古代子の顔を見た。

「なあ、古代。それだけのために、私を呼んだんじゃないのだろう」

「あ、うん」

古代子は万年筆をテーブルのうえに置いた。「ほら、翠。電報くれたじゃない。鳥取座のことがわかったのかなって思って……」

「ほう。明日か明後日には浜村に行くつもりだったけど、待てんかったんか？」

「うん」と古代子は素直にうなずいた。

露亜党と村のだれかが繋がっていて、しかもジゴマは自分たちも狙っていたのかもしれない。来栖にそう告げられたあと、いてもたってもいられなくなって鳥取まで来て翠と会ったのだ。あの座の火災と殺しの断片なら、ひとつでも多く知りたかった。

翠は真鍮製の丸い灰皿のふちで煙草の先を押しつぶすと、いきなり本題に入った。

「知りあいに鳥取座のもんがおってな、その人にいろいろ調べてもらうようにお願いしたんだ。そしたら連絡があって、確かにあの弁士にゴルキーの一節を入れてくれって頼んだもんがおるっていうんだわ」

古代子は顔つきをかえた。「どんな人だったのかな？」

「それが風体から思うに、あのジゴマに殺された人みたいだ」

ジゴマに殺された男……柊木だ。少し考えこむ。彼が弁士にゴルキーを依頼したのか。ということは、彼はあの付近の露亜党の頭だったのかもしれない。それなら最前列にいたのも納得できる。

「そういうこと……」と古代子はうなずいた。

「まあ、そんなことは、ささいなことや。もっと気になることがある」と翠は声をひそめた。

「なに？」

「これも同じ人に聞いたんだけどな、ジゴマの扮装についてだ」

「扮装って、鳥取座や浜村にあらわれた兇賊が着てたものってこと？」

「ああ、仮面に外套に手袋。あれは、もともと――」翠は身を乗りだして、若桜街道の北を指した。「この通りの奥にある仁風閣のもんだったんだわ」

古代子は驚きの顔で北に目線をやった。「仁風閣の？　どういうこと？」

「むかしあの兇賊の活動写真が流行っとったころ、あそこで仮装会みたいなもんがあってな、そんときに土地成金の好事家《こうずか》が地元の劇団にジゴマに似たもんを造らせたもんらしいわ」

「好事家が造らせた……」

「そうや。それでその人は仮装会に出たらしいんだけど、そのあと持てあまして閣の物置において帰ってしまったらしい。そのまま何年か放っとかれたけど、たまたまそれを知った弁士が借りだしてきて、あの日、控え室に置いておいたって」

「けど、どうしてそんなものを――」

次の瞬間、古代子はあっと声をあげた。思いだした。鳥取座で弁士がいっていた。前篇と後篇の合間にあることをやる――

「寸劇？」

「そう、寸劇や。弁士は幕間でそいつを着て、舞台で兇賊の余興をやるつもりだった。けど火があがってできなくなった」

「待って、翠。ということはあの座の控え室には、もともとジゴマの仮面やらなんやらがあったってこと？」

「そういうことになるわな」翠はうなずいた。「それからもうひとつ。その好事家はあまり身体の大きい人ではなかったらしいで」

古代子はあわてて首を振る。「でも私が見たジゴマは、すごく顔が大きくて、横幅があって――」

「被りもんはふつうの人の頭よりも大きめに造ってあって、外套は重くならんように薄い布で、あと、わざと横幅がでるように左右の肩に木の棒を入れて突っぱらしてあったそうだ」

なるほど、それならだれが身につけても横幅がある大男に見える。煙や暗闇のなかなら、なおさらだ。

ということは……古代子は第六官を働かせる。

活動写真「探偵奇譚　ジゴマ」が上映される前後、犯人は座に忍びこんできた。弁士の控え室にいって、そこにあったジゴマの扮装一式を身につけた。置いてあったものが「正チャンの冒険」だったら、正チャンのお面とスキー帽をかぶっていただろう。ようするに、顔と身体を隠せればなんでもよかったのだ。

それから、時を見はからって座に火をつけ、観客席に煙がまわったころ、短刀を持って舞台にあらわれる。柊木か私たち親子か、あるいはどちらも殺すため。それがあの兇賊が舞台に出現したわけだったのだ。

そのあと浜村でもまた同じジゴマの扮装を身につけて、屋根のうえにあらわれた。異形と恐怖のイメージをぶつけて、私たちを萎縮させようとしたのだ。

そこまで考えたとき、古代子の頭が痛みはじめた。ひさしぶりの偏頭痛だ。両の掌で左右のこめかみを強く押した。だが、痛みはいっこうに引こうとしない。

顔をあげると、翠が心配げな顔で古代子を見ていた。

「ミグレニン飲んどらんのか？」

「あ、うん。どこにやったのか、午後から見あたらなくて」

すると、翠が懐から錠剤が半分ほど入ったガラスの瓶を取りだし、古代子の目のまえに差しだした。

「ありがとう」と受けとると、古代子は瓶から二錠ほど出して口のなかに放りこみ、冷めた珈琲で流しこんだ。

「この鎮痛剤、ほんとうに助かるわ。ここんところ、毎日二回も三回も飲んでるの」

「ああ。私ももう手ばなせん。書くまえは飲むようにしとるわ。あ、ええよ、その瓶、持って帰って」

「ほんとう？　また東京に注文したの？」

「いや」と翠は首を振ると、いちど珈琲を口にして古代子にむきなおった。

「じつはな、浜村に行くつもりだったんは、古代にもうひとつ伝えたいことがあったんだ」

「なに？」

「四日後に、東京に戻る」

「東京に？」と古代子は珈琲カップに伸ばした手をとめた。

「ああ。むこうの知りあいが大塚に家を借りることが決まって、部屋も用意できとるから、すぐに来いっていっとってな」

「鳥取のほうはもういいの？」

翠がうなずく。「こっちに戻ってきて三ヵ月にもなる。もうあきたわ。やっぱり仕事はむこうでせんといけんな。『新潮』からも手紙が来てて、一本載せてもらえることになっとる」

「よかったじゃない」

「ああ。こんどはもう滅多なことでは鳥取には戻ってこんつもりだ。いつまでも安気はできんしな」

翠の顔を見ると、妙にさばさばしているような気がした。彼女の禊はおわったのだ。生まれ育った鳥取因幡の岩美で雛に戻っていた翠は、ふたたび翼をひろげ、蒼天のした、遠くへと飛びたっていく。そして古代子の憧れの地で、自分の巣をつくり、自分だけにしか紡げない鳴き声をあたりに響きわたらせる。

古代子は翠にわたされた薬の瓶をにぎり、じっと見つめた。

翠が優しい声でいった。「その薬はあげるよ。むこうでならいくらでも手に入るから。連絡くれたら、すぐに送る」

が、古代子は顔をあげると、いやみのない笑みを浮かべた。

「ありがとう。でもこれでじゅうぶん。私も八月には東京に行くから。なにしろ、むこうの新聞で連載の約束しとるからね」

「そうか、そうだったな。千鳥ちゃんと涌島さんと三人で来なよ。むこうで逢おうな」

「もちろん」

「東京に着いたらすぐに手紙書くからな」

「うん。あ、でも鷲峰祭には来てもらえんの？」

翠は首を振った。「いや、すこしだけ行くよ。せっかくだからあんたの弁士を見さしてもらう。見たら、すぐに陸蒸気《おか》にのって夜通しで東京だ」

古代子がさみしそうにいった。「そう。見送りできないかもね」

「いいさ、そんなもんは」翠は少し身を乗りだしてきた。「それよりも弁士の舞台のほう、派手にゃやんなよ。ちょうどいい機だ。問われてると思え」

「問われている？」

「古代、あんたはなんのために東京に行く？」

「そうねえ」と古代子は少し考えたあと、しっかりとした目で翠を見かえした。

「自分の価値を確かめてみたい」

「自分の価値か……」翠はにやりと笑う。「いいことだ。けどそのまえに、あんたの芯の根が問われているのさ。ほんとうにこれから先、帝都でやっていけるかどうか」

「そうだね。ジゴマなんかに負けちゃあいけない」

「ああ。だからこそ、いうんだ。これからあんたがやりたいことを、あんたにしかいえないことばで」

古代子は嚙みしめるようにつぶやいた。「私がやりたいことを、私にしかいえないことばで」

……」

「そう、自分のことばだ。熱くるしくていいし、ごつごつしてていい。結局あんたはあんただ。それ以外のなにものでもない。解きはなて。乗りこえろ。そうすれば、みんなついてくるし、うまくいく」

「うん。私は私だ。田中古代子だ」

弥生カフェーを出たあと、古代子は翠と若桜街道を歩いて鳥取駅舎に行った。それから別れを告げ、翠は東方向の岩美へ、古代子は西方向の浜村へそれぞれ別の汽車にのった。

古代子は驀進する車両の椅子に坐ると、今日一日を思い浮かべた。この日だけで、「東京でまた逢おう」とふたりの人にいわれた。来栖と翠と。

帝都で再会するためには、自分にまつわるふたつの人殺しの犯人を見つけだし、捕縛しなくてはいけない。

翠は有益な情報を教えてくれた。あのジゴマの仮面はもともと出来合いのもので、だれでも異形の兇賊に変じることができたのだ。

しかも……来栖の話がここで重要になってくる。

村のだれかが露亜党と通じているかもしれない。

もうひとつ。はじめから私たちはジゴマに狙われていた。

そのふたつの仮説から、最悪の可能性が浮かんでくる。

あの大怪盗に扮していたのは村の人かもしれない。私や千鳥をねらうのは、村民ぐらいしか考えられないからだ。

浜村にむかう鉄道の左側の座席に坐っていた。鉄の箱の車窓から見えるのは、日本海ではなかった。来栖が徒歩で越えてきた南側の中国山脈だ。

その光景にだぶって窓に村人の顔が思い浮かんできた。露亜党と通じていた人とはだれだろう。まず、宇市を見ていればわかる。あの集落に生まれ育った人が、村の金を外部の人間にわたすはずがない。ということは、外から来ている人物か。

その連想から古代子はふと思いだした。最近、金についてだれかに話を聞いた。だれだったか……ああ、あれは笹乃屋の和栗からだ。加村の家に忍びこむまえに、小川の横の木陰で聞いた。

和栗は確かいっていた。南郷が笹乃屋からずいぶんと金を持ちだしている……。

さらに、もうひとつ暗い情景も浮かんできた。

昨日の夜、寄合所で党員狩りについて話したときのことだ。南郷だけは頑なに反対し、「絶対にやるべきじゃねえ！」と叫んでいた。もし南郷と露亜党がうらで通じていたとして——露亜党の連中が捕縛されたら、そのことがばれてしまう。だから、党員狩りを阻止しようとしていたのではないか。

そういえば、最初から考えてみると、私たちはなぜ鳥取座に行ったのだろう。そうだ、南郷に散らしをもらったからだ。

もしかすると、あの人がジゴマで私たちを……。

待って。ちがう。かんじんなことを見落としていた。南郷は、あの日の夜、ほかの仲仕たちといっしょに旅館に――

突然、大きな汽笛の音が鳴り響いた。

古代子は身体をびくりと震わせた。外を見ると、汽車が橋を通りかかっていた。

やがて、汽笛がやむと、車内に橙《だいだい》色の夕陽が射しこんできた。窓から外を見ると、鉄道は鷲峰山の東の片翼をこえ、浜村に入りつつあった。


すぐに蒸気機関車は浜村駅舎についた。古代子は車両からホームに降り立ち、改札をぬけて駅前通りに出た。

くれなずむ華やかな通りを人ごみをさけながら歩き、東の先にある家宅に歩いていく。が、どきりと立ちどまった。

目のまえから白シャツの南郷が大八車を牽きながら、やってきたのだ。古代子は平静をよそおって、南郷に声をかけた。

「あら、南郷さん、おつかれさま」

南郷が車をとめて、いつもの仏頂面でいった。「おつかれさまです、古代子さん」

誠が大八車のうしろから顔を出した。「古代子さん、ヴァイタスコープですよ！」

「えっ？」

誠と和栗が大八車を押していたのだ。その誠が荷台を指さす。見ると、確かに複雑な目盛りをそなえた飴色で鉄製の四角い映写機が置いてあった。

「物置で見つけました。これから広場に運ぶんです」

古代子は映写機に駆けよった。「そう。動きそうなの？」

南郷が応えた。「駅前の電気屋に見てもらったら、電気部分は動く、あとはカーボン棒が燃えればええ、って。戎座の映写技師よんで、確かめてもらうわ」

和栗がにっこりと笑った。「古代子さん。なつかしいがな、石蔵さんの映写機」

「うん！」と古代子は子供のようにうなずいた。村の人たちに活動写真を見せたいといって父が大阪に行って購入したものだ。亡くなるまで大切にしていた。これが甦るだけでも、弁士をやる意味があるかもしれない。なにしろ、父の想いとまた対面できるのだ。

「じゃあ行くか」と南郷が大八車を牽きはじめた。

誠も車を押しはじめる。和栗も「それじゃあ」とあとにつづく。

が、古代子が声をかけた。「ねえ、和栗さん？」

「はい？」と和栗が立ちどまる。

古代子はおずおずと彼にささやいた。「あのね、お金のこと、南郷さんやっぱり……」

和栗はちらりと大八車のほうを見た。南郷と誠の背は遠ざかっている。それでも和栗は耳打ちするように小声で古代子にいった。

「ええ、まあ。誠ら仲仕も、南郷が持ちだしてるの見たっていっとってね。最近はすこし減ったみたいだけど……あのう、古代子さん、暢さんは？」

「きのう手紙を出しといた。すぐに帰ってくるようにって」

「そうですか。下手したら、南郷、店やめてもらって警察に行かんといけんかもしれん」

「わかりました」と古代子がいうと、和栗はぶつぶついいながら、大八車のあとを追いかけていった。

その背を見つめていた古代子だったが、我にかえると、近くの鶴崎旅館に走った。開き戸をがらりとあけて、なかに飛びこむ。

広い土間には草履がきれいに並べてあり、右横の壁は天井まで届くほどの黒檀の靴入れで占められている。だが、土間に面した横に長くひろがる受付台のうえには、宿帳がほうり投げてあるだけでだれもいなかった。

かまちに面した廊下の奥から、女の嬌声や同じ旋律を繰りかえす三味線の音が聞こえてくる。夕刻ちかい。みんなこれからはじまる仕事の準備で忙しいのだろう。

「えっちゃん。えっちゃんいる？」

古代子が奥に叫ぶと、廊下から、いつもの着古した着物姿のまま、顔に白粉、唇に艶やかな紅をさした恵津子が走り出てきた。

「はあい。……あら、古代子さんいらっしゃい！」

「ねえ、汽車の時刻表、見せてもらえないかしら？」

恵津子はあわててうなずくと、受付の内側から紐で綴《と》じられた紙の束を取りだした。

「ありがとう」と受けとって、開く。

目的は鳥取駅発、西伯《さいはく》郡米子町方面行きだ。この汽車は鳥取駅を出て、浜村駅を経由し、米子町に行く。すぐに見つけた。

夕刻、鳥取発米子方面行、午後六時二十分、午後七時二十分……

きれいに一時間ごとに、鳥取駅から出発している。

鳥取座での「探偵奇譚　ジゴマ」の上映開始時間は、午後六時。舞台のうえにジゴマがあらわれたのは、午後六時三十分すぎくらい……。

「ねえ、えっちゃん。あの日……ほら、鳥取で逢ったとき、南郷さん、この店来たっていってたわよね」

「はい」

「何時くらいだった？」

「えっと……私、あの日鳥取に行ってて、座敷に入るの、おくれたんですよねえ」

年かさの芸者が極彩色の留袖をゆらし、奥の渡り廊下を通りかかった。

恵津子がその芸者に声をかけた。「ねえ、ハルさん！」

ハルと呼ばれた芸妓は立ちどまると、きれいに化粧された顔をむけた。「なあに？　どうしたの？」

「おぼえてます？　先週私がおくれて座敷に入ったときのこと」

「えっ？　ああ、あの日ね。おぼえてるわよ」

「私が来るまでハルさんが笹乃屋の人たちのお相手をしてくれましたよね」

ハルは少し考えるふうの顔つきになった。「そうね……夕刻から仕事が終わった仲仕の人たちが先にきたわね」

「南郷さんが来たのは何時ぐらいかな？」と古代子がハルに訊いた。

「確か午後七時半まえくらいだったと思いますけど。それから、えっちゃんと交代したのよね」

こんどは恵津子がうなずいた。「ええ、私、ハルさんと交代して、あとはずっと夜中おそくまで」

古代子は時刻表にまた目を落とした。

鳥取発米子方面行、午後六時二十分、午後七時二十分……

「浜村までは汽車で三十分……」

それだけつぶやくと、古代子は時刻表を受付のうえに置いた。それから「ありがとう」といって、きょとんとしたままの恵津子とハルをおいて鶴崎旅館の外に出た。

路ぞいを歩きながら、ぼんやりと考える。来栖にいわれてあやしい人たちの名をあげてみた。とくに南郷はいちばん疑わしい。

だが彼ではむりだ。あの夜、鳥取座でジゴマの前篇は午後六時にはじまった。事件がおこったのは三十分ほどたった午後六時三十分すぎ。もし南郷が犯人だとして、あの場にいたとしたら——

午後六時二十分発の汽車には乗ることができない。あの便に乗らないと、午後七時三十分までに浜村に帰ることはできないのだ。

つぎの午後七時二十分発の便は？　いや、それだと帰着時間が大きくすぎてしまい、午後七時三十分まえに鶴崎旅館には行けない。しかもあの便には自分たちも乗っていて、浜村駅舎ではだれも降りなかった。

鳥取発浜村経由の乗り合い馬車は？　無理だ。一時間以上はかかる。馬を使ったかもしれないが、南郷が馬をあやつる姿など見たことがない。それに馬は目だつ。

そう、南郷は関係ない。たまたまできごとが重なっただけだ。来栖もいっていた。可能性のひとつで、自分の戯れごとかもしれない、と。私らは露亜党の諍いに巻きこまれただけだ。

古代子は安堵の息をもらした。だが、べつの難題が浮かんできた。南郷の使いこみの件だ。暢はまだ帰ってこない。もしかすると、涌島に相談したほうがいいかもしれない。

古代子がふと顔をあげると、通りぞいの雑貨屋の壁に、とうの涌島が新聞ほどの散らしを貼りつけていた。かたわらでは、千鳥が同じ紙を何枚もかかえている。

「あんた、なにしてるのよ?」と古代子は涌島に声をかけた。

「おお、古代。古代こそなにしとった?」

「鳥取でね、翠と逢ってたの。あのね、すぐに東京に行くって」

「そうか、翠さん、先に行くのか……」

涌島が少しさみしそうな顔を見せる。が、振りはらうように壁に貼った散らしを指さした。

「見ろ。来栖から女ジゴマって聞いて、すぐに印刷屋に頼んだわ。半日しかなかったから、藁半紙になっちまったけどな」

壁に貼られた紙には、日時とともに大きな文字が記されている。

〝「兇賊　女ジゴマ」上映会!　驚天動地　極悪非道!

恐怖ノ女怪盗ガ　花ノ巴里カラ　気高ニヤッテ来テ　浜村デ大暴レ!　鷲峰祭デ　活動写真ヲ観ヨウ!〟

「兇賊　女ジゴマ、極悪非道、恐怖の女怪盗……」

「母ちゃんのことだ!　母ちゃんは女ジゴマだ!」と千鳥がはやしたてた。

涌島が興奮した顔でつづける。「宇市さんが気高の村々の青年団らに話を通してくれた。同じもんをあちこち貼ってくれるそうじゃ。海岸の船つき場や鷲峰山の山小屋にもな。映写のときの手子もしてくれると。ああ、あと、森川村長が自分の金で新聞に広告を載せてくれるって。気高だけじゃのうて因幡ぜんぶの隠れ党員も捕縛できるかもな」

「すごいね……」と古代子は嘆息した。

「やつらぜんぶ獲《と》ったるからな。弁士のほう、盛りあげてくれよ」

「うん。あんた、警察は？」

「宝木の東の丘に警官と馬車、用意しとくから、捕まえた露亜党のやつらをわたしてくれっていわれとる」

「ずいぶんと助けてくれるのね」

涌島が鼻を鳴らした。「ふん。あいつら喜んどったよ。コミュニスト同士が共食いして、うまく行けば、特高を出しぬいて自分らの手柄にできるからな。どっちが勝つか、まあ見とれって」

これから危険な捕りものをするというのに、涌島は少年のように目を輝かせている。

「あまりあぶな気なことしないでよ」

「ああ。死ぬようなまねはせんよ。三人で東京に行くからな」

涌島はきれいに貼られた映写会の散らしを見て、満足そうにうなずいた。「よし。千鳥、つぎ行くぞ。時計屋さんの壁だ」

涌島は、古代子がきた方向とは逆に歩いていく。千鳥もあとにつづく。が、立ちどまって、古代子に手招きした。

「どうしたの、千鳥？」と古代子は頭を千鳥に近づけた。

「ねえ、母ちゃん。あのこと、父ちゃんにはいっとらんからね」

「あのこと？」

千鳥が古代子に耳打ちした。「村の人にZ組の仲間がおるかもしれん。おまけに、ジゴマははじめから私らを狙っていたのかも……」

「そうね。しばらく秘密にしといて」

「うん」と千鳥は涌島のあとを追いかけていった。

古代子は通りを見まわした。同じように商店のまえで店員が安売りや見せものの散らしを壁に貼りつけたり、立札を塗りなおしたりして、あわただしく動きまわっている。みんなの頬がすこし紅潮しているような気がした。

いや、決して気のせいではない。日本海に面した浜村の海岸が荒と凪を繰《く》っていくように、ここに住む人々の生活にもハレとケはやってくる。一年を通して身体に溜めこんだ熱が自然と内から外に放出され、村全体をつつみこもうとしているのだ。

「よいしょ！」と若い衆の声が響いてきた。

古代子が目をやると、二手にわかれた青年団の男たちが路上の両脇でそれぞれ上から垂らされた荒縄を引っぱっている。横断幕をあげているのだ。やがて駅前通りの中空に、電柱をはさんで巨大な長方形の白い横断幕が姿をあらわし、悠然と風に揺れはじめた。

古代子は立ちつくしたまま、ぼんやりと見つめた。

幕には、黒く太い文字で荒々しく、「鷲峰祭」と記されていた。

鷲峰祭がはじまったのは、それから四日後のことだった。

古代子は黒い絹で頬被りをし、両手に大きな風呂敷包みをかかえ、午後五時すぎにようやく家をでた。

駅前通りでは、すでに祭特有の空間ができあがっていた。篠笛や小太鼓が奏でる祭囃子《ばやし》が鳴り響き、中途の路上ではあちこちに赤や紫の幟《のぼり》がなびき、露店にはカルメ焼やらお面やらビードロが並んでいる。その前では呼びこみが声を張りあげ、島田髷や丸髷を結った女性が色とりどりの浴衣を着こなして高下駄で歩き、風車やコマをにぎりしめた子どもたちが駆けまわっている。路のはしでは褌だけの男らが坐りこみ、焼酎をらっぱ飲みし、赤ら顔で「ストトン節」を唄っていた。

――夕刻にでたのは、わけがあった。

「着飾っとるからだいじょうぶだと思うが、念のため露亜党のやつらに古代が弁士だとばれんように、ぎりぎりまで家におれ」と涌島に釘を刺されたのだ。

もっとも涌島は党員狩りの準備があるから、と朝からさっさと寄合所に出かけてしまい、クニも商店会の手伝いで祭に行ってしまった。千鳥は友だちと南郷があやつる笹乃屋の発動機船に乗せてもらう、と浜村川の橋のほうに駆けていった。

南郷と聞いて古代子はとめようとした。が、思いなおした。

最初の事件の時刻、彼が鳥取座から鶴崎旅館まで移動できないことを確かめた。疑いは晴れたのだ。だから「気をつけなさいよ」とだけいって送りだした。

それから、じりじりとひとりで家にいた。その間、自分で考えた活動弁士の口上と劇中の台詞を読みなおした。

中味はすっかりできあがっていた。三日まえ、来栖の知りあいの若者が「兇賊　女ジゴマ」のフィルムを届けてくれたのだ。いっしょに要諦を記した数枚の紙もくれた。それをなんども読みこんだ。

なんのことはない。やはり、いつものジゴマ映画で、怪盗と探偵の丁々発止のやりとり、そして活劇だった。

ただし探偵はポーリンではなかった。前作で彼はジゴマたちの計略に引っかかって爆殺されてしまい、親友のニック・カーターがあとを継いでいたのだ。

広場で映写機のテストもかねた試写が行われたとき、本編も観た。そして家に帰ると、さっそく文机にむかって弁士の台詞を書いていった。見せ場のひとつに、女ジゴマが女たちを扇動するシーンがあった。とくに、その演説の部分をなんども書きなおした。翠にいわれたように、自分のことばで。

こうして朝から古代子は、なんどもその台詞をつぶやいていた。

午後をすぎると、地響きがこの浜村を目がけてやってきた。西は逢坂、南は勝見や鹿野、東は宝木、そのほか近隣の村の人たちが、神輿をかついで大挙して押し寄せてきたのだ。

連子窓から外の駅前通りを見ると、何十人もの褌だけの男たちが神輿をかついで駅舎方面に雪崩《なだ》れこんでいくのがわかった。

時には神輿同士がぶつかりあい、時には別の神輿が線路ぞいの畦道ですべり、それら喧噪が村いっぱいにあふれているさまが感じとれた。そしてその騒ぎに昼花火と爆竹と、男たちの怒号と女たちの嬌声が重奏していた。

しばらくぼんやりと眺めていた古代子だったが、畳のうえにごろりと横になった。それから白く細い腕で膝をかかえ、首も背中も腰も丸め、胎児の姿勢になった。

ふいに身体がほてっているような気がした。焦熱は外だけの現象ではない。地下から温水がにじみ一点に溜まっていくかのように、自分のうちにも熱くあふれている。もうすぐだ。もうすぐやってくる。鬱勃《うつぼつ》の瞬間が。

丸くなった古代子は自らのほてりを感じながら、祈っていた。これがこの格好をするさいごになりますように。

やがて夕刻が近くなると、古代子はのっそりと起きあがり、翠からもらった鎮痛剤を三錠ほど飲み、ようやく家から出ていったのだった。

――祭の喧噪のなか、駅前通りから鹿野道を左に入って線路をこえ、村の南側の裏通りを東の広場にむかって歩いていく。やがて、正条小学校の校庭の半分ほどもある村の広場が見えてきた。人でいっぱいだ。

「古代子！」とだれかが声をかけてきた。

顔をあげると、同じように人ごみであふれた広場の脇の土手のうえで宇市が手を振っている。

「やってるで、笹乃屋！」

土手をのぼって宇市の横に身体をすべりこませて立ち、同じように見おろすと、広場の中央に土俵が見えた。相撲大会だ。いままさに褌姿でやせっぽちの誠が、でっぷりと太った男と組みあっている。土俵の左側では、力士姿の笹乃屋の仲仕たちが両手を振りまわし、大声で誠を応援している。

宇市も大声で叫んだ。「負けんな、誠！　ほら、古代子も応援せや！」

「うん。……誠くーん、がんばれ！　そこだ！　殴れっ、蹴とばせーっ！　締めろーっ、ぶっ殺せーっ!!」

「おい、古代子……まあ、ええか」

が、対戦相手のつっぱりが誠に乱れとんだ。誠はよろめいて、あとずさりするだけだ。土俵の外に押しだされる！　と思いきや、誠はすばやく脇にまわりこんで、横から両手でぐっと相手の褌をにぎった。力いっぱい身体を押しきり、むこうがよろめいた瞬間、さらに足をはらった。

相手の力士は、土俵から転げ落ちて、大の字にのびてしまった。観客席の歓声がふたりのいる土手まで大きく響いてきた。

誠は行司に一礼すると、笹乃屋の仲仕たちのもとに歩いていく。みんなが笑いながら、誠の身体をたたく。誠はすこし照れながらもどこか誇らしげな顔を浮かべている。

こうやって男の子は成長していくんだろうな、と古代子は思った。

しばらく古代子は宇市と相撲大会を見物していた。が、笹乃屋が引っこむと宇市は土手をおりていった。これから各村の青年団と合流し、観客のなかに党員がいないかあたりをつけるという。

いよいよ上映会がはじまるのだ。

古代子も土手をおり、人ごみをかきわけて広場のなかに進んだ。

人ごみのなかにトミ子がいて、目線があった。古代子を睨みつけてきた。

「古代子。なんかええ役やるそうじゃねえか？」

あいかわらず、嫌みまじりのことばをぶつけてくる。

「私はいやだっていったんだけどね。みんながやれっていうから」

謙遜をまじえて、適当にかわそうとする。

「ええね、あんたは。東京に行くまえも、ちやほやされて」

また古代子を睨みつけると、トミ子は人ごみのなかに消えていった。

「…………」

広場の奥まで歩を進めると、莨莚で四方を囲まれただけの簡易小屋があった。莨莚をはらって入ると、なかでは涌島が腕組みをして笑っていた。

「おお、古代。誠くんがんばったぞ！」

すみで誠が坐りこんでいた。そのうしろから恵津子がしゃがみこんで、背の傷に軟膏を塗ってやっている。

古代子が声をかけた。「誠くん、すごかったわね。さいごまで勝ちつづけたじゃないの」

「ありがとうございます」誠は恥ずかしそうに頭をかいた。「でも優勝はできませんでした……」

「南郷さんがいればな」涌島が残念そうにいった。「あの人がおったら、笹乃屋組が勝っとったなあ」

「ことしは発動機船のほうに行っちゃったから」と誠は着物を着ると、恵津子に頭を下げて立ちあがった。

「じゃあぼく、映写会、手伝ってきます」

誠が出ていって、つづけざまに千鳥が入ってきた。

「母ちゃん、発動機のお船にのったよ！」と千鳥はいきなり古代子に抱きついた。

「どうだった？」と古代子は娘の頭を撫でた。

「目がまわるかと思った。すごくはやくて海のうえ飛んでるみたい」

「よかったね。南郷さんはどうしたの？」

「船の片づけしたら、すぐに来るって。父ちゃんと宇市っちゃんにそう伝えてっていわれた」

涌島はうなずくと、莫蓙から顔を出し、まじめな顔にかわった。「けっこう客があつまっとるよ。百人くらいはおるかな」

古代子も外に顔をだして、広場を見た。

午後七時まえ。広場はほとんど夜空につつみこまれつつあった。木々に括りつけられたいくつかの白熱電燈が無数の客の顔を照らしだしている。

その観客たちのまえで、誠たち仲仕が大きな銀幕を吊していた。銀幕の下には、低い三米《メートル》四方ほどの木製の舞台が設置され、その上に小学校から借りだしてきた教壇がおいてある。あの壇を弁士台がわりにして弁士をやるのだ。少し足がふるえた。こんな多くの人のまえに出るのははじめてだ。帝都や大阪の新聞では何万もの人たちが自分の小説を読んでいるというのに。しかも楽団は間にあわなかった。自分のことばだけで、客を引きつけないといけない。

宇市が小屋に飛びこんできて、涌島にいった。

「涌島さん。手はずはもうできとる。客のなかに、もうあちこちの青年団の人らがまじっとる。見知らん男がいるかどうか、確かめとるから」

「すまんね」涌島が古代子を見た。「ええか、古代。上映時間は、まず前篇三十分、それからヴァイタスコープのカーボンを取りかえるのに、中休みで十分。それから後篇三十分」

宇市が補足した。「たのむで、女弁士。しっかり客を引きつけておいてくれよ。活動写真がおわったあと、残っとるやつは、ぜんぶ捕まえたる」

「うん」と古代子は力強くうなずいた。

恐怖心もあったし、足も震えていた。鼓動も高まっている。だが、古代子には自分なりの弁士をつとめる自信があった。多目に飲んだミグレニンの効果かもしれない。頭がすっきりとして、世の現実もお伽の国も、すべて見透せるような気がした。

涌島と宇市が出ていくと、恵津子がいった。「古代子さん。着付けと化粧してあげますよ。着替えてください」

古代子はかかえていた風呂敷包みを土に敷かれた茣蓙のうえに置いた。開くと、白い着物と真っ赤な袴があり、おろしたての白い足袋と黒い下駄が重ねられていた。クニがわざわざ賀露に住む親戚のところまで行って、借りてきてくれたのだ。

着物を脱いで、白い襦袢になると、恵津子に手伝ってもらいながら、その白い着物と赤い袴を身につけた。それから丸椅子に坐ると、恵津子が髪をととのえてくれた。短髪なので、しっかりと全体を鬢《びん》付け油でうしろに撫でつけてくれる。顔に白粉もたっぷりとまぶし、唇には、袴に負けないほどの真っ赤な紅を塗ってくれた。さいごに頭のてっぺんに赤い簪《かんざし》を挿して落ちないように金具で留めてくれた。

「きれいですよ、古代子さん。お人形さまみたいです」

「そんなことないわよ。おだてないで」

「ほんとうです。はい、いいですよ。立ってみてください」

半腰から、ゆっくりと立ちあがる。自然とすっと背中がのびた。

恵津子が手鏡をかまえて数歩さがって、全身を見せてくれた。

まるで自分ではなかった。確かに小ぶりの菊人形のようにも思える。おまけに、この化粧と扮装が新しい自分を引きだしてくれるような気がした。

恵津子は眩《まぶ》しそうに目を細めた。「ほんとうに凜として、とてもきれいです。古代子さんはやっぱりすてきだ。いちばんの女の人だ。ねえ、千鳥ちゃん」

いつのまにか千鳥が古代子の横に立っていて、母をうれしそうに見ている。「うん。母ちゃん、いままでいちばんきれいだよ」

「やだ、世辞はごめんだわ」

恵津子は嘆息した。「ほんとうです。いいな、私もこんなふうになりたかった」

「えっちゃんなら、私なんかよりもずっと——」

「ううん。私はぜんぜんだめ……」と恵津子は古代子の衣装のあちこちを指先でととのえはじめた。

「好きな人ができても、うまくいかないし」

「そんなことないでしょう」古代子は首を振った。「えっちゃん、かわいいわよ。笹乃屋の仲仕らは、みんな夢中なんだから」

「ありがとうございます。でも私、ほんとうに好きな人は、なかなかこっちをむいてもらえなくて、やっぱりどっか行っちゃった」

恵津子の両目にうっすらと涙がにじんでいた。

恵津子はこの浜村の温泉では芸妓ということになっていて、客のまえで三味線を弾いたり、舞を見せたりする。だが、それは建前にすぎず、村役場に登録されている娼妓のひとりだ。つまり客に求められれば身体も与える。それはまた、女として生まれてきた彼女の負の一面なのだろう。

「でも古代子さんは……」恵津子は人さし指で両目をぬぐうと、優しい笑顔を浮かべた。「涌島さんもええ旦那さんだし、千鳥ちゃんはかわいいし……。すてきな女の人ですよ」

「ありがとう、えっちゃん……」

宇市が茣蓙のすき間から顔をだした。「古代子。支度ができたら、そろそろたのむわ」

足が動かずにじっとしていると、恵津子がぽんと古代子の背中をおしだした。「ほら、古代子さん、出番ですよ！」

その瞬間、恵津子からもなにかを受けとったような気がした。

「母ちゃん、しっかり！」とさいごに千鳥が声をかけた。

古代子は右手を茣蓙にかけると、波をかき分けるように開き、外に足を踏みだした。

外に出て、広場を見まわした。

うす暗がりのなか、子供、大人、男、女……多くの観客が正座したり、横坐りになったり、それぞれの格好で茣蓙の敷かれた地面のうえで蠢いていた。この村や近隣の集落から集まった人たちだ。百人どころか、二百人を越えているかもしれない。

東京でジゴマはもうあまり流行っていないと翠はいっていた。実際、鳥取座に来ている人も少なかった。が、こんなに集まるということは、十二年まえの兇賊騒ぎは、いまだ伝説として語りつがれているのだ。もっともこんな田舎の村で活動写真が見られるという珍しさも手伝っているのかもしれない。

確かに人々の顔は紅潮し、なにかを期待し、熱をおびているように見える。しかも、その全員が顔をむけているのは、広場の奥にある舞台とスクリーンだ。

舞台には薄ぼんやりと電燈のひとつがあてられている。その壇上では、誠が薄い鉄でできた円錐形のメガホンを口にあて、必死に叫んでいた。

「それでは映写機の準備ができましたので、これからはじめます！　前篇、中休み、後篇になります。弁士をつとめますのは、松江から来訪されました女活動弁士勝山《かつやま》花江《はなえ》さんです。どうぞ！」

呼びかけに応えて、古代子は簡易小屋のまえから歩み出て、客の最前列にそって、そろそろと舞台に近づいた。自分の姿を見つけた観客たちが、拍手をしてくれる。

「花江ーっ！」とだれかが叫んで、笑いがおこる。

涌島が勝山花江という偽名をつけてくれた。党員に古代子だとばれないように気をきかせてくれたのだ。が、この村の人たちなら自分だとわかっている。おそらく場を盛りあげるための余興だと思っているだろう。

舞台にたどりつくなり、誠からメガホンを受けとった。

弁士台をまえにして、一礼する。顔をあげると、広場いっぱいに拍手が鳴り響いた。目のまえの観客の目線がすべて自分に集まっているのがはっきりとわかる。こんなにたくさんの人のまえに立ったことがない。緊張の鼓動が鳴り響く。だが、臆するな。これからはじまるのは、帝都でやっていくための跳び板だ。乗りこえろ。解きはなて。目のまえの群衆のなかに潜む敵をあばきだし、これからめざすべき路をしめせ。そう、翠のいったとおり私は田中古代子だ。鎮痛剤を飲んですっきりした頭のなかのように、なにひとつ思い残すことなく、東京に行くのだ。

すうっと大きく息を吸いこんだ。それから古代子は、鳥取座の弁士よろしく左手のメガホンを口にあてて、口上をはじめた。

「ようこそ、気高のみなさま、鷲峰祭最大の出しもののお時間がやってまいりました！」

一瞬でざわめきがやんだ。自分の声が思ったよりも、広場中に通っている。子供たちも大人たちもきらきらした目でこっちを見ている。また大きく息を吸いこんだ。

「今宵みなさまをご案内するのは、わたくし、頗る闊達な勝山花江！　勝山花江と申します！」

名のりをあげると、すべての観客が手を叩いた。大きな拍手の波の音が澄みきって聞こえてくる。

「さて、この鷲峰祭でお目にかけるのは、欧州仏蘭西、花の巴里の市民を震えあがらせた大兇賊、驚異の変装名人、怪盗ジゴマ！

なんと、その女傑版、その名も『女ジゴマ』なりーっ！

果たして、この女怪盗は兇賊ジゴマの妻か艶《いろ》か⁉」

古代子は右の拳を振りあげて、大きく叫びつづける。どこからこんな高く大きな声が出てくるのか、自分でもわからなかった。

「ああ、女ジゴマ。おそるべき悪漢の女が、こんどは女Z組を引きつれて、ふたたび巴里の街にやってまいったのです！」

ゆっくりと間をとった。

「しかも！　いまや探偵ポーリンは亡き者にされてしまいました。いったい、だれが花の都を守るのか。

そこで現れたるは、ポーリンの真の友、探偵ニック・カーター。あの兇賊ジゴマを捕縛し、ポーリンの敵《かたき》をとった、名探偵！

いまや、欧州ところせましと名を轟《とどろ》かせております。

さあ、刮目し、女賊ジゴマとニック・カーターの対決をご覧あれ！　それではいよいよお目にかけましょう。

いざ、『兇賊　女ジゴマ』！」

また大きな拍手の渦が広場から巻きおこる。古代子は人ごみのなかのヴァイタスコープに目線をやった。本体から円形の光が射出される。その光が古代子の頭をかすめる。スクリーンをちらりと見ると、「兇賊　女ジゴマ」が映しだされた。

巴里の夜の裏通りをひとりの若き女性がぼろぼろの服を着たまま、ふらふらと歩いている。古代子はときおりちらりと振りかえり、背後の銀幕を確かめながら、声をあげはじめた。

「ああ、この女、名はフランソワ。男にだまされたのか、金品を奪われたのか……彼女のこころには、ひとつの希望《のぞみ》も残っていない」

ついにその女は、その場に坐りこんでしまう。が、そのまえに突然ある人物があらわれる。美形の女性を模した仮面をつけ、長身で細身の身体。その立ち姿が裏通りに映えている。

「突如フランソワのまえに女が現れた！　いったい何者か!?」

いきなり仮面女は彼女に、Ｚのカードを手わたす。

「ああ、女がわたすはＺのカード！　そうだ、この女こそ、なんと希代の大怪盗の女版、兇賊、女ジゴマだ！」

女性にＺのカードを残して、女ジゴマは瞬間的に消える。

つづけざまに、巴里の街の悲惨な女性たちが描写されていく。華やかな城《シャトー》の地下で下女として掃除をしている少女。売春宿で主人に殴打されている女。泥酔した人足の夫に足蹴にされている婦人。……どの女の両目からもいちように涙があふれている。

女ジゴマは、それら虐げられた女たちの前にあらわれて、Ｚのカードをわたしていく。そして女たちはZの文字を見つめていたかと思うと、とつぜん立ちあがる。

「果たして、女ジゴマは、なにゆえに女どもにZの印をわたしたのか？　いったいそのたくらみはなんであるのか!?」

拍手が巻きおこり、観客たちの興奮が波のように広がる。

つづけて映しだされるのは、巴里の町の一角にある探偵事務所だ。ニック・カーターが来客の応対をしている。

「かたや、名探偵ニック・カーターのもとには不思議な依頼がやってきていた。来客は口角泡を飛ばしながら、名探偵に訴える。

〝巴里にその名を轟かせる名探偵カーター様、この街に妖しい女が歩いておりました。仮面をつけて外套を着た、実におかしな奇女だ。

あれは、まるでジゴマだ、そうだ、女兇賊だ！　この巴里の街に、女ジゴマがあらわれました！〟」

さらに巴里いちばんの探偵は、机上の新聞をとって一瞥する。驚きの顔にかわる。

「なんと新聞が告げるのは、女ジゴマの話題だけではない。いま巴里の街角から幾人もの女性が消えうせているという。

ニック・カーターは考えた。……もしかすると、その女ジゴマは虐げられた女たちを集めて手下にし、女Z組をつくり、巴里の街を混乱に陥れるのではないのか？」

その彼の予感通り、つづけて現れる光景は、彼女たちの悪逆ぶりだ。貧民窟で女を買った酔いどれ紳士から財布を掠《かす》めとり、城に押しいって、男の城主から装飾品を略奪する。

「ああ、恐るべき女ジゴマと女Z組は、巴里の街を暗躍し、男どもから金品を略奪していく！

街は、兇賊ジゴマの再来かと恐怖の渦に呑み込まれた!!」

そこへニック・カーターが警察を引きつれ、城にやってくる。

「〝いたぞ！　待て！　女賊ジゴマ！　財宝を返すのだ！〟

〝貴様が名探偵ニック・カーターか!?

ハハハ、我ら女が、男などに負けるものか！〟」

巴里市警と女Z組との戦いがはじまった。

女賊は警官たちを蹴散らし、一瞬で屋根のうえにのぼる。ニック・カーターが驚きの声をあげる。

「〝おおっ、なんてやつだ。ジゴマよりも強くてすばやい！〟」

気がつくと、すべての女たちは消え、名探偵も警官も啞然とするばかりだった。そして場面はうつりかわる。

「やや、財宝を担いだ女Z組の連中が、暗闇の山道を進んでいるぞ。行き先は、女ジゴマの隠れ家か？」

山道の突きあたりには廃墟がある。女たちはそのまえに辿りつくと、つぎつぎとお宝を山積みにしていく。

すべての女が荷をおろすと、瞬間的に、廃墟の屋根に女ジゴマがあらわれた。夜空を背景に立ちつくすお伽の国の主人公は、右手をあげると、女たちに叫ぶ。

「〝女Z組の諸君、ご苦労！　皆の労苦に大変に感謝する！

良いか、約束通り、この財宝は、ここにいるもので公平に分配する！　なんの気後れもない。すべてこれらは、我ら女が搾取されたものなのだ！〟」

女Z組の面々は拍手喝采をおくる。女ジゴマはうなずくと、また高らかに宣言した。

「〝世の富は、すべて均等に均質に分配されるべきである！　ああ、そうだ、我らがこの世を、そのような世界に変えるのだ！〟」

ここまでは物語に即している。だがこの先は、古代子が独自に考えた女ジゴマのことばだ。古代子はメガホンを弁士台のうえに置き、活動写真のなかの女ジゴマよろしく、右腕を高々とあげた。目のまえの村民たちが全員、スクリーンに、そして古代子に釘づけになっている。

「〝そうだ、辛く長い我慢は終わった。

男の時代は終焉をむかえ、やってくるのは我らがときだ！

そのために、我ら女は立ちあがらなくてはいけない！

良いか、女たち！

――私たちは泥にまみれて坐っている！

けれども、星を求めて手を伸ばす！〟」

イワン・ツルゲネフのことばだ。人ごみのなかにまぎれている涌島ならすでに気づいているだろう。これが、この群衆のなかにいる露亜党員への撒き餌であることを。

つづきだ。はやく……。

が、次の瞬間、古代子はうつむいて、動きをとめてしまった。

こんな大声で叫びつづけたのは初めてのことだ。息が切れ、なんども咳をする。思考がかすれていく。

沈黙がつづく。観客たちも古代子の異変に気づいたのか、ざわめきはじめる。その不安の声が無音の空間にこだまする。つづけざまに、自分の心臓の音が激しく、高く響いてくる。

もうだめだ。意識がうすれる……。そのまま古代子がしゃがみこもうとしたとき、ふいに観客のなかから女の声が響いてきた。

「がんばれ、女弁士！」

はっと古代子は目をやった。幾重にも取りかこむ観客たちのいちばんうしろで、クロッシェ帽をかぶった黒い着物姿の女が立ちつくし、手を振っている。翠だ。

「ほら、あんたはこれからだよ！」

ほんとうに観に来てくれていたのだ。だが、その鴉《からす》のような恰好に、古代子はなぜかくすりと笑ってしまった。観客たちからもかすかに笑いがあがった。

いきなり別のところからまた「しっかり！」と女のかけ声があがってきた。見ると、観客のなかで女のひとりが立ちあがって、両手でメガホンを作って口にあてて、叫んでいる。

トミ子だ。

「しっかりせい、もっとがんばれや！　あんたならできるがな!!」

「…………」

そのうちに同じように、「しっかり！」「がんばれ！」という声があちこちからあがってきた。そのほとんどが女の声だったが、やがて、男や子供の声もまじってきた。

古代子はいちど大きく息を吸いこむと、背を伸ばし、群衆を見つめた。そしてまた右腕をあげて、大声で、同じことばを繰りかえした。

「〃良いか、女たち……！

いま我らは泥のなかにまみれ、坐している。けれども顔をあげるのだ。そこにはつかむべき星がある！

さあ、手を伸ばし、天の星をしっかりとつかめ。

人の命は一瞬でまたたくがごとく、消え去っていく。

それでも聞けよ。私のことばは永久にのこる。

すべての女はアルファであり、オメガである。

そして私もまた女だ！〃」

振りかえると、すでに背後のスクリーンでは、ニック・カーターが警察を引きつれて女ジゴマの隠れ家に近づいていた。

だが、観客たちはなにもいわずに古代子の煽情的な台詞を聞きつづけている。古代子は前を向き、右手の拳をにぎり、また振りあげた。

「〃私は女だ！

だが、それ以上に私の存在価値を知りたいのだ。

それがために、我は新たな舞台にあがる。

さあ、我につづけ、皆のもの！

女たちよ、剣をとりて戦え。夜をこわし、世界をひろげよ！

さすれば、はるか彼方まで、雲外に蒼天があらわれる。

ああ、そうだ――

我らはその蒼き空を、鳥のごとく羽ばたくのだ。ひろく、たかく舞い、ありのままに囀《さえず》るのだ。

いざ、女たちよ、手を伸ばし、力のかぎり羽ばたけ！

果てなき空へ飛びたてよ、蒼天の鳥のごとく！〟」

宣言をおえると、古代子はふうと深く息をつき、威厳のままに観客に目をむけた。

だれもスクリーンを見ていなかった。古代子のことばを聞きおえたあと、じっと目のまえの女弁士を見つめて黙りこんでいた。

やがて、前列の観客がひとり、すっと立ち、ぱちぱちと拍手をした。森川村長だ。やがてあちこちから拍手がおこってきた。なかには村長と同じように立ちあがったものもいる。やがて観客たちの掌をたたく音は幾重にも重なり、蒸気機関車も霞むほどの轟音となり、立ちつくしている古代子をつつみこんでいった。


簡易小屋のなか、古代子は、はあはあと身体全体で荒い息をしながら、丸椅子に座りこんでいた。

「古代子さん、すごくよかったですよ。泣きそうになっちゃった」と恵津子が団扇《うちわ》で一所懸命あおいでくれる。

涌島と千鳥もいて、古代子の熱演をほめたたえた。

「母ちゃん、ほんものの女ジゴマかと思ったよ」

「ああ。古代、ツルゲネフのことばもばっちりだったな。活弁もよかったし、だれも帰ろうとせん。これであいつらも動けんよ」

「ありがとう、みんな」と古代子は放心の顔で、天蓋のない小屋のなかから夜空を見あげた。

ようやく「女ジゴマ」の前篇がおわり、十分ほどの休憩に入った。とちゅうで頭のなかがまっ白になったが、それでも二十七年ものあいだ蓄積されていた熱気をすべて放出させたのだ。古代子が両手で着物の胸元をはだけた。恵津子が笑いながら団扇で汗ばんだ首と胸に空気を流しこんでくれた。

恵津子に二度目の「ありがとう」をいうと、古代子は地面にほうり投げてあった巾着から薬瓶を取りだした。なかからミグレニンを三錠ほど出すと、口のなかに含ませた。それから巾着の横にあった小さなやかんをとって、注ぎ口から水を飲んだ。

千鳥がそのやかんを古代子の手からとって、地面においてくれた。

「母ちゃん、翠ちゃん来てたよ」

「知ってる。どこにいるの?」

「帰った。すぐに鳥取にもどって、そのまま東京に行くって」

「そう……」と古代子は少しさみしそうな顔をした。

「あのね、母ちゃん。翠ちゃん、伝えてって。女ジゴマのことば、母ちゃんなりの気もちが入っていて、とても良かったたって」

古代子はうなずくと、ゆっくりと目を閉じる。脳裏に、感情を露わにして手を振ってくれている翠の姿が浮かんできた。

古代子が目をあけた直後、莫蓙のすき間から南郷が身体をすべりこませて、なかに入ってきた。

「あら、南郷さん」と恵津子が団扇をあおぐ手をとめた。

「ああ」南郷は一同を見まわすと涌島を見た。「すまんなあ、涌島さん、おそくなって」

「いいえ。宇市さん、もう党員を探しとって、なんにんか目をつけています。ひと息いれたら、助けてやってください」

「わかった。すぐ外に行くで」

古代子が訊いた「南郷さん。もう船のほうはいいの？」

「ええ。浜村川の川縁に括りつけてきました」

南郷が莫蓙のうえに坐りこんだ。いつもの白いシャツとはちがった。茶色の着流しだ。祭の日だから、うす汚れた恰好では見栄えがしないと思ったのだろう。だが、その着物もすっかりと汗でにじみ、変色してしまっている。

「南郷さん、すごい汗……。えらかったみたいねえ」と恵津子が手ぬぐいで彼の首筋をぬぐった。

「昼からなんども船で川と海をいったりきたりだがな」

「でもおもしろかったよ！」と千鳥がちいさく叫んだ。

南郷がようやく破顔した。「また乗せたるよ、千鳥ちゃん」

「じゃあ、こんど私も乗せてよ」

恵津子が南郷の着物の上半身をさらに引きさげて、胸に吹きでていた汗を手ぬぐいでていねいに拭きはじめた。

　ふいに古代子の目線が、南郷のはだけた上半身に釘づけになった。同時に丸椅子から立ちあがった。右胸にかすかに丸い痣がある。

「恵津子。高いで、わしの船にのるのはな」

「そのぶん、夜は、私のうえに乗せてあげるね。朝までずっと」

「ふん。子どもの前で、そげなことというなや」

　そうだ、いつもは南郷は身体にぴたりと密着した白いシャツを着ている。だから気づかなかった。だが、いま右胸が見えた。確かにうっすらと丸い痣がある。

　あの痣はなんだろう……。

　びくりと古代子の身体がふるえて、すこし目が眩んだ。

　次の瞬間、頭のなかで散らばっていた断片が第六官によって組みあわさり、ひとつの仮説をつくりあげていた。

　わかった。けど、どうする……どうすればいい。

　立ちつくしたままふたりを見つめる。恵津子がうしろから南郷に着物を着せた。

「ほら、南郷さん、行こう。そろそろ後篇がはじまるから」

「わかったよ」と南郷がゆるゆると立ちあがった。

　恵津子は南郷の腕をとると、簡易小屋の出口から外に出ていった。

　涌島が古代子の顔を覗きこんだ。「古代。もう後篇がはじまる。弁士たのむで」

「うん……」

「どうした、古代。恐《きょ》といのか？」

古代子は涌島にむきなおった。「ううん。私ね、もうなにも怖いものなんかない。ねえ、あんたにお願いがあるの」

「お願い？　なんだ？」

いいよどんでいると、千鳥が古代子の腰をたたいた。「どうしたの、母ちゃん？　はやく女ジゴマ、やらないと」

古代子は笑みを浮かべて、千鳥にいった。

「ねえ、千鳥。兇賊はおしまいなの」

「おしまい？」

「うん。じゃあこんどはなにをやると思う？」

「うーん……」と千鳥は少し考えると、笑顔を浮かべた。

「だったら探偵だ」

「そうよ。私らが探偵をやるの……母ちゃんと千鳥は、ニック・カーターよ」

第六章　暗流

浜村の祭広場の舞台では「兇賊　女ジゴマ」の後篇がはじまろうとしていた。

弁士台の古代子は、力強く右手の拳をにぎって振りあげた。そしてメガホンをいっさい使うことなく、前篇に負けないほどの張りのある大声で前説を述べていった。

「女ジゴマは女Z組に、女の行くべき路を高らかに宣言した！

一方、名探偵ニック・カーターは、その明晰な頭脳で、あざやかに彼女らの隠れ家を見つけだした！」

——休憩のとき、古代子は涌島にふたつの頼みごとをした。

ひとつは南郷を見ておいてくれ。逃げたら捕まえて欲しい。

もうひとつは、笹乃屋の仲仕のだれかに頼んで浜村川の橋に留めてある発動機船の燃料を抜いておいて欲しい。

涌島はきょとんとした顔をしていたが、古代子が真剣に頼むので、うなずくしかなかった。

そのあと古代子は、外に駆けていった涌島の背を見おくると、活動弁士然とした身のこなしで颯爽と壇上に登った。

　古代子が手のひらを台に叩きつける。

「だが、希代の女怪盗は不敵に笑い、見事に隠れ家から脱出！

　そしてふたたび女Z組とともに巴里の街を暗躍するのだ！

　果たして、兇賊対探偵の戦いはいかに⁉

　それでは、『兇賊　女ジゴマ』の後篇をお目にかけまする。皆々様、刮目いたしなされ！」

　拍手がおこると同時にヴァイタスコープが廻りはじめて、上映がはじまった。古代子がちらりと振りむくと、暗闇のなか、銀幕に後篇が映しだされていた。

　艶《あで》やかな女怪盗が女Z組を引きつれて、劇場の立ちならぶ犯罪大通りを一陣の風のごとく走りさる。すれちがった紳士は一瞬で裸にされ、財布や鞄を盗まれている。

「ああ、まるでポンチ絵のごとき事態だ。

　彼女たちとすれ違う紳士方は注意なされ！

　あっというまにすべてを掠め取られてしまうぞよ！」

　笑い声がまきおこり、広場が歓喜と興奮でいっぱいになった。だが、古代子の頭は不思議と醒めていた。感覚は研ぎすまされ、目のまえの群衆ひとりひとりの息づかいですら、はっきりと感じることができる。多目に飲んだ鎮痛剤の助けもあるのだろう。

　はじめて鳥取座でジゴマに遭遇したあと、千鳥はいった。

「私と母ちゃんは名探偵ポーリンだ」

　が、ポーリンはジゴマの策略に引っかかり、爆殺されてしまった。

いまはあとを継いだニック・カーターが第二の探偵として、兇賊女ジゴマと女Z組を捕縛せんと、奮闘している。

それならば、私たちも名探偵ニック・カーターだ。そうだ、〝喫驚《びっくり》〟の謎は解け、それぞれの立場は逆転したのだ。いまこそ、ほんとうの敵を捕まえるときだ。

銀幕を見ると、名探偵と警官たちが巴里の街を探しまわっている。

「ああ、探偵は追いかけつづける。

〝あの女怪盗は、何処だ、何処に消えうせたのだ!?〟」

裏通りであやしい女集団を見つけた。

「〝あそこだ、Z組の女たちだぞ！　行け、追え！〟」

ニック・カーターは警官たちを引きつれて、女たちを追って街を走る。が、彼女たちは蜘蛛の子を散らすかのように逃げていく。通りにはだれもいなくなった。

またも逃げられたか！　と、警官たちが無念に膝をつく。

だが、ポーリンの遺志をつぐ名探偵は、驚くべき観察力を発揮している。ゆっくりと裏通りを見まわす。暗い街角に、美しい花売り娘がぽつんと立っている。

「なんと、我らがニック・カーターは、おずおずとその花売り娘に近づいていくではないか。

〝ああ、紳士様、この花をお買いになっていただけるのですか？〟

〝いや、胸についている襟留《えりどめ》を売っていただきたい〟

〝これは母の形見で売る訳にはまいりません〟

〝嘘をつけ。知っているぞ、城で盗まれたものと同じだ〟

〝城で盗まれたもの？〟」

娘は花束で顔を隠すと、あとずさる。が、探偵はするどい顔つきで迫っていく。

「〝そうだ。花売り娘に変じたところで、すぐにわかるぞ！　貴様は変装の名人だ。だまされるものか、女ジゴマめ！〟」

古代子はいちど息をついた。ここまでは物語に沿っている。だが、この先は即席だ。堂々と胸を張り、自分の思考の果てを叫ぶのだ。

「〝露亜党の隠れ党員を殺したのは、おまえだ！〟

〝わ、私が隠れ党員を殺した⁉〟

〝そうだ、ジゴマの仮面をつけ、鳥取座に紅をつけ、短刀で殺したのだ！〟

〝な、何をおっしゃいます。そんなこといたしません！〟」

もはや物語からは逸脱している。だが、古代子はとまらなかった。

弁士はなにかしゃべっていればいい。物語が台詞と嚙みあっていなくても、だれも気にせず活動を観つづけるはずだ。

「〝私はそのとき浜村の旅館におりました。二十粁《キロ》もはなれております。汽車もありません。馬も扱えません。すぐに旅館に帰れるはずがありませぬ！〟

〝見えすいた手品だ〟

〝手品？〟

〝ああ。お前は仲仕頭だ。その仲仕頭にしかできぬ手品、発動機船を使ったのだ！〟

〝発動機船……〟

〝そうだ。そもそもお前は汽車ではなく、船で鳥取にやってきて、セーヌ川……否、袋川に留め置いた。そして鳥取座で党員を殺したあと、その発動機船に飛びのり、すさまじい速度で走らせ、袋川から千代川《せんだいがわ》へ、そして日本海に出て、まっすぐ西に進み、浜村川に入った。それから浜村橋に着くなり、通りを走り、すばやく旅館に行った〟」

そうだ、これが組みあわせで出てきたこたえなのだ。

スクリーンではニック・カーターと女ジゴマが無音で対峙している。その活写を前に、大声で叫びつづける。

「〝だからあの場にいなかったといえたのだ！　それがお前の手品だ！〟

〝そ、そんな、なんてことをおっしゃるのですか！　ち、ちがいます！〟

〝それならば、見せてみよ！〟

〝きゃーっ、何をなさいます！　服を、服を破くとは……〟

〝なんだ、この右の胸にある丸い痣は！〟

〝あ、や、こ、これは……〟

〝私が棒で突いてできた痕だ！　これが何よりの証左だ！〟

〝……ははは！　よく気づいたな、さすがはニック・カーター！　そうだ、私が、兇賊女ジゴマだ！〟」

古代子がうしろを仰ぎみる。スクリーンには、探偵に迫られた花売り娘が女ジゴマに早がわりをした光景が映し出されている。

「〝ふふふ、ポーリンと同じく、あの世におくってやるわ！〟」

女兇賊は手下たちを呼び寄せて、探偵や警官たちと戦いはじめた。

観客たちは、みんな目のまえのお伽の国の格闘に夢中になっている。古代子は群衆のうしろを見まわした。木々の電燈とスクリーンに浴びせられる光線の照りかえしが、真正面のヴァイタスコープを浮かびあがらせている。そこから五米《メートル》ほど左に男が立っている。南郷だ。その左うしろには涌島の姿もある。自分が頼んだとおり、ずっと彼を見ていてくれたのだ。

南郷がふらりと動いた。ヴァイタスコープに近づいていく。その動きに気づいた涌島も、彼に寄った。

南郷がいきなり映写機器のなかに手を入れた。次の瞬間、光線の射出がとまった。つづけざまに機械に蹴りを入れる。機器が横倒しになり、完全に動きを止めた。

「あっ！」と古代子は小さく叫んだ。

試写のとき教えてもらった。機器のなかでは、ほそ長いカーボン棒の先端が発火している。その火花が光源となり、発せられた光が回転するフィルムにあたり、スクリーンに活動写真を映しだしている。おそらく南郷は、そのカーボン棒を抜き、本体まで壊したのだ。

銀幕がまっ暗になり、「おおっ」と観客が声をもらして不安げに見まわす。

明かりは木々につるされた白熱電燈だけだ。そのかすかな光が南郷を照らす。広場の外へ駆けだした。涌島もそのあとを追う。

一方、人々のざわめきのなか、宇市と誠と映写技師らしき暗い影がヴァイタスコープに駆けよった。だが、技術者は機器を見るなり、首を振った。宇市が誠に指示を出す。すると、誠があわてて舞台に駆けてきて、叫んだ。

「たいへん申し訳ありません！　映写機の故障により、『兇賊　女ジゴマ』はこれで終わりとさせていただきます！」

「えー！」と人々のあいだに不満の声がひろがった。

こんどは宇市が誠の横に駆けてきて、弁士台のメガホンをとった。「すいません、今夜はこれでおしまいになります！　ほんにごめんなさい。来年はもっとすごい活動写真をもってきますけん。祭はこれからだで、まだよそでいろんな出し物があるし、ゆっくりと愉しんでください……」

宇市がいい終えるまえに、村人たちは立ちあがって、パラパラと広場からはなれはじめた。メガホンを持ったまま宇市が古代子をちらりと見た。「古代子。壇のなかに隠れとって」

古代子はしゃがみこんで、弁士台のなかにもぐりこんだ。計画より少し早いが、これからいよいよ青年団の人たちが露亜党員を捕縛するのだ。

――南郷はどうなったんだろうか。ニック・カーターの追及を聞いたあと、彼はヴァイタスコープを壊して逃げた。これはなにを意味するか。私の考えたことは真実で、南郷はほんとうに私と千鳥を殺そうとしていたのか。

まだかすかに人々のざわめきが響いてくる。古代子は腰を落としたまま弁士台のなかから身を乗りだし、首を出して会場を見まわした。ほとんどの客は三々五々広場の外へと歩いている。

だが観客席では、なんにんか着物を着ている男たちが残っていた。立ったり、胡座をかいて坐ったりしている。十人ほど。あの男たちが党員にちがいない。

その男たちがちらりと目線をかわし、なんにんかがうなずいた。

次の瞬間、宇市がまたメガホンを口にあてて叫んだ。

「いまだ！」

同時に、あちこちの木々の陰から各村の青年団員たちが三十人ほど飛びだしてきた。そのま、ぱらぱらと残っていた男たちに突進していく。

「キャーッ!!」と観客たちが叫んだ。だが、彼らはおかまいなしに、残っていた男たちに飛びつき、横倒しにかかえこむ。

「おさえろ！」「なにしやがる、はなせ！」「縄だ！　しばれ！」「いてえだろ、くそっ！」

宇市と誠が、いちばん近くにいたボロ着に身をつつんだ男に体あたりした。男は吹きとばされる。が、すぐに起きあがり、逃げようとする。その背中に宇市が飛びのり、くずれ落ちた男の両足を誠が遮二無二に押さえこんだ。

まるで何騎もの騎馬や神輿がぶつかりあうように、あちこちで無数の身体が衝突し、男たちの怒号が響いてくる。

やがて古代子は立ちあがって、その騒乱を眼下に見はじめた。

なんにんかの党員が確保され、なんにんかがかわして逃げようとする。だが、多勢に無勢で残りの男たちも青年団員に囲まれ、殴打され、縄で縛られた。そして捕縛された男たちは銀幕の裏のせまい草むらに放りこまれていった。

古代子の顔つきがかわった。広場を取り囲んで捕りものを見物していた村民たちをかき分けて、涌島がなかに入ってきた。

舞台から駆けおりて、彼に近よった。「あんた！」

「おお、古代！　派手にやっとるなあ」

「そんなこといいから」古代子は涌島の着物の袖を引っぱった。「南郷さんはどうしたの？」

涌島はすまなそうにいった。「逃げられた……」

「えっ？」

「古代のいわれたとおり見とったが、南郷さん、映写機ぶっこわして外に出てった。追いかけて肩をつかんだら、いきなり突きとばされてな」

涌島が膝を見せた。肌が大きく擦りむけ、血が滲んでいる。

「だいじょうぶ!?」と古代子がしゃがみこんで、膝に触れようとする。

が、涌島が掌でさえぎった。「そのあと南郷さん駆けてってな。わしも追ってむこうの路まではついていったが、なんせ人が多くて、見失なっちまった。林か畦路の陰にでも隠れたのか……」

「浜村橋のほうは？」

「和栗さんに頼んどいた。仲仕つれて、橋に先まわりしてくれとるはずだ」

幕の裏から宇市が出てきた。涌島と古代子に気づいて近よってくる。「涌島さん、どこにおった。もうおわりだがな」

「宇市っちゃん。南郷さんがいなくなった……」

「南郷さん？」宇市はあたりを見まわした。「そういやあ、いねえな。どこに行った？」

「逃げたよ」と涌島がぽつりといった。

「逃げたって、南郷さんが？　どげしたことだ？」

が、涌島は応えず、「党員は？」と宇市に訊いた。

「幕の裏だ」

涌島は銀幕に駆けだした。古代子と宇市もあとにつづく。

スクリーンの裏では、十数人ほどの男たちが縄で縛られて転がされていた。村々の青年団の男たちがまわりを取り囲んでいる。

涌島は、ひとりの縛られている男に近づくと、その前でしゃがみこんだ。宇市と誠が捕まえた党員だ。男はふてくされた顔でうつむいている。いきなり涌島はその男の髪の毛を左手でつかんで、顔をあげさせた。

「南郷って男、知っとるか？」

宇市が「南郷？」と目を丸くした。

男が応えた。「さあな。そんなやつ知らん」

「この村のやつで、いつもメリヤスの白シャツ着とる禿げ頭の男だ」

「ふん。知らんっていってるだろう」

涌島が右の拳で男の顔を殴りつけた。宇市が「涌島さん！」と叫んで、古代子も「キャッ！」と両手で顔をおおった。

「警察が来るまえに、ここでおまえを殺してもかまわん。どうせ露亜の隠れ党員だ。どこで消えても、だれも気にせんしな」

涌島が左手でまた髪の毛をぐいっと引っぱった。血で滲んだ男の顔があらわになる。

「わかったよ……その白シャツの禿げならなんどか見たことがある」

「加村と柊木との縁は？」

「ふたりは、あいつのこと金づるだっていってたな。それしか知らん！」

涌島がつかんでいた髪の毛をはなすと、男の首ががくんと垂れた。

「どういうことだ！」宇市が叫びながら涌島に迫った。「南郷さん、露亜党とつながっとっただか？」

「ああ。わしもいまわかった。古代子のいった意味が」

「うん。はやくさがそう、南郷さんを……」

古代子は下駄を脱ぐと、足袋のまま駆けだそうとする。

涌島が手を引っぱってとめた。古代子の白い着物と赤い袴をまじまじと見つめる。「いくらなんでもその恰好はむりだろう。……誠くん、着物と草履かしてくれんか？」

男たちの縄を締めなおしていた誠は駆けてくるなり、紺色の着物と草履を脱いでいく。「ありがとう」と古代子も弁士用の着物と袴を脱いだ。そして白い襦袢のうえから誠の着物を着はじめた。

その様子を見ていた宇市だったが、思わず叫んだ。

「まだわからんよ。どういうことだ？　南郷さん、あいつらとなんの縁があったんだ⁉」

古代子は草履を履いた。「露亜党は露亜銀行から資金を調達していたの。けど、大震火災でそれができなくなって、困りはてた。……だれかカンテラを！」

誠が青年団の男たちに頭をさげ、鉱の手もちカンテラをふたつもらってきた。

「その露亜党に、南郷さんはお金をわたしていたの」

古代子は誠からふたつのカンテラを受けとると、涌島と宇市にひとつずつわたした。

宇市は手に取りながら問いつづける。「南郷さんが金を……。あの人もアナキズムにかぶれとったのか？」

「それは本人に訊かんとわからんけど、それがわけで、南郷さんとふたりのあいだで諍いがおこって……だから、柊木と加村先生を殺したのよ」

なんどか草履で地面を踏むと、古代子はうなずいた。

「これでだいじょうぶ。行こう」

涌島はうなずくと、宇市の肩を叩くなり駆けだした。宇市もあわてて走りだし、古代子もそのあとにつづく。

広場の前の裏通りにでると、古代子は涌島に訊いた。「南郷さん、どっちに逃げたの？」

涌島が西を指さした。「むこうじゃ」

西か。この裏通りと交差する路に出て線路を越え、駅前通りに行って、東の浜村川にむかったのかもしれない。

古代子たちは小走りで路を駆けはじめた。

午後八時まえ、あたりはすっかりと暗くなっていた。だが、地表は夏の残熱を発し、年に一度の祭典も放熱をつづけている。極彩色の華やかな浴衣を着た女性や、一升瓶をにぎった鉢巻きの男たちが歩いていく。そんな人々の合間をぬって、あちこちを見まわしながら南郷を求めて駅前通りにむかった。

ときおり宇市が路ぞいの藪に駆けよって、なかを覗きこむ。もしかすると、南郷はまだこのあたりに潜んでいるかもしれない。が、宇市は首をふって帰ってくるだけだった。なんどめかのあとに古代子に訊いた。

「けど、なんで古代子は、南郷さんが悪いってわかっただか？」

「私ね、鳥取座でジゴマの胸を棒で突いたの。いまの活動写真の中休みのとき、たまたまあの人の胸を見たら、同じところに痣があった。それでね」

「そっか……あ、だから古代子、あげなおかしな台詞を？」

「うん。後篇の上映まで時がなかったし、だから、壇上からあの人がやったことをいったら、南郷さん、動くかなって思ったの」

宇市が納得した。「確かに、台詞、なんだか映っとったのと、ちょっとちがう気がしとったわ。すごいな古代子、とっさに」

涌島がすこし微笑んだ。「こいつはなりはちいさい女だけど、筆は達者だし、最近は頭もまわるんだよ」

ミグレニンのおかげだといえず、古代子は苦笑いを浮かべた。

涌島がつづけた。「古代にいわれて、わしはずっと南郷さんを見とったよ。弁士の台詞で落ちつかんくなってきた。それから、わしと目があったんじゃ。そしたら、いきなり映写機に近づいて、ぶっこわしよった」

宇市がまた首をかしげた。「けどどうして南郷さんはそげなことを」

「わしから逃げるために、少しでも広場を暗くしたんだ」

「そういうことか。それならはやく探さないと……」

宇市が歩をはやめ、先頭になって小径をすすんでいく。

突然、「しっ」と脇道を指さした。道の横の草地に、馬一頭入るほどの農機具用の朽ちた小屋がある。その壁が、かすかに軋んだ。

涌島と宇市が目をあわせるなり、近づいていって扉を少し開けた。カンテラでなかを照らして、覗きこむ。古代子もふたりのあいだに顔を出し、なかを見る。半裸の男と女が地面で抱きあって睦んでいた。

目線が男女とぶつかり、女が叫び声をあげた。

「ごめんなさい！」と古代子はあとずさりするとあわてて駆けだした。涌島と宇市も「すまねえ、ごゆっくり」と逃げだした。

古代子たちは、路にもどってまた走りはじめる。

線路を越えて、駅前通りにたどりつき、浜村駅舎に近づいた。

ここも祭を愉しむ村民たちでにぎわっていた。路ぞいのどの商店も幟と出店をだし、浴衣や着流しの村民たちが集い、笑っている。その人たちをかきわけながら、古代子はあたりを見まわして南郷を探す。が、感じるのは祭の騒ぎだけで、彼の姿はどこにも見えない。

涌島も見まわしている。ふいに古代子に訊いた。「けど、古代よ。南郷さんはジゴマの扮装はどうしたんだ？」

「もともとあの鳥取座の控室にあったのよ。余興用にね。それを使ったの」

「なるほど。で、まず柊木を殺したあと、同じ座でその場を見られてしまった古代と千鳥を狙った……」

古代子も四方に目線を走らせる。「ちがうの。逆よ」

「逆？」

「もともと南郷さんは、私と千鳥を殺そうとしていたの」

涌島が目を見ひらいた。「古代と千鳥を？　どういうこっちゃ!?　ふたりが殺される道理がないだろ」

「ううん。もしかしたらあの人は、笹乃屋が欲しかったのかもしれない」

「笹乃屋が欲しかった……？」

「そうよ、私と千鳥がいなくなれば――」

東の人ごみから、「古代子さん！」という声が響いてきた。

見ると、和栗が息を切らしながら駆けてくる。

「和栗さん！　浜村川のほうは？」と古代子があわてて訊いた。

「ああ、きたよ、南郷……」と和栗は膝に両手をおいて、はあはあと息をついた。

「それで、どうしたんですか？」

「涌島さんにいわれた通りに、先に仲仕をひとり連れて川にいって、船の油は抜いといた」

和栗は、涌島を通して古代子の願いを聞いてくれたのだ。もし逃げるとしたら、いちばん手っとりばやいのはあの発動機船だ。あれに乗られて日本海に出られると、捕まえようがなかった。

「船は動かんっていうと、やつ、わしらを突きとばして、こっちのほうに戻ってきた」

「こっちのほうに……」と古代子はあたりを見まわした。

「けど、おらんがあ」と宇市が怒りにまかせて草履で地面を踏みつける。

「古代。この駅前通りから、どこかに抜けるところはないんか？」と涌島が古代子に訊いた。

「むこう。この先に、海に行く小径がある」

駆けていくと、すぐ先には確かに小さな曲がり角があり、北へと伸びている。

その角には時計屋があった。店のまえの縁台には「特価！」の札とともに柱時計や置き時計が並んでいる。なんにんかの人たちが商品を見ていて、縁台のむこうでは主人がその時計の精緻さを説いていた。

古代子は主人に近づいた。「おじさん！」

「おう。古代子ちゃん、どうしたの？」

「南郷さん、見かけませんでしたか？」

時計屋の主人はあっさりいった。「ああ。さっき見たよ」

涌島と宇市は縁台を乗りこえて、主人に迫った。

「どこにいった？」

「そ、そこ曲がって、むこう」と主人はおびえた顔で曲がり角の北を指した。

涌島が北に目線をやった。「やっぱり海だ。船でも盗って、沖から賀露にでも逃げるつもりかもしれん」

宇市がうなずいた。「どげする、涌島さん？　このまま追うか？」

「いや、囲もう」涌島は和栗と宇市を見た。「わしらは、このままこの路で海のほうに行く。

和栗さん、東の浜村川のほうから仲仕つれて海のほうにあがってもらえんか？」

「ええよ」

「宇市さんはだれかつれて、西の山の麓のほうから追えんか？」

「やってみるわ」

「じゃあ頼む、ふたりとも」

和栗が東のほうに走っていった。つづけざまに宇市がいま来た西のほうに全力で駆けていく。

「いこう、古代」と涌島は曲がり角を北に行こうとする。

「うん」と古代子もあとにつづく。

そのとき時計屋の主人が「まって、古代子ちゃん、涌島さん」とふたりをとめた。

「どうしたんですか？」と古代子が立ちどまり、振りむいた。

「あのね、南郷さんがその路に入ったあと、千鳥ちゃんも同じほうにいったよ」

「千鳥が⁉」

「うん。どっかから出てきて、ちょこちょことあとをついていった」

「えっ⁉」と古代子と涌島は顔を見あわせた。

そういえば、千鳥のことをすっかり忘れていた。

もうひとりの探偵も犯人を追いかけていたのだ。

古代子は涌島とともに駅前通りから曲がり角に入り、北に進んだ。

新月なのか、空に月は姿を見せていなかった。夜の闇のなか、ゆいいつ助けになるのは、星々の明かりと涌島が持つカンテラだけだ。

やがて道がとぎれ、松の木が立ちならぶ防風林にかわった。その林のなかに入り、五百米《メートル》ほど先の海岸にむかって駆けていく。

千鳥はどこだ？　南郷はどこだ？

こころのなかで叫びながら、古代子はあちこちを見まわした。木々の合間には、ときおりまだら模様の黒い暗流が見える。山からの川の真水と海からの塩水が流れこむ湿地帯が点在しているのだ。

古代子はその湿地になんどか足を突っこんでいた。草履は濡れ、着物も襦袢も裾からすっかりと水を吸ってしまっていた。歩きにくいことこのうえない。しまいにはうっかりと泥土の深みに足をとられ、「きゃっ！」と小さく叫んで、尻餅をついた。

涌島があわてて駆けてきた。「古代、古代！」

「だいじょうぶよ」と古代子は気丈にいいかえした。

それよりも千鳥だ。あの子は南郷のあとを追って、このあたりに来たはずだ。彼に見つかったら、捕まってしまうかもしれない。そのあとはどうなるか？

ポーリンは兇賊ジゴマに爆殺されてしまった。だが、ニック・カーターが彼の悲願を達成した。

そうだ。千鳥は死にはしない。

が……古代子は考えなおした。私自身はどうだろう。

女の存在がアルファでありオメガであるなら、自分は雲外の蒼天をつかもうとした兇賊であり、その深き訳《わけ》を追及して縛《ばく》しようとした探偵でもあった。

いったいほんものの自分はどっちだったんだろうか。

いま自分が浸されている湿地の水は、真水と海水がまじりあっている。そのなかの自分は、いったいどっちの類の人間なのか。千鳥を追えば、答は見つかるのか。

「おぶったろうか？」と涌島が古代子に背中をむけた。

その声で古代子は夢想を打ちきり、「ううん」と首を振った。

なんとか泥水から立ちあがると、涌島に駆けよる。彼は安堵した顔でうなずくと、先へ歩いていく。

やがて、防風林は消えうせていった。足もとはすっかりと砂浜にかわり、踏みしめる草履がさりさりと音をたてる。すぐに古代子のまえに日本海の波打ちぎわが見えてきた。

いつもなら、夜の海には夏の烏賊《いかと》獲り船の漁《いさ》り火を見ることもできるのだが、祭の夜だ。どの集落の船も出ておらず、海のうえでは昼の残熱を吹きながす海鳴りがひゅうと吹き、漣《さざなみ》のしたでは、あまたの夜光虫がほの白く明滅するだけだった。

古代子は波打ちぎわまでいこうと駆けだした。が、砂に顔を出している浜茄子《はまなす》の茎に足をとられて、転んでしまった。立ちあがろうとするが、すっかり息が切れ、そのまま坐りこんでしまった。

涌島が近づいてきて、古代子のまえであぐらをかいた。

「おらんな、このあたりには」

「うん。私ね、南郷さんよりも千鳥のほうが心配で……」と古代子は両手でぐっと砂をつかんだ。

「あたりまえだ。見つけるさ、絶対に」

涌島は東に目をやった。古代子もつられて見ると、二、三の小さな炎がちらちらとまたたいている。

「和栗さんだな」

和栗と仲仕たちがカンテラや松明《たいまつ》をもって海に流れこむ浜村川沿いを歩きはじめたのだ。同じように西を見ると、暗い山の麓に沿って海にむかって進んでいくカンテラや松明の群れが見えた。

「宇市さんも来てくれとる」

こっちのほうが和栗たちよりもずっと近く、人も多い。七、八人はいるだろうか。青年団の人たちといっしょなのだろう。和栗と宇市のどちらかの網にでも引っかかってくれれば良いのだが。

だが、もし南郷が、この広大な砂浜のなかのどこかに潜んでいるとしたら――

「もう、南郷さんも囲まれとることわかっとるだろう。逃げるとしたら、あの因元岩の岩場の船か……」

いうなり涌島は海の先をあごで指した。そこには海と砂浜の境目に高さ八米《メートル》ほどの黒く細い岩山が、インゲン豆のようにすっと聳えている。因元岩だ。永久ともいえるほどの長さで波に打ちつけられ、根もとはすり減って犬歯のような形で立ちつくしている。その下のわずかに平らな場所には、豊漁を祈願したちいさな祠《ほこら》がある。そして岩のわきには、船留場があり、漁船を泊めることができる。

「烏賊漁の船に隠れとるかもしれん」

涌島は立ちあがると、船留場に近づいた。古代子も重い身体を起こして、あとにつづいた。

が、船留場では、木に舫でつながれた古い漁船が海のうえでかすかに揺れているだけで、人の気配はなかった。

涌島は首を振ると、岩場に飛びうつり、祠のまわりを歩きまわった。

「ここにもおらんなあ」

祠の裏は、岩山がすっと上に伸びている。だが斜度は大きく、容易には登れない。涌島は、カンテラで岩の斜面を照らした。苔でおおわれている。足跡はついていない。

「上にもおらんと思うわ」涌島は首を振った。「こんだけ暗いと、よくわからん。宇市さんとこにいってみるか。そのほうが心づよい」

「うん」

涌島は岩場をはなれると、海岸ぞいを西にむかって歩きだそうとする。古代子もあとにつづいた。

が、ふいに足をとめた。どこからか、ピロピロピロと鳥の鳴き声が響いてきたのだ。

幻聴ではない。波の音にまじりながらも、はっきりと辺りいちめんに広がっていく。

古代子は訝しんだ。どうしてこんな夜中に鳥の鳴き声が。この山陰の集落に夜啼鳥《ナイチンゲール》がいるだなんて、聞いたことがない。

またピロピロピロと鳴き声が響いた。

思いだした。この響きにはおぼえがある。涌島にささやいた。

「近くにいる。千鳥も、南郷さんも……」

「あの鳥の声か?」

「うん……千鳥のもってるチドリ笛よ」

南郷を追っていた千鳥は古代子たちに気づいて、こっそりと自分の居場所を伝えようとしているのだ。

涌島がうなずくと同時に、チドリの鳴き声がやんだ。

どこから聞こえてきた?　南の松林のなかだ。二十米《メートル》ほどはなれている。古代子は身を潜めると、涌島とともに松の木と黒い湿地の間をさりさりと砂を踏みしめながら、近よっていく。

ピロピロとまたチドリ笛が鳴った。ふたりはいちど固まると、ふたたび鳴き声のほうにゆっくりと進んだ。

涌島がすこしはなれた右側の高い草むらを見た。つられて古代子も目線をやる。

あそこだ……と涌島が古代子にささやいた。

うなずいた。ゆっくりと草むらに寄った。うしろを覗きこむと、大きく深い水たまりがあった。なかで千鳥が水に半分身体を沈めて、しゃがみこんでいた。両手でしっかりとチドリ笛をにぎりしめている。

「千鳥……」と古代子はようやく見つけたわが子にささやいた。

「母ちゃん……」

千鳥は小さく咳をすると、ツルゲネフのことばのように、泥水のなかで右手を伸ばした。

「よく、がんばったな」と涌島が千鳥の手をとって、引っぱりあげて、抱きしめた。

着物はぐっしょりと水で濡れていた。おまけに身体も顔も唇もぶるぶるとふるえている。古代子は自分の着物を脱いで、千鳥に着せた。そして白い襦袢だけになった母は、水滴のついた娘の頬を掌で拭いながら訊いた。

「千鳥。南郷さん、このあたりにいるの?」

「うん。あの砂の丘のうらにかくれるの見た。母ちゃんと父ちゃんが来るちょうどまえに……」

千鳥はふるえる指先で、海ぞいの砂山を指さした。岩山の手前に大きな砂の盛りあがりがあった。

次の瞬間、千鳥がはげしく咳きこんだ。古代子はあわてて背中をさすった。むりもない。ただでさえ気管支炎で肺も悪いのに、夏とはいえ、ずっと水につかっていたのだ。

涌島はふたりをおいて、カンテラを照らしながら、その砂山にむかって歩きはじめた。近くまで行くと、丘にむかって大声で叫んだ。

「南郷さん!　どこにおる?」

返事はない。ただ波の押し引きと、海鳴りの風の音だけが響いている。

「和栗さんも宇市さんも、みんなすぐこっちにくる。もう逃げられんよ!」と涌島はまた丘を見まわした。

そのとき古代子は気づいた。

涌島のうしろ、三米《メートル》ほどはなれた丘の斜面——灰色の砂の上に、黒い人型がある。腹ばいになって、かすかに蠢いている。しかもゆっくりと涌島に近づいていく。

「あんた、うしろ！」

涌島は振りかえるなり、砂の上の黒い影に気づいた。すばやく斜めうしろにとび、カンテラの明かりをむける。

ゆっくりと黒い人型が立ちあがった。南郷だった。息も荒く、すっかり着物は乱れている。

涌島と南郷が対峙した。

すぐさま涌島が「そこにおったんか」と南郷に吐きすてた。

「ああ。見つかってもうたわ」南郷は着物についた砂をはらった。「なんだい、古代子さんもか。子どもづれで——」

古代子は千鳥の手を引くと、涌島に駆けより、背に隠れた。

千鳥が涌島のうしろから顔をだし、チドリ笛を吹いた。ピロピロとチドリの鳴き声が響きわたる。

「あの鳥は千鳥ちゃんのだったのか。わしについてきとったんか？」

「うん。広場から、ずっと」

「もう少しで船にのって、沖に出よるとこだったのになあ。ほんによけいなことしてくれて、この餓鬼が」

涌島が鼻で笑った。「ふん。あんたの禿頭《はげ》は、夜でもぴかぴかよう光るからな。餓鬼でもどこにおるか、すぐにわかるんじゃ」

古代子は涌島のうしろから出ると、南郷にむきあった。

「南郷さん、あなたがジゴマだったのね。最初も二度目も。おまけに、私と千鳥も殺そうとしていた」

「ああ。そげだが」

涌島が怒りまじりにいった。「なんでそんなことを？」

南郷は不敵に笑んだ。「さあな」

古代子は来栖の推理もまじえて、自分の考えを告げた。偶然が偶然でなくなっていく。

「最初は露亜党にそそのかされたのよね」

「…………」

「そう、あなたは露亜党の柊木と加村先生と通じていた。その彼らの考えにすっかり感じいってしまったの」

「ああ」南郷は自嘲気味にまた笑んだ。「もともと加村はわしのおった日野の知りあいの紹介で会ってな。あいつらは若くて、きらきらした目で先のことを語っとった。自分たちがいまの世のなかをかえるってね。みんなが生きやすい国にするってね」

「だから笹乃屋の金をこっそりとふたりに……」

ふいに涌島が、海を背にしている南郷の右側ににじり寄り、叫んだ。

「この世間しらずが。いまの世情を知っとったら、露亜党なんかに資金をわたすか」

涌島をさけ、南郷は西を背にあとずさる。そして睨みかえして叫んだ。「それでもな、みんな夢みよるんじゃ！　毎日毎日辛くてな、酒飲んで女買ってごまかして、たまには考えるんだよ、人に使われんでもええような場所に行けんかなってな。そうでもせんと、やっていけんときもあるだが」

つづけざまに南郷は古代子に向きなおった。

「古代子さん、ごたいそうな弁士だったな。けどな、あんたにはわからん。なんが女の自立だ。生きるってそんな遊びじゃねえんだ！」

古代子はそのいきおいに圧され、うつむいた。

だが、涌島が南郷に嘲《あざけ》るようにいった。「なにをえらげに。結局のところ、だまされとっただけだろうが」

「ああ。あのふたりにはすっかり担がれたよ。金はすぐに使いはたして、つぎつぎにねだってくるしな」

古代子がまた叫んだ。「だから、私と千鳥を殺そうとしたんでしょう。殺したあとはすぐに暢もやるつもりだった。そのために早く大阪から弟を呼び戻したかったのよね」

南郷はとぼけた顔でいった。「そうだな。二代目がこっちに帰ってきたら、すぐに運びの事故で崖から落ちとったかもしれんなあ」

涌島が納得顔にかわった。「なるほどなあ。ようやくわかったよ。そうなると、残されたもんは年とった和栗さんとクニさんだけだ。和栗さんを邪魔もの扱いして追い出して、クニさんを脅してごまかせば、仲仕頭のあんたが笹乃屋をにぎれるようになる」

「ええ考えじゃろが」

「そうだな。自分の使いこみが表に出んで、警察にも捕まらんようになるからな」

「ははは、ようやくわかったんか？　はははは！」

南郷は声をあげて笑いはじめた。その響きは夜の海岸にぶきみにひろがっていく。古代子と涌島は、わずかにあとずさった。

涌島がいいかえす。「けど、そんなことでふたりをやろうとしただなんてな、ふざけとるよ」

「ふん。わしの日野の田舎は乗り合い馬車も電車もねえ、山んなかの、ここよりずっと小さくてみじめな村だ。家からお縄になったもんがでたら、まわりから爪弾きで、唾吐かれて石投げられて、すぐにみんなちりぢりばらばらだが！　そげなもん、死ぬより苦しいことだ！」

その大声と勢いに古代子も涌島も押しだまる。

が、古代子は一歩前に進み、南郷にいった。

「だまされたあと、あなたは鳥取座でジゴマの上映が行われることを知った。あそこは露亜党の集まりにもなる。その機を利用した。私と千鳥を亡きものにできる。おまけに露亜党の柊木にも復讐できる」

南郷が不敵に笑んだ。「そうだ。あのふたりも殺してやりたかったよ。ふん、一石二鳥だ」

古代子はまた来栖の推理に補足して告げた。「まず、加村先生を鳥取座に行けないようにしたのよね。男ふたりを殺すのは手間がかかるし、訓導が殺されたら大さわぎになるから」

「ああ。加村は夏休みにやろうと思っとったよ」

「だから加村先生をおどしたんでしょ。もし座に行ったら、先生がアナキストの隠れ党員だって私にばらす、とでもいって」

南郷がうなずく。「そうだ。加村があんたを好いとったのは知っとったからな」

古代子は息をついた。「やっぱり」

来栖のいった通りだ。それが加村の弱点で終着点。

「それから南郷さん、あなたは私に散らしをわたして、座に行くようにしむけた」

「おおあたりだが。座のもぎりにも金をくれてやって、あんたらを最前列に坐らせたったわ」

「ええ。そうしといて、あの夜、鳥取座に忍びこむと、控え室にあったジゴマの仮面と外套をつけて、座に火をはなって柊木を刺し殺した。けど、私たちを殺すのは失敗してしまった」

「そのすばしっこい餓鬼のせいでな！」

南郷がきっと千鳥を睨んだ。だが千鳥は睨みかえす。

古代子は娘の身体をだきよせた。「そのあと発動機船を使って、すぐに浜村にもどった。べつに私に、鳥取から浜村に戻るのは不可能だ、と思わせるつもりではなかったのよね。そのやり方がいちばんはやく帰れるから」

「…………」

「そのあと、そのまま鶴崎旅館に行って、先に行ってた仲仕や芸妓と遊んだ。おまけにその夜は人を殺めた手で、えっちゃんを……」

南郷がにやにやと笑いはじめた。「あの夜はえらく興奮してな、恵津子もよろこんどったよ」

「糞が……」涌島が吐きすてた。「あんたそれから、また古代子と千鳥を殺そうとした。寄合のあと、あの仮面をつけて屋根のうえにのぼったんじゃ。あの恰好で威嚇《いかく》すりゃあ、ふたりとも恐《きょ》とがって動けなくなる、と思ってな」

「ふん。しょせん女子どもだからな」

つづけざまに古代子がいった。「あのときのふたりの男たちは、やっぱり露亜党なの？」

「そげだが。わしがやつらに嘘をいったんじゃ。古代子さん、あんたは柊木の艶《いろ》で、ヤツはあの女に痴情で殺されたってな」

また涌島が南郷に右からにじり寄った。「だから復讐がてら、ふたりが加勢してくれたんだな。宇市さんらが捕まえた党員のなかにおるんか？」

南郷は斜めうしろに後ずさりした。「おるよ。責めしぼって訊いてみるとええ」

古代子は不思議に思った。どうして涌島は右のほうから南郷ににじり寄っているんだろう。まるでわざと西に背を向けさせているようだ。

西のほうから海岸ぞいにいくつかのカンテラと松明の明かりが近づいてくる。宇市と青年団の人たちだ。東の和栗たちよりもずっと速い。ようやく気づいた。涌島は西からの加勢を南郷にわからせないようにしていたのだ。

その企みに気づいた古代子もまた、涌島に並んで右から南郷に迫った。

「南郷さん、あなたは屋根のうえから逃げたあと、すぐに逢坂の加村先生のところに行ったんじゃないの？　自分が柊木を殺したと告白して、その殺しの罪をかぶらせようと短刀をおしつけた。じゃないと私を殺すといって、加村先生を脅して――」

南郷がまた不気味に高笑いした。「そうだそうだ」とはやしたてるように繰りかえす。

「加村先生も、南郷さんがやったんでしょう？」

「ああ。あんたらに気づかれて加村は逃げだした。そのあと、涌島さん、あんたにいわれてわしは西の山でやつを狩った。そのとき、あいつが木の陰でぶるぶる震えているのを見つけたんだ。だから、海ぞいに逃げろっていって東の山の墓場に行かせた。そのあとで、わしもそこに行って、短刀うばって刺してやった。それで終《しま》いだ。……無念だが、ああ、ほんに無念だが」

涌島が一歩ふみだした。「無念？　なにがだ、南郷さん？」

「涌島さん、あんたが東京から帰ってこんかったら、古代子さんも餓鬼も殺せて、わしの勝ちじゃったのにな」

「ふん。間がわるかったな。……なあ、南郷さん、これでひとつわからんかったことがわかった」

「ん？」

「どうしてあんたがわしらの党員狩りを、露亜党のやつらにいわなかったのか。復讐だな。あいつらへの……」

「ああ。あんな屑どもは、みんな特高に捕まってしまえばええ」

「けど、結局あんたのこと、ばれるぞ」

「ええわ。万一、発動機船が使えんかったら、ここから船で沖に逃げるつもりだったからな」

古代子はまたちらりと南郷の背後に目をやった。カンテラと松明の明かりがすぐ近くまで迫ってきている。

「逃げたっていくところなんかないでしょう！」古代子はわざと大声で叫んだ。「櫓をこいで松江あたりまで逃げるの？　それとも沖の先まででて、藻屑になるの？　どっちにしても行くところなんてありゃあしないわよ」

「かまわんさ。生きるなんて、そんなことの繰りかえしだ。それにな、どうせわしの後世《ごせ》は地獄に決まっとる」

南郷の背後からいきなり「涌島さーん！」と宇市の声が響いてきた。

五、六人の明かりをかざした男たちが砂山の近くまで来ている。あと二、三百米《メートル》ほどだ。

南郷も振りかえって、彼らを見た。ようやく気づいたらしい。

「もう行き場はなくなりよったか」

いうなり南郷は厳しい面相をくずし、古代子と千鳥にゆっくりと歩みよってきた。

涌島が身がまえてカンテラを照らすが、南郷は首を振った。

「だいじょうぶだ。もうあんたらには手をださんよ」南郷は古代子のまえに立った。「義理もある。さいごにあやまらせてくれ」

「えっ？」

「古代子さん。ほんにすまんかった。あんたを殺そうだなんてな」

古代子が困惑していると、南郷はしゃがみこんだ。そして涌島のうしろから顔を出している千鳥の顔を覗きこんだ。

「千鳥ちゃん。母ちゃんと父ちゃんのいうこと聞いて、ええ子でな」

千鳥はふるえながらも、ゆっくりとうなずいた。

さいごに南郷は涌島に頭を下げると、振りかえった。もう十数米《メートル》近くまで宇市たちが寄ってきている。

「おい、見ろ、南郷さんだぞ！」「追え！」「捕まえろ！」

南郷はいきなり砂を踏みしめて、走りだした。行く先は、波打ち際ぞいの因元岩だ。下の岩場の祠に駆けていく。

宇市がカンテラを揺らしながら、古代子たちにたどりついた。青年団の男たちも五、六人ほどいる。

「古代子、涌島さん、だいじょうぶだったか？」と宇市が心配そうな顔でいった。

「うん！」と古代子は岩山を見た。

暗闇のなかの岩場に飛びのった南郷は、祠の脇をぬけて、斜面に飛びついた。

宇市も気づき、「南郷さんあそこにいるぞ！」と岩山を指さした。

一同が手にもつ明かりを岩場にむけた。南郷が蝙蝠《こうもり》のように斜面にへばりつき、八米《メートル》ほどの高さをなんどか足を滑らせ、それでも必死に上へとよじ登っていく。

宇市たちが駆けだして、そのあとを追う。

さいごの狩りがはじまった。

青年団たちは、みんながみんな怒りの顔をしている。いましがたの露亜党員の捕縛に興奮していることもあるだろうし、おそらく宇市の話にも尾ひれがつき、気高の集落を惑わせた大悪党ということにもなっているのだろう。

捕食者の目となった青年たちは祠から斜面に飛びつくと、南郷を追って上へと登った。身の軽いものが、すさまじい速度で斜面を駆けあがり、中腹にいる南郷の足を摑もうとする。が、南郷は思いっきり上から蹴りつけた。男はずり落ちて、岩場に尻餅をつく。が、それが逆に男たちの怒りに火をつけた。ふたたびなんにんかの男たちが叫び声をあげて斜面を登っていく。

が、南郷は、こんどは礫《つぶて》をとって下に投げつける。

追ってくる青年団のひとりの男の肩に直撃し、「うわーっ！」と彼は斜面を転がった。祠のそばに落ちると、身体をえびぞりにさせて肩を押さえて、「いてえいてえ！」と激しく叫び声をあげた。

その光景に思わず古代子は顔をゆがませた。

宇市が岩場のうえに声を張りあげる。

「糞が！　おりてこいや！」

その喧噪を無言で見ていた涌島だったが、「宇市さん、手荒なことはせんでくれ！」と宇市に叫んだ。

「けど、涌島さんよお！　あいつおれらだましやがって！」

「もう南郷さんには逃げ場はないんじゃ」

宇市もようやく我にかえった。「そうか、そげだな……。おい、みんなやめれ！　こっちこいや！」

斜面を登っていた男が動きをとめ、下に戻ってきた。祠の近くにいた男たちも手と足をとめる。すごすごと、岩場のまえにいる涌島と宇市のまわりに一同が集まってきた。

見あげると、南郷は必死に頭上の岩や草をつかみ、上へと身体を押しあげ、岩場の頂上にたどりついたところだった。そしてそのままてっぺんの奥に消えていった。

「おーい！」とうしろから声が響いてきた。振りむくと、古代子たちがやってきた南側の防風林と黒い湿地帯の間から、カンテラと松明の群れが近づいてきた。

「手の空いとるもんにも声をかけといたがな」と宇市が彼らに手を振った。

すぐに明かりがこっちに近づいてきた。別の青年団の人たちや誠や恵津子の姿もあった。

「古代子さん、南郷さんは？」と駆けてきた恵津子が息を切らしながら訊いた。

「あそこ……」古代子は岩場を見あげた。「南郷さん、上に登ったの」

恵津子も誠も見あげる。だが真下からは岩場の頂上は死角となり、人影は見えない。

青年団のひとりが宇市に訊いた。「どげするだ、宇市？」

「がまんくらべかな」「朝まで待つんか？」「みんなでいっきに行けば捕まえられるぞ」などとわいわいと声がひろがった。

とつぜん誠が叫んだ。「南郷さんだ！」

一同が頂上を見た。――古代子も見あげた。

南郷は姿をあらわし、頂上にすっと立ちつくしていた。暗闇のなか、満天の星々を背景に、その黒い人型はいっそう映えて見えた。

あれが兇賊ジゴマの正体か。鳥取座や浜村の屋根の上にあらわれた悪漢のなかに入っていた人か。

宇市が岩場を見あげて叫んだ。「南郷さん！　朝までそうやって、ずっと立っとるだか⁉　下におりてきて、少し話をしようや。警察にもおれらがええようにいうから」

南郷の身体は微動だにしない。ただ顔を上にあげて、夜空を見あげているふうにも思える。

恵津子が両手のひらをメガホンのように口にあて、だれよりもいちばんの大声で叫んだ。

「南郷さーん‼」

恵津子の声に驚いた古代子だったが、次の瞬間、立ちつくしていた南郷が下をむいた。だが暗闇でその顔つきは読みとれない。やがて、南郷の全身がゆらゆらと揺れはじめる。すぐに揺れは大きくなり、南郷は身体ごとふわりと岩場からはなれた。

「きゃーっ！」と古代子が叫んで、全員が驚きの顔にかわった。

南郷の身体が頂上からゆっくりと真下に落ちていく。

すぐに落下は高速度にかわり、一瞬で南郷は頭から真下の岩場に叩きつけられた。骨が砕ける音があたりに響きわたる。

南郷の身体はぐわんと岩場に跳ねかえると、祠の横にばたりと落ちた。

「うっ」と小さな叫び声をあげるなり、古代子は顔をそむけた。涌島が千鳥の顔を掌でおおい、恵津子もしゃがみこんで両手で顔を隠していた。

しばらくのあいだ、だれも動けなかった。やがて「南郷さん……！」と宇市のかすれた叫び声が響いてきた。

古代子が顔をあげると、宇市と青年団員たちが南郷にわっと走りだしていた。それぞれが手にもっている明かりをむける。一同の顔が引きつり、なんにんかが目を閉じ、膝をついた。

古代子も駆けつけて、照らされた南郷を見た。仰向けに大の字に倒れていて、その手はまだぴくぴくと動いていた。が、ぱっくりと開いた頭の割れ口から脳髄と脳漿《のうしょう》があふれでて、岩場のうえには赤黒い血が同心円状に広がっていた。

あとずさりした。そのままずるずると下がっていくと、しゃがみこんでいた恵津子にぶつかって、砂浜に尻餅をついた。

涌島が近よってきて、横に坐りこんだ。

「おわりじゃ。これでみんな。南無阿弥陀仏《なんまいだ》、南無阿弥陀仏《なんまいだ》」

みんなおわった――

南郷の頭が砕ける音は、幻想と奇譚の終局をつげる鐘の響きだ。

恵津子の小さな泣き声が聞こえてきた。やがて、交感するかのように古代子の両目からも涙があふれてきて、とまらなくなった。坐りこんだまま、恵津子といっしょに泣きつづける。

ふいに千鳥の声が小さく響いてきた。

「母ちゃん……」

「千鳥……？」と古代子はゆっくりと顔をあげた。

暗い砂浜に千鳥が立ちつくしていた。応えることなく、ふたつのちいさな黒い目で、岩場の南郷の身体をじっと見つめている。

娘の足もとには、湿地の小川が流れていた。

真水と海水がぶつかりあい、いっときは揺蕩《たゆた》う。

そのあと暗流は、海にまぎれるのか砂にしみていくのか、終局の余韻を引くように――

まっ黒く、細く長く、流れ去っていった。

第七章　月の行方

まっ黒く、細く長い円筒状の小さな棒が古代子のまえに差しだされた。

漆黒のセルロイドの筆記用具――万年筆だ。なんどか見たことがあった。村の雑貨屋のなかでも、いちばん高い品物だ。

差しだしたのは、うす汚れた野良着姿のトミ子だった。

「ほら、古代子。これ東京に持っていきな」

来訪してきて引き戸を開けるなり、いきなりこれだ。家宅の玄関まえで古代子は躊躇《ためら》った。

「ありがとう……でもいいの？」

「気にせんでええわ。友だちみんなから集めた金で買ったもんだけんな」

「みんなから？」

「ああ。私はわたすようにいわれただけだ。ほら」とトミ子は古代子の左手をとると、その掌に万年筆をおいた。

「まあ、これくらい持っとらんと、あんたもむこうで恰好つかんから」

「ありがとう。あがってよ。お茶でも飲んでいったら？」

「ううん。これからまた畑に戻らんと。じゃあな」とトミ子はぷいっと後ろを向くと、駅前通りを東のほうに歩きはじめた。

古代子がその背にまた「ありがとう」と小さく叫ぶと、トミ子は野良着をゆらして古代子に向きなおった。そしてすてきな笑顔でいった。

「負けんなよ」

それだけで、トミ子はまたすたすたと歩いていった。

いつまでも後ろ姿を見ていた古代子だが、にぎっていた万年筆に目をやった。蓋を開け、尖ったペン先を見つめてみる。金メッキが八月の午後の太陽光線を反射させ、きらきらと煌めく。

ほんとうにきれいだ、と古代子は思った。これから先、東京に行っても、ずっとこの万年筆で書いていこう――

古代子は万年筆を袂に入れると、軒端から、トミ子が歩きさった駅前通りを見まわした。すでに祭りの場は撤収され、熱い残滓《ざんし》も消え去り、浜村は乾ききった盛夏をむかえていた。

南郷の頭の骨が砕ける音が古代子の耳内にこだまする。あの響きで、すべてが終わった。

そのあとの一週間は、すこし重い余波が村にひろがった。

――浜村の広場で青年団に捉えられた十余名の露亜党員は、鳥取県警に引き取られた。そのうちのふたりは、夜、ジゴマとともに古代子と千鳥を襲ったと証言した。すべて南郷の指示によるものだった。それからすぐに、全員が大阪での騒擾《じょう》罪で手配されていることが判明し、ひとり残らず逮捕され、鳥取県警経由で大阪の特高に引きわたされた。

こうして涌島や宇市、そして来栖が案じていた露亜党による浜村のっとり計画を完全に回避できたのだった。

一方、南郷が本場ロシア直系のアナキストと通じていたことには、さすがの村民たちも驚いた。

だが涌島と宇市が、森川村長に必死に説明した。村にはなにひとつ被害はなかったし、殺された相手は大阪の過激な社会社義者で、南郷はひどくだまされていた。おまけに本人も亡くなってしまった。村長は納得し、矛《ほこ》をおさめるようにみんなを説得してくれた。

また、鳥取県警の白髪警官も宝木駐在所の口ひげ警官も、涌島と宇市に通り一遍の話を聞いて帰っていった。

笹乃屋の方は、南郷が事件の主犯で売上に影響が出るかと思われたが、意外とそうでもなかった。仲仕頭が店の金をかなり持ち出していたことが明るみに出て、同情が集まっていたのだ。「店はだいじょうぶだが、古代子さん」と和栗はいってくれた。

ようするに、責められるべきものがいなくなったいま、責めるものもいなくなったのだ。

五日まえ、南郷の身体は浜村の火葬場で燃やされた。遺骨は、笹乃屋に残された遺品とともに日野の遺族のもとに送られるという。南郷の生家の家族がこれからどうなるのか、古代子には予想もつかなかった。

こうして払暁《ふつぎょう》がすぎていき、ふたたび村には紺碧の空が隙間なく広がった。駅前通りは盛夏のにぎやかさを見せ、温泉旅館には客が集い、浜村海岸では子どもたちが泳ぎ、田では百姓らが一層伸びた青い穂の間の雑草を念入りに抜いている。すべてがもとにもどり、いつも通りに時間《とき》が進みはじめたのだ。

また、古代子の内縁の夫、涌島もすでに――

トミ子から万年筆を受けとった古代子は、駅前通りを見まわしてひとごこちついたあと、家宅に入って居間にもどった。

居間ではクニが坐りこんで、行李に古代子と千鳥の秋用の着物を詰めていた。古代子の気配を感じたのか、すぐにぽつりといった。

「涌島さんは東京についたかな」

「そうね。もう一昨日にはついてると思う」

――涌島は事件の四日後に、あわただしく東京に旅立っていた。先に行った来栖から牛込に良い物件があった、と連絡があったのだ。二階建てで、一階は店舗、二階は家族三人でじゅうぶんに暮らせるほどの広さがあるという。裏の納屋はそのまま編集や印刷の作業所として使えるらしい。出版社を営みたいと思っていた涌島には、願ったり叶ったりの物件だった。

「じゃあ あんたらも、そろそろだね。はやく千鳥ちゃんの按配《あんばい》、よくなるとええがねえ」とクニがぽそりとつぶやいた。

「うん」

古代子はとなりの寝間を見つめた。かすかに千鳥の咳が響いてくる。襖を開くと、うす暗い室内で千鳥が布団にくるまって寝こんでいた。夏とはいえ、長いあいだ湿地帯の水につかっていたのがよくなかったのだろう。あれから軽い咳と発熱がつづいていた。

「気管が腫れているだけなので、心配いらんよ。すぐに落ちつくからね」と村でたったひとりの医者はいった。

確かに、けさ千鳥の額に手をあてると微熱にかわっていた。顔色もずいぶんと良くなっている。いつもの調子だと明日には、けろっとして走りまわっているだろう。

「このぶんなら、私らが東京に行くのは、明日か明後日になるかもしれんわ」

「そう……」

古代子はクニの横にぺたんと坐りこんだ。「母ちゃん。この家にひとりにするけど、ごめんね」

「まあ、ええがな。すぐに暢も帰ってくるし。いざとなったら笹乃屋売ってもかまわん。いつまでも亡くなった父ちゃんに頼っとってもいけんからね。あんたらがいなくなるのが、ちょうどいい機だ」

クニははっきりとした口調でそういうと、笑顔を浮かべた。こんなさばさばとした顔は、夫が亡くなってから初めてだった。

「そうね。……私も手伝う」と古代子は着物を手に取ろうとする。

「ええよ、もうこれでおわりだから。楽にしとれ」

居間からも寝間からも、三人分の服や私物は消えうせていた。ほとんど東京に送ってしまっていたのだ。あとは自分たちが東京行きの蒸気機関車に乗るだけだった。

「ありがとう、母ちゃん」と古代子は腰をあげると、縁側に行って、立ったまま外を見た。あいかわらずいつもの風景がひろがっている。小さな庭と、その奥には防砂林、彼方には日本海の波頭だ。

かすかに夏風をあびる。その風がさいごの未練と澱《おり》を流しさり、古代子のこころは圧倒的な解放感に満たされていった。

来栖、翠、涌島につづいて、私もようやく東京に行けるのだ。大きく伸びをしながら、叫んだ。

「しばしのわかれだ、浜村よ！」

クニの驚いた声がした。「どうしただ、急に？」

古代子は苦笑いを浮かべた。「ううん。ごめんごめん」

ふと古代子はトミ子から万年筆をもらったことを思いだした。居間にもどると、すみの文机のまえに坐り、巾着から原稿用紙と黒インクを取りだした。袂から新しい万年筆も出し、インクをつめて、しっかりとにぎる。

いい機だ。ちょうど書いてみようと思っていた素材があったのだ。

「小説に書けばいい」と翠がいっていた。そのことに惑わされたわけではないが、今回のできごとを記してみたかったのだ。少しは書く価値のあるものなのかもしれない。

万年筆をにぎったまま、文机にひじをつき、少し考えた。どんな物語になるのだろうか。なんとなく、思いつくままにつぶやいてみた。

「はじまりには……ことば、があり……」

古代子はうなずくと、原稿用紙に向きなおり、冒頭を書き出してみた。

〝はじまりにはことばがあり、それはやがて詩《うた》にかわる。

詩は、詩人の口から小気味良くはなたれ、あたり一面に力強く響きわたる。響きは、絵描きの魂をふるわせ、握る絵筆で壮大な奇想を描かせる。

こうして人々の前に、有りえないお伽の国《ネバー・ネバー・ランド》があらわれる。

まさに唯一無二の未知なる世界であり、国木田独歩が渇望した〝喫驚《びっくり》〟であった。

彼女はいま、甘美な期待を胸に抱き、その驚きを交感するため活動写真館に向っていた。

だが、まさか気づかない。

館の扉の先に待ちうけていたのは、幻想という名の果なき迷い路《みち》であり、望外をはるかに超えた陰鬱たる奇譚だった。

大正十三（一九二四）年七月二十一日、月曜——。

鳥取県鳥取市、鳥取駅舎。

夕刻ちかく。〟

手をとめた。悪くない。

このあと鳥取座に行き、ほんもののジゴマの人殺しに遭遇する。そのあと浜村に逃げ帰り、また屋根のうえの兇賊と二度目の対面をする。

一方、私と娘は名探偵だ。ポーリンであり、ニック・カーター。

そうだ、これは帝都に向かおうとしているひとりの女が、娘とともに兇賊ジゴマと戦う物語だ。

使う武器は、親友に伝授された〝第六官〟。その官力を頼りに犯人の「変態心理」や「変態感情」を解き明かし、ジゴマの正体を暴くのだ。

二度、兇賊に襲われたあとは——

いくつかの断片をつれづれに書きだしてみる。

「ゴルキー」「丸エー」「隠れ党員」「鷲峰祭」「発動機船」「ヴァイタスコープ」「弁士」「チドリ笛」……。

さらに原稿用紙に、これから起こるできごとを順番に記していく。

「青年訓導が犯人か？」「いや、彼は殺害さる」「党員狩り」「祭のはじまり」「ほんとうの犯人は運送屋の仲仕頭だ」……。

確信した。翠には「探偵やら剣豪やらは男にまかせておけばいい」といったが、この話なら自分でも書けるかもしれない。

古代子の手に力が入った。

さいごに犯人は真実を追及され、奇岩から飛びおり、自らの命を絶つ——！

万年筆の動きがとまった。

美しすぎる。ことに後半からがするすると流れすぎている気がした。

犯人がこちらの推理をかんたんに受け入れすぎているし、なによりも、ジゴマを特定するときの断片の入りかたの機がよすぎる。

古代子のこころのなかで、金色のペン先からインクがひとしずく落ち、黒点《スポット》をつくった。

気のせいだ……と頭を振る。すると、居間の反対のすみにある千鳥の小さな文机が目に入った。そのうえに、ノートが開かれたまま置かれている。

古代子は近よると、そのノートを取った。このあいだ見せてくれた金魚の詩の横に、新しい詩が書きつらねてあった。

〝朝日をおがんでかえりがけ
ちらりと空を見上げたら
お月様は　しらぬまに
お星と　いっしょにきえていた
月のゆくえは　わからない〟

古代子は、詩のさいごの行をつぶやいた。

月の行方はわからない――

南郷が因元岩から飛びおりた夜、新月で月は姿を隠していた。妙な符合を感じた。

ふいにさいごの南郷の顔つきが浮かんでくる。あれは、憤怒でも悔悛でもなかった。静謐《せいひつ》だ。

あれが第六官が導きだした内側の〝変態〟だったのか。

こころのなかに黒インクが落ち、ふたつ目の黒点ができた。

突然、キリキリと頭が痛んだ。いつもの偏頭痛ではない。毬栗《いがぐり》が頭のなかで転がるような、まったく鋭い痛みだった。

古代子は巾着から硝子の薬瓶を取りだした。縁側にいくと庭におり、すみの井戸に駆けよって取っ手を必死に押しこむ。吐水口から水があふれ、桶にたまる。

にぎっていた薬瓶の蓋を開けて鎮痛剤を三錠ほど取りだした。それから柄杓で桶から水を掬うと、薬といっしょに口のなかに流しこんで、そのまま飲みこんだ。

「ふう……」

午後の高い太陽はあいかわらず眩しい。その熱い直射を感じながら、古代子はふらふらと縁側に腰かけた。しばらく両方のこめかみを両手の親指で押していると、ようやく楽になってきた。

ふと気づいた。井戸の横に一尺四方ほどのずだ袋がおいてある。ぼろぼろですみは破れていて、口からは布きれが見えている。

寝間に叫んだ。「千鳥？　この布、あなたが持ってきたの？」

寝間の襖がするすると開き、千鳥が立ったまま顔を出した。

「うん。きのうゴミ捨て場で見つけて、きれいだったから、拾ってきた」

ほんの一瞬、古代子は身ぶるいした。娘の黒く小さな両目が、南郷の死骸を見つめていたときと同じだったからだ。

古代子は動揺を振りはらうと、かろうじて笑顔を浮かべた。

「またゴミ捨て場？　魚屋のまえよ。熱があったのに、あんなところまでいったの？」

「そうだよ。まいにち行って、やっと見つけたんだ」

「まいにち……」

千鳥がかすれた声でいった。「母ちゃん、こっち来て」

古代子は庭から縁側にあがって寝間に行き、正座した。千鳥は布団に横たわると、古代子の膝に頭をのせた。

古代子は千鳥の頭を撫で、優しい声でいった。「どうしたの、千鳥？　さみしくなったの？」

「ううん。ねえ、母ちゃん」

「なあに？」

膝に千鳥の頭がぐいっと押しつけられた。「東京にはひとりで行って。私はここに残る」

頭を撫でる手がとまった。「残るって……急にどうしたの？」

「私は探偵だから……」

「探偵？　どういうことなの、千鳥？」

千鳥はぎゅっと古代子の膝にしがみつくだけだ。

居間からクニが顔を出した。「あらあら、千鳥ちゃん、めずらしいなあ、母ちゃんにあまえて。……古代、あんたらの服はぜんぶまとまったから、店に行李持っていってや」

「うん……千鳥、ごめんね」

古代子は千鳥を布団に寝かせると、立ちあがった。居間に戻ろうとする。が、ついでに千鳥が拾ってきたゴミを片づけてしまおうと思い、寝間から縁側にでて、また庭に下りた。

ぼろぼろのずだ袋をとって、開けてみる。いくつかの薄く白い布の切れはしが入っている。ところどころ赤や黒で染められている。そのうちの何枚かを取りだして、じっと見つめてみた。わずかに一部分、少し茶色で滲んでいる。

はっ、と古代子は寝間を見た。開けはなたれた襖のむこうで、布団に横たわったままの千鳥が天井をじっと見つめている。

またこころのなかに何滴かインクが落ち、黒点がひろがった。

漆黒の染みは巨大化し、古代子の胸のうちの明るさを、ゆっくりと無慈悲に吸収していく。


両手で行李をかかえた古代子は、駅前通りを西に歩いていった。

衣類はできるだけ減らしたので、それほど重くはなかった。鎮痛剤のおかげで、頭の痛みもとうに去っていた。だが、すっきりしない。千鳥の詩が気を引きとめていたのだ。

——いや、詩もまた断片のひとつにすぎなかった。一連のできごとを書きだして逐一ふりかえると、いままで潜在意識下にあった〝ひっかかり〟が姿を見せ、それが黒点という疑惑に姿をかえ、広がっていったのだ。そして漆黒の染みから浮かんできたのは、千鳥の黒い両目と何枚かの白い布きれだった。

笹乃屋にたどりつき、広い玄関からなかを覗きこむ。土間では誠が雑巾で大八車を拭いていた。

「誠くん。これおねがい」と古代子は声をかけた。

誠は顔をあげると、「あ、古代子さん」と跳ねるように立ちあがり、あわてて行李を受けとった。

「東京に送ればいいんですよね」

「うん。住所は来栖さんのところ、わかるわよね」

「まかせといてください！」と誠は気もち良い声で応えると、店先の縁台に行李をおき、受取帳簿を広げる。

「あ、ねえ、誠くん」

誠が手をとめて古代子を見た。「はい」

「まえにね、私、南郷さんから鳥取座のジゴマの散らしをもらったの。知ってる？」

一瞬とまどった誠だったが、宙を見あげてすこし考えた。そしていった。「ああ、頭、あの散らし持ってるの、見たことあります」

「南郷さんはどこでもらったのかな？」

「うーん……」誠はまた考えてからいった。「旅館かなあ」

「旅館？」

「はい。夜、女買いに行くっていって出ていって、朝方、二階の仲仕の部屋に帰ってきたんです。そのとき、にぎってました」

黒点が広がっていく。古代子はまた誠に訊いた。「ねえ、加村先生の遺品って、どこにあるかわかる？」

「加村先生の？　えーっと、ぼくも先生の家かたづけるとき、手伝ったんですよ。でも遺品の行き先までは……。和栗さんが警察の人と話してたから、知ってるかもしれません」

「和栗さん、いまいるかしら？」

「ああ、いますよ。ちょっと待っててください」

いうなり誠は店の奥に駆けていった。

袂と裾をゆらしながら、古代子は夙足《はやあし》で駅前通りを東へむかった。

浜村橋をわたって二十分ほど駆け、東の丘をこえて宝木の集落にたどりついた。しばらく通りぞいに進むと、民家や商店にはさまれた木造の平屋建ての黒い建物が見えてきた。涌島と一夜を明かした宝木駐在所だった。

身体中に汗が滲んでいた。だが、拭うこともせず、開けっぱなしの玄関からなかに飛びこんで、所内を見まわす。あの口ひげをたくわえた中年警官が入ってすぐの机にむかっていた。

古代子は口ひげ警官に声をかけると、すこし躊躇いながらも、「加村先生の遺品はまだありますか？」と訊いた。和栗は彼のものは宝木の駐在所にうつしたと教えてくれたのだ。

口ひげ警官はわけを問うこともなく、内玄関の横のちいさな畳敷きの部屋に通してくれた。それからすぐに三尺四方ほどの木箱をかかえてやってきた。

「ほんとうはいかんけど、まあ、あんたらのおかげで悪さしとった党員をたくさん捕まえることができたからね。それにどうせこの遺品、引きとり手もおらんし、焼くことになるだろうから。……なんか欲しいものでもあるだか？」

古代子はうなずいた。「はい。先生は植物が好きだと聞いておりましたから、勉強になるものがあったらと思いまして」

「ふうん、えらいことだね」と警官は畳のうえに木箱を置いた。

「あ、あと、加村先生の検死の結果はでたんですか？」

「検死の結果？　ああ、米子病院から報告書がきとったなあ」

「見せていただくわけにはいきませんか？」

「そげだなあ。まあ、ええか」

口ひげ警官が部屋から出ていくと、古代子は木箱の蓋を開けて、なかをひとつひとつ確かめてみた。

学校の本に、自分の短歌や詩が載っている同人誌、ほかには、古い和綴の本草学の本があった。加村の家に忍びこんだときに見たものだ。だが、もういちど確かめたかった。その植物の本を繰ってみる。まえと同じように一輪の赤紫の押し花がはさみこまれている。

「浜茄子……」

箱のなかに、もう一冊ノートがあった。手にとって、広げてみる。同じ押し花が何輪かはさまれていた。やはり浜茄子だ。別の頁には、浜村海岸に咲いている浜茄子の詳細な群生地が記されていた。加村はとくに、この植物が好きだったのだ。

「おまたせ。これだが。加村の検死の結果」と、口ひげ警官が何枚かの書類をもって、部屋に入ってきた。

「あ、はい。ありがとうございます」と古代子は、差しだされた書類を受けとって読んでみる。

名前がまず目に入った。〝被害者　乙　加村　清〟——

つづけて死亡時刻、場所、あとは検死——死体の腹部の絵図が詳細に描かれていて、ひと目でどこを刺されたかがわかる。そして検死報告だ。

〝致命傷は相違なく、身体に刺されし短刀に拠る物である。

乙の刺傷は幅一寸二分（三・六糎《センチ》）、深さ三寸五分（十・六糎《センチ》）。短刀の幅と長さに寸分違わず、一致す。

具合としては、乙は、賊の両手で握りし同短刀にて、若干斜め下から腹部左側を刺されたものと推察される。〟……

報告文を目でおっていた古代子は、思わずつぶやいた。

「若干斜め下から――」

口ひげ警官になんども頭をさげて宝木駐在所を出た。それから古代子は、もと来た通りを西へと小走りで戻っていった。

途中で丘に差しかかると、顔なじみの鍬《くわ》をにぎった百姓や背負子《しょいこ》を背負った老婆とすれちがって声をかけられたが、頭を下げるだけでやりすごしてしまった。

中腹まで来ると、通りをはずれて小径を登った。

もどれ！　ともうひとりの自分が古代子に告げていた。みんな終わった。みんな東京に行ってしまった。自分の荷物もこころも、みんな東京に行ってしまっている。ここから先に進むと、村に残ることになるかもしれない。

だが、古代子の足はとまらなかった。すねに草の擦れを感じながら、しばらく進んでたどりついたのは、北に日本海が見える墓場だった。加村が殺された場所でもある。

足を踏みいれると、砂地の地面がぎらぎらと輝く陽の光を吸収し、黄泉《よみ》の国へと繋がるこの空間に熱を集めていた。

いくつかの苔むす墓石や燈籠をさけ、古代子は加村の倒れていた砂地に近づいた。が、すどおりした。目的はそこではない。墓のいちばん奥にある合葬墓だ。

古代子は合葬墓にたどりつくと、しゃがみこんで、地面の上の三尺四方ほどの四角く厚い石の蓋に両手をかけた。思いっきり押しはじめる。びくともしない。このあいだも大の男が力まかせに開けていたほどだ。女の細腕では限界がある。だが、両足をしっかりと踏んばって、ありったけの力をこめて、押しつづける。ようやくずりずりと石の蓋が奥に動きはじめた。はんぶんほど墓のなかが見えたところで、古代子は砂地に膝をついた。はあはあと息をつく。が、すぐに身体をおこして合葬墓のなかを覗きこんだ。

粉砕された遺骨が平らに敷きつめられていて、その上には花束が置いてあった。茎は白い手ぬぐいでつつまれ、花はすっかりと枯れてしまっている。しばらく見つめていた古代子だったが、もうこれでじゅうぶんだった。

古代子はまた力を振りしぼって石の蓋をもとに戻すと、そばの岩に腰かけた。

山や林から油蟬の鳴き声が響いてきて、墓場全体をつつみこんでいる。全身から吹きでた汗が玉になり、首もとから胸と背中に流れていく。だがその喧《かまびす》しさやむず痒《がゆ》さに、いまの古代子は、まったく反応することができなかった。

すでに、いくつもの黒色のインクがこころのなかに落ち、巨大な黒点を作りあげ、染みつくしていたのだ。しかもその漆黒は塊となり、生者と死者をわける合葬墓の石の蓋よりもずっと重かった。

この瞬間、古代子の第六官がふたたび乱舞した断片を本来あるべき位置におさめ、真の逆転構造を浮かびあがらせていた。

そう、ほんとうの幻想と奇譚の出口はずっと先にあったのだ。

爪先を岩の上にのせ、膝をたてて両腕で抱えこんだ。頭も背中も腰も丸めて、胎児の姿になる。

もうおわったはずなのに、どうして気づいてしまったのか。

両目から涙がにじんできた。そして古代子は「あんた、なんで東京にいっちゃったのよ」とつぶやいた。

すべてを打ちあけ、頼ることのできる涌島も、翠も来栖も、もうこの地にはいない。

なぜ、いちばんたいせつな時に、いちばんたいせつな人はいないのだろうか。

南郷の頭がくだける音が響き、涌島の声が浮かんでくる。

おわりじゃ。これでみんな。南無阿弥陀仏《なんまいだ》、南無阿弥陀仏《なんまいだ》。

――そう、もうおしまいだ。知らなかったことにすればいい。

古代子は額を膝に擦りつけ、腕に力を入れて、もっと強く身体を丸めた。

そのとき「古代子ーっ！」と遠くから声が響いてきた。

顔をあげると、宇市が右手を振りながら、墓場の入口から墓石をぬって、こっちに歩いてくる。

古代子は背を伸ばすと、あわてて指先で涙をぬぐった。「宇市っちゃん！　どうしたの?」

宇市が古代子のまえに立った。「笹乃屋のまえで誠と会ったんだが。そしたら古代子が血相かえて宝木の駐在所に走っていったっていうから、またなんか事件かと思ってな。それでこっち来たら、行商の婆さんに、古代子は墓のほうの道に入ったって聞いたでな」

「そうだったの……」古代子は首を振った。「ちょっと気になることがあったの」

「気になること？　なんだ？」

「なんでもない」

「そうか。そうだな。すぐにでも東京に行くんだが。みんな忘れちまえばええわ」と宇市は北に目をむけた。

「うん……」と古代子も同じほうを見た。

丘の上からは、彼方の日本海が見えた。どこまでも平行にひろがる白い波頭が、たえまなく寄せては返している。あの海のはしの白いゆれは、幾年もかけて因元岩を削っている。同じように時間の流れも、こころのなかの黒点を流し去っていくはずだ。

「帰ろっか」と古代子は岩から立ちあがった。

「ああ。なあ、古代子。東京に行くときは、うまくいくように、大漁旗ふってやるさあ」

「ふん。魚獲《と》りでもないくせに」

宇市は快活に笑った。が、いきなり袂に手を入れた。「そうだ。手紙あずかってきた」

「手紙？」

「ああ。おまえんちのまえ通ったら、お母さんが手紙にぎってうろうろしとってな、古代子にはやく読ませたいっていっとったから、もらってきたよ」

宇市は手紙を古代子に差しだした。受けとって見てみると、確かに宛先は『田中古代子様』だった。裏には差出人の名前が記してある。

「尾崎翠……」

「友だちだろ、東京の。だからお母さんもはやく読ませたいと思ったんだが」

古代子はまた岩に坐りこむと、封を開けた。折り畳まれた便箋を取りだして開くと、ペンで書かれた細い文字が記されている。まちがいなく翠の字だった。

『前略』からはじまり、鷲峰祭できちんと別れのあいさつができなかったことを詫びてあった。それから、東京の大塚に来てからのことが書いてある。

やっぱり東京に来るとほっとする。大震火災の復興は進んでいて暮らすには不自由はない。いまは松下文子という日本女子大学からの親友の借家に止宿させてもらっている。すでに『新潮』にひとつ小説を買ってもらって掲載が決まった。また、東京の同人から誘いがあった。

読んでいくうちに、気になる名前も目についた。

『……ああ、古代子。

そういえば文子を通して、吉屋信子さんとも知りあいになったよ。あの吉屋さんだ。古代子に逢いたがっていたから、こっちに来たら紹介してあげる。アナタとはきっと気があうと思う。

ほかには、林芙美子《はやしふみこ》さんって人とも仲よくなった。さいきん売り出し中の人で、まだ若いけど、しっかりした文章を書く方だ。

みんなまだ逢ったことがない、だが、きっと響きあう〝なにか〟を持った人たちだ。』

「だが、きっと響きあう〝なにか〟を持った人たちだ……」

いつのまにか、古代子は小さな声で手紙を読みあげていた。

『……こうして、まだ見ぬ人、でも古代子、アナタを待っている人たちがいる。だからはやくこっちに来い。

やるべきこともある。新聞の連載だってあるし、その先は、もっとひろく長い。

だいじょうぶ。きっとうまくやっていける。鷲峰祭のアナタの弁士姿はとても良かった。あのときのことばはホントウに良かった。

〝私は女だ。それ以上に私の存在価値を知りたいのだ〟

らいてうさんよりもずっと良かった。少なくとも私の胸のもっと深いところに届いた。もう丸くなって泣いていた弱虫の古代子じゃない。

ジゴマだの柵《しがらみ》だの、いろいろとモンダイはあるだろうけど、すべてきれいさっぱりうまくいったら、はやく東京に来い。なにもごまかさず、なににも動じず、いままで背負いこみすぎていた人生の澱をすべておろし、堂々と頭《こうべ》をあげてこっちに来ればいい。

故郷にもどれば母もあったし、肉親も多い。まずありふれた世界の一員である。けどこの地、東京ならば、アナタが演上で問うた〝存在価値〟を解き明かすことができる。

手を伸ばし、星をつかめ。

そうしたら、古代子、そのことばは永久にのこる。

お待ちしております。

尾崎　翠
追伸。

千鳥ちゃんへ。たくさん詩を書いてください。

東京で読ませてもらえるのを愉しみにしています。』

追伸にたどりつくまえに、古代子の両目からはまた涙があふれてきた。宇市が驚いた顔で、古代子に訊いた。

「古代子、なに泣いとるだ？　東京に行くのが恐《きょ》とくなったか？」

「ううん。千鳥はね……いちばんの名探偵だ。あの子を置いて行けないわよ」

「だら。なにいっとる？」

「ごめん」古代子は手の甲で涙を拭って顔をあげた。「よくよく目をこらしてみると、真昼でもお月さまって出てるよね。お天道さまが眩しくてわからないだけで」

「月？」宇市はあきれた顔で空を見あげた。「ああ、ほんとうだ。白い月が出てら」

「ねえ、宇市っちゃん」

「なんだ？」

「魚獲り、手つだってよ」

一時間後。

午後三時をまわり、ようやく夏の陽が落ちついてきたころ、古代子は宇市と駅前通りを歩き、家宅にたどりついた。

が、つくやいなや玄関が開き、クニが通りに出てきた。

「母ちゃん、どうしたの？」と古代子は首をかしげた。

「念のため、千鳥ちゃんの氷買ってこようかと思ってな」

「氷屋は駅のむこうよ。役場の近くまでいかないと――」と古代子はちらりと宇市を見た。

「そげだなあ」宇市が表情をかえる。「あっ、鶴崎旅館なら余りがあるかもしれん。よし、おれ、お母さんといっしょに行ってみるわ」

「おねがい。千鳥は私が看るから」

宇市はクニのうしろにひょいと回りこむと、背を押して通りを西へと歩いていった。

家宅に入った古代子は居間にあがると、となりの寝間を覗きこんだ。布団のなかの千鳥がぼんやりと天井を見つめている。

「千鳥、顔色よさそうね？」

「うん。もうだいじょうぶだよ」と千鳥は身体を起こそうとするが、少し咳をした。

「まだ寝てなさい」

しばらく古代子は千鳥の襦袢をかえてやったり、身体を拭いてやったりしていた。やがて、玄関から恵津子の声が響いてきた。

「古代子さん、宇市さんに頼まれて、氷もってきました！」

「えっちゃん？　はいって！」

玄関からぱたぱたと恵津子があがってきて、寝間に顔をだした。

「千鳥ちゃん、具合はどうですか？　はい、どうぞ」

恵津子は、氷の入った小桶を古代子に差しだした。

「ありがとう。もう熱はだいぶん下がったから」と古代子は桶を受けとると、なかの氷水に手ぬぐいをひたした。

「そうですか。よかった。じゃあ東京にも行けそうですね」

「うん。明日には出ようかなって思ってる」

「明日ですか。すぐですね」

恵津子は左手に持つ白い陶器の小壺をかざした。「アイスクリームです。ハルさんが持っていってあげてって、買ったばかりのくれたんです。お勝手おかりします。待っててね、千鳥ちゃん」

明るい笑顔を浮かべると、恵津子は居間に面した奥の勝手に行った。古代子が手ぬぐいをしぼって千鳥の顔を拭いていると、すぐに恵津子が茶碗とスプーンをのせた箱膳をふたつ運んできた。

「さ、千鳥ちゃん、食べて。アイスクリームよ。古代子さんもどうぞ。今日は暑かったでしょう」

恵津子は寝間に入ってくると、箱膳をひとつ古代子のまえに、もうひとつを布団の脇におき、居間に下がった。

「千鳥、アイスクリームだって。よかったね」

「うん……」

「いただきましょう」

古代子は茶碗とスプーンを手に取った。白いアイスクリームを掬うと、口に運ぼうとする。が、手をとめて、居間に坐していた恵津子を見た。

「ねえ、えっちゃん？」

「はい？」

「砒素《ひそ》、入ってないわよね」

恵津子は一瞬驚いた顔をすると、首をかしげた。

「砒素？　なんですか、それ？」

「毒よ。本場のアナキストが持ってるやつ」

「毒って……まさか、私が入れるわけないじゃないですか」

「そう。よかった」

古代子はまたスプーンの先を口に近づけた。

次の瞬間、恵津子がいきなり大声をあげた。「古代子さん、それって、私が毒を入れたってことですか？　私が古代子さんと千鳥ちゃんを殺そうとしてるってことですか⁉」

古代子は口に入れる寸前でスプーンをとめた。箱膳に戻すと、恵津子を見た。

「ねえ、えっちゃん、私ね、誠くんから聞いたの」

「誠くんから？　なにをですか？」と恵津子は怪訝な顔だ。

「私、南郷さんからジゴマ上映の散らしをもらったの。あの散らし、南郷さん、旅館で手に入れたんじゃないかって」

「旅館……」

「そうよ。あなたが南郷さんにわたしたんじゃないの？　私たちを鳥取座に誘ってもらいたいっていって」

「私が？　なにいってるんですか？」と恵津子がきょとんと古代子を見た。

古代子は応えずにつづける。「もうひとつ。おぼえてる？　上映まえに私たちが弥生カフェーにいたとき、あなたと逢ったわよね」

「えっ……」恵津子は首をひねった。「ああ、あのとき確かに逢いましたね」

「えっちゃん、私と千鳥をつけてたんじゃないの？　私たちが鳥取座に来るかどうか駅から見はってた。けど店で千鳥に見られてしまった」

千鳥に目をやる。娘は布団に横たわり、じっと天井を見つめている。ふたりの会話《やりとり》は聞こえているのか、いないのか。

古代子はふたつの箱膳を両手で取ると、立ちあがって居間に行った。そして畳のうえに箱膳をおき、寝間の襖を閉める。それから千鳥を守るかのように襖のまえに正座し、恵津子にむきなおった。

恵津子が少し声を荒らげた。「古代子さん、待ってください。なにか私が仕組んでたってことですか？」

つぎの瞬間、古代子はうつむき、ゆっくりと目を閉じた。

こころのなかで黒い万年筆をにぎり、原稿用紙に向かう。ことばは無限にわきあがる。そして記すのは、いちど終えたはずの物語のつづきだ。

〝見よ、扉の前に真の犯人が立ちはだかった！

人心や時すらをも欺き、涙さえ武器にする希代の悪女だ。

第六官を信じよ。石を投げよ、矢を放て、薙ぎ倒せ。

重き扉を開き、幻想と奇譚の本当の出口から外に出でよ。

そうだ、現実の世界に身を置き、前に進めよ！

そしてその先には――〟


古代子は頭《こうべ》をあげると、恵津子を睨んだ。

「それからえっちゃん、あなたは鳥取座に行って、控室に忍びこんだ。そこにあった余興用のジゴマの扮装を身につけて、兇賊に化けた。そして座に紅をつけて、騒ぎになったところで、まず柊木を短刀で殺した」

「私が、露亜党の人を殺した？　やめてください」

「それから、つづけざまに、私たちに刃をむけた」

恵津子が叫んだ。「古代子さん、いいかげんにしてください！」

古代子はもっと大きな声で恵津子に叫びかえす。

「その顔、あのときの兇賊の顔そっくりだわ！」

「…………！」

「でも、私たちに逃げられちゃった。そこで、あなたもあわてて逃げたのよね。座のそばの袋川に……」

そうだ、あのとき泣きながら古代子と千鳥は川に逃げだした。だがはなれた川沿いに、仮面と外套をかかえた恵津子もいたのだ。

「袋川には、発動機船に乗った南郷さんが待っていた。その船に飛びのって、南郷さんに運んでもらった。川から日本海に出て浜村に。それから鶴崎旅館に行って、お座敷に合流した」

「南郷さんが私を、浜村に……？」

「ええ。あなたにあの船が操縦できるとは思えない」

「ちがいます。私は知りません！」

が、古代子はつづける。「少しだけね、気になっていたことがあったの。南郷さんは柊木たち露亜の党員にだまされて、金を持ち出し、その恨みで柊木と加村先生を殺して、笹乃屋を乗っ取るために私たちを殺そうとした」

「私もそう聞きましたけど、ちがうんですか？」

「私も最初そう思っていた。けどね、思ったの。そんなことであんなに人を殺めようとするかしら？　そう、四人も殺すのよ。ううん、暢をいれると、五人……」

ふいに古代子はあの静謐の瞬間を思いだす。黒点のうちのひとつだ。南郷は岩に飛びつくまえに、穏やかな顔でいった。

『古代子さん。ほんにすまんかった。あんたを殺そうだなんてな。千鳥ちゃん。母ちゃんと父ちゃんのいうこと聞いて、ええ子でな』

いまにして思うと、ジゴマの仮面に穿《うが》たれた両目の穴から、あんなに優しい目が覗いていたとは信じられない。

古代子がまた恵津子を睨んだ。「それにね、鳥取座と浜村にあらわれたジゴマは、南郷さんよりも少し背が低かったような気がしたの。おまけに、ジゴマは軽やかに舞台から飛びおりて、屋根のうえを跳ねまわった。けどあの人は決して俊敏な人ではなかった。因元岩に登るときもなんども足を踏みはずしかけたくらいよ。だから、もしかしたら、あの人は協力者じゃないかって思ったの」

「協力者……」と弱々しく恵津子がつぶやいた。

「そうよ」古代子は恵津子から目線をはずさない。「あの事件の犯人は南郷さんじゃない。彼は手助けしていただけだったの。南郷さんがジゴマの扮装をしていたように思わせて……ほんとうはあなたが兇賊の仮面をかぶっていた」

恵津子は腰をうかし、叫んだ。「古代子さんのいいかげんな話は聞きたくありません。もう帰ります！」

古代子は右手で恵津子の左腕を強くにぎって、押さえつけた。

「いたいっ！」

「ちがってたら、あやまるわ。でもね――」

古代子は右腕をはなすと、いきなり両手で恵津子の紺色の着物の胸をはだけさせた。その右胸に、ちいさなうすく丸い痣がある。

「やっぱり。南郷さんは、あなたの仮面だったのね」

恵津子はぺたりと坐りこみ、両手で右胸を押さえた。

「ねえ、えっちゃん。浜村の屋根のうえにあらわれたジゴマも、あなただったんでしょう。南郷さんはあの党員たちには、私が柊木を殺した、と嘘をついて襲わせたっていってたけど、そのうらにはあなたがいた」

恵津子が古代子から目線をはずして、うつむいた。

「あなたが南郷さんに頼んで党員に吹きこませたんじゃないの。ジゴマの恰好をして屋根のうえにあらわれれば、あいつらには南郷さんかあなたか、わからないから」

恵津子が胸元の着物の乱れを直しはじめる。その肩がかすかにふるえている。

「そうよ、えっちゃん。ジゴマのなかに入っていたのは、みんなあなただったの！」

恵津子の息は荒く、その吐息が居間に響きわたる。両目からかすかに涙がにじんできた。

だが古代子は容赦なくつづけた。「そのあと、私と涌島は加村先生を追及した。あの人は逃げ出して、山のなかに入った。もしかしたら、真夜中に海ぞいに鶴崎旅館に行ったのかもしれない」

恵津子はかろうじて正座すると、顔をあげた。「うちの旅館に？」

「ええ。加村先生はあなたの部屋にこっそりやってきた。そこで、あなたは先生に、『隠れていて。あとで行くから、いっしょに逃げよう』とかいって、東の山の墓場に行くようにいった。そのあと、えっちゃん、あなたも墓場に行って加村先生が持っていた短刀を奪い取って彼を殺した」

「先生まで私がやったっていうんですか!?」と恵津子が古代子を睨む。

古代子はその目線を跳ねかえした。「さっき宝木の駐在所で、加村先生の検死報告を読ませてもらったの。先生、斜め下から刺されていたって。南郷さんなら、先生よりも少し背たけがあるから、斜め下になりづらい。だから、やったのはちがう人かもしれない。もしかすると、背の低い、女だったのかも……」

「女……。だから私が？」

「ちがう？」

恵津子は首を振ると、涙まじりの乾いた笑いを浮かべた。「それだけで私だなんて……ちがいます。どうして私が先生を殺さないといけないんですか？」

古代子は居ずまいを正し、また恵津子を真正面からきっと見すえた。

「痴情じゃないのかな？」

「痴情？」

「ええ。あなたは、あの訓導の艶《いろ》だったんじゃないの？」

「艶って……私が先生の恋人？」

「そうよ」

恵津子が首を振る。「なにいってるんですか？　私は加村先生なんか知りません。話したこともないんですから！」

が、古代子は身を乗りだす。「さあ、どうかしら。あなたは東の丘の墓場に行って、先生を弔《とむら》ったわよね。ほんとうにたんなる気まぐれだったのかな？　……もうひとつ。ふいに思いだして、加村先生の遺品を見せてもらったの。植物に関するものがあったわ。先生、特にこの地方の浜茄子が大好きだったみたいね」

「浜茄子……」

「ねえ、えっちゃん。あなたは合葬墓のなかに花束を入れた。あの辺りの花をてきとうに束ねたっていってたわよね。確かに、あそこの草むらや砂地には、たくさんの花が咲いていた。けどね、あなたの花束は、みんな赤紫の浜茄子だった。どうしたことか、あなたは浜茄子の花だけ選んで、先生に捧げていたのよ。どうして好きな植物を知ってたのかな。先生と深く関係があったからじゃないの？」

恵津子は古代子の目線をそらすと、箱膳の茶碗に目をやった。

「古代子さん。アイスクリーム、食べてください」

「ううん。すっかり溶けちゃってるわ」

「ほんとだ……」弱々しく恵津子はつぶやいた。「みんな古代子さんの考えちがいです。私は知りません。この痣は一週間ほどまえに転んで、三味線の桐立箱で撲《う》ったときにできたものです。南郷さんを仮面に使ったこともないし、加村先生ともなんの縁もありません――」

「そうかしら？」

恵津子がまた激しく首を振った。「ほんとうです！　古代子さんがさっきからいっているのは、みんなでたらめです。いいかげんにしてください。私は……私は人なんか殺していませんん！」

次の瞬間、とつぜん寝間の襖が荒々しく開いた。

千鳥が居間に飛びこんできて、坐りこんでいる恵津子のまえに立った。そしてなんどか咳をしたあと、何枚かの白い布の切れはしを突き出し、ぽつりとつぶやいた。

「金魚」

布には、赤や黒の色とりどりの金魚の模様がある。

古代子が千鳥の手からその布の切れはしを取った。「これ、弥生カフェーで逢ったとき、えっちゃんが着てた着物よね。見て、この染み」

恵津子の目の前に差しだす。切れはしには、かすかに茶色く滲んだ痕があった。

「なんですか、それ？」

「血よ」と古代子は庭に目をやった。

目線の先は井戸の横だ。犬のケンの盛土がある。

「犬のケンが死んだとき、この子は血だらけの身体をかかえて帰ってきた。そのとき着物にも、こんな痕ができたの」

千鳥はまた咳をすると、はあはあと肩で息をしはじめる。

古代子が娘を抱きよせた。「あのジゴマの外套は薄くできていたそうよ。だから座で柊木を刺したとき、返り血を浴びて、なかに入っていたあなたの着物にまで血が附《つ》いたの。この子はね、鶴崎旅館のあなたの部屋に行ったとき金魚の着物を見て、その染みに気づいた。ケンと同じ血の痕……。もしかすると、あなたが犯人じゃないかって思った。だから欲しいっていったの。でももらえなかった」

だから、詩を書くしかなかった。

〝しっぽをひろげて　ひらひらおどる
きんぎょのダンス　うきぐさがゆれる〟

千鳥がふいに、虚無的な黒い両目を恵津子にむけた。

古代子はうなずいた。「あのね、えっちゃん。ケンの血はなんど洗っても落ちなかったの。あなたも同じように金魚の着物を洗ったはず。けど、血の染みは残った。だから、切り裂いて魚屋のまえのゴミ捨て場に捨てた。千鳥はそのことを予見して、毎日ゴミ捨て場に行って、この切れはしを拾ってきたの。あなたが犯人だっていう証左を得るためにね」

「証左……」と恵津子が放心の顔にかわった。

「ええ。だから、いまここにある。でも、それから千鳥は苦しみはじめた。大好きなえっちゃんが犯人かもしれない。だれにもいえず、この子は、ただ詩を書くしかなかった。

〝お月様は　しらぬまに
お星と　いっしょにきえていた
月のゆくえは　わからない〟

……お星が南郷さんなら、月はあなたよ」

そうだ、娘は自分と同じ路をたどりながらも、闇のなかの暗流に欺かれなかった。小さく無垢な両目で、おぼろげに真実を見ていたのだ。母はただ、娘がえた最大の断片で恵津子が造ったまやかしの世界を再構成しただけだった。

古代子が恵津子を見つめた。恵津子はその目線をさけるかのように、うつむいた。

また千鳥がなんどか激しく咳をした。膝をつき、背中を丸め、苦しそうになんども気管をふるわせ、咳唾《がいだ》を吐き出す。とまらない。古代子が千鳥の背をさすり、ようやくおさまった。

千鳥はぜいぜいと息をしながら、立ちあがった。青い顔をしたまま恵津子のほうに身を乗りだし、大声で叫んだ。

「ジゴマは、えっちゃんだ！」

恵津子の身体がびくりとふるえた。

「そうだよ、ジゴマの正体は、えっちゃんだ！　えっちゃんはジゴマなんだ！」

さいごに叫ぶと、千鳥はまた、はあはあと息をしはじめた。

恵津子は、いまだうつむいている。が、やがて、その口からおかしな声が漏れはじめた。

「クックックッ……。ハハハハ……！」

笑い声だ。居間に大きく響きわたる。驚いた古代子が千鳥の手を取り、正座したままあとずさった。

恵津子がゆっくりと顔をあげた。不敵な笑みを浮かべている。そして、大きく口を開けた。

「よくわかったな、ポーリン！　さすが名探偵だ！」

恵津子が中腰になり、さっと後ろに下がった。

千鳥は古代子の手を振りはらうと、立ちあがって恵津子のまえに仁王立ちする。

対峙し、睨みあった。

千鳥が大声で叫ぶ。「やい、ジゴマ。おとなしくしろ。警察につれていってやる！」

が、恵津子は不敵に笑いつづける。「ふふふ、ポーリン、病気の探偵になにができる？　それに、おまえのいちばんの相棒の父親は東京に行ってしまったぞ」

「できる。母ちゃんだっているし、宇市っちゃんだって、村の人だって、たくさんいる！　みんな探偵のみかただ！」

「そんなもの、しょせん烏合《うごう》の衆だ！」

「ジゴマひとりならなんてことない！　もうZ組はみんな捕まったんだ！　だれも助けてくれない！」

古代子はただ、じっと見つめていた。まるで鳥取座の映写で観たような兇賊と探偵との対決だった。微熱がつづいている千鳥には、恵津子がほんもののジゴマに見えているのかもしれない。

力を使い切ったのか、千鳥はふうと息をつくと、坐りこんだ。

「寝てなさい」と古代子は両手で千鳥の脇をかかえると、寝間につれていき、布団に入れた。居間に戻ってくると、古代子は襖を閉め、立ったまま、坐している恵津子を見おろした。

恵津子は破顔すると、明るい声でいった。「びっくりしました。千鳥ちゃんに見やぶられるなんてね」

恵津子は畳のうえのふたつの箱膳を取るなり、立ちあがって勝手に行き、流しに置いた。それから柄杓で竈《かまど》の横にあった瓶《かめ》のなかの水を汲み、茶碗とスプーンを洗いはじめた。

「確かに、私は加村の女でした……」

「えっちゃん……」

「もともと私も加村と同じように口減らしの子で、小さなころから神戸の本町の雑貨屋で働いていました。十六のころだったかな。加村はその店へ荷物をはこぶ奉公人で、それで知りあったんです」

いちど息をつくと、恵津子は布巾を手に取り、ていねいに布巾で茶碗を拭きはじめた。

「それから、私は仕事がおわると、彼の下宿に行くようになりました。私はもっともっと勉強がしたくて国文や英語の本を読んで、彼は訓導の資格を取るためひたすら勉強して、そのあとは、毎日のように愛しあっていました。けど、けど……」

恵津子の白く細い指がとまった。

「けど……」古代子は立ちあがり、その背中を見つめた。「加村先生は資格をとって大阪の小学校で働きはじめたあと、コミンテルンにかぶれてしまった。砒素よりももっと強い劇薬に——」

恵津子がわずかにうなずく。「そうです。書生気どりの柊木が加村に近づいてきて、あらぬ思想を吹きこんだんです。やがて加村は膿んだ目で世をかえるといいはじめ、社会革命運動に血道《ちみち》をあげるようになりました。そうして柊木とともに特高に追われる身に……」

口ごもる恵津子の背中に、古代子がいった。

「おまけに、大震火災のあとからは、大阪でも追っ手が多くなって、どこにも行き場がなくなった。だから加村先生たちは因幡に……えっちゃん、あなたは先生に頼まれて最初にここにやってきたのね」

「はい。私は露亜党員も知らない加村のための斥候でした。来てすぐ、芸娼妓をはじめました。露亜銀行からの資金提供がなくなってしまって加村も柊木も困りはてていたから、お金をわたすために」

「そこまで加村先生に尽くしていたの……」

「少しでも彼の役に立ちたかったんです」

恵津子は茶碗とスプーンを勝手の奥にある四角い水屋簞笥のなかにおさめた。

「ありがとう、えっちゃん」

「いいえ。アイスクリームのなかに砒素は入れてません。ほんとうは入れようかと思ったけど、できませんでした」

恵津子は、袂から薬包を取りだすと、掌の上にのせた。

「哀しいですよね。自分の愛した人とのたったひとつの証《あかし》がこんなものだなんて」

「その砒素かして。あなたがよくないことを考えるといけないから」

「はい」と恵津子は右手で薬包を古代子に差しだした。

古代子は受けとると、その砒素を袂に入れた。

「古代子さん、ずるいですよ。こんなときも優しくて」

恵津子はすたすたと縁側に歩いていくと、ふちに腰をかけて裏庭を見つめた。背の低い木々や草に囲まれた小さな庭では、はなたれた黒鶏がクククッと鳴きながら、乾ききった土のうえを勝手気ままに歩きまわっている。庭の向こう側の小川には、いつも見かける鴨の姿はなかった。今日は来ていないのだろうか。

古代子は縁側の恵津子に近より、となりに坐った。

すると、恵津子がぼんやりと庭を見ながら、かすれた声でいった。

「でもそこまで尽くしても、あの人はこの村で……この村で」また恵津子の両目に涙がにじんできた。「……千鳥ちゃんの母親と出逢って、恋をしてしまったんです」

古代子は息をつくと、恵津子の横顔を見つめた。

「だから私を憎んだの？」

「ええ。わかりますか？　毎日少しずつ、ほんとうにちょっとずつ、あの人のこころが私からはなれていく。気がつくと、もうずっと遠くにはなれてて、こっちなんかぜんぜんむいてはいない。あの感じ……」

うつむくなり、恵津子は激しく叫んだ。「私から加村を奪った柊木も憎かった。けど、古代子さんはもっと憎かった。殺したい、殺したいって思いました！　絶対に加村を取りもどしたかった！」

恵津子は両膝を自分の胸にだきかかえた。

古代子は左の掌でその背中を優しく撫でた。「だから、あの党員の集まりをかねたジゴマ上映があることを知ったとき、絶好の機会だと思ったのね」

「はい。私はきっと、だれよりも八百屋お七の気もちがわかります。古代子さんと柊木のふたりがいなくなると、あの人が私のところに帰ってくる……。そう思って火をつけて刃をむけたんです。でも正直にいうと、確かに殺したかったのは、古代子さんのほうでした」

「そう」古代子は恵津子の顔を覗きこんだ。「だから浜村に帰ったあとも、ジゴマの扮装で私らのまえにあらわれて、脅したのね」

「ええ。でも、かんちがいしないでください。最初から千鳥ちゃんは狙っていませんでした」

「そうしとくわ。……加村先生を殺したのはどうして？」

恵津子はゆっくりと目を閉じた。「確かに南郷さんは私の協力者でした。古代子さんを二度殺すのに失敗したあと、その南郷さんにお願いしました。加村に短刀をわたして、いってもらいたい。柊木を殺したのは恵津子だ、おまえはその罪をかぶれって」

「どうしてそんなことを？」

「試してみたかったんです。あの人が、私を選ぶのか、古代子さんを選ぶのか」

古代子は思いだす。加村の家に入ったとき涌島が、「あんたがジゴマだろう」と彼に問うた。加村は悲痛な顔のままだった。あのとき彼がほんとうに悩んでいたのは、恵津子か私か、この世のなかでどちらの現象を選択するのかだったのだ。

「でも加村先生は応えなかった」

「ええ。そのあと西の山に逃げた加村は、古代子さんのいった通り、夜になると海沿いから屋根伝いに鶴崎旅館の二階にある私の部屋に来ました。その彼に、私は東の山の墓場に先に行くようにいいました」

どこからか、鳥の羽ばたきが響いてきた。古代子がふっと顔をあげると、中空を一羽の鴨が飛来してきて、庭のむこう側の小川の真ん中に着水した。水しぶきがふわりとひろがる。

恵津子はつづけた。「少しおくれて、私が墓場の横の草むらに行ったとき、彼は砂の上に坐りこんで、短刀をにぎって泣きそうな顔をしていました。私は、彼を草むらに呼んで、いっしょに死のうっていいいました。けど、加村はいったんです。心中か。いや、もうぼくのこころは決まっている。古代子さんがいるからまだ死ねない。あの人にいって、わかってもらう。それからぼくも東京に行く。ごめん、恵津子、ぼくは古代子さんが好きなんだ。好きで好きでたまらないんだ。どうしようもないんだ！」

祭のとき簡易小屋のなかで、かすかに涙を浮かべながら、恵津子はつぶやいた。

『ほんとうに好きな人は、なかなかこっちをむいてもらえなくて、やっぱりどっか行っちゃった……』

「そのとき私、すごく泣きました。たぶん生まれてから、あのときほど泣いたのは、はじめてです。けど加村は、そんな私を袖にして、村に帰ろうとしました。だから悔しくて悔しくて……。あの人を呼んで、振りかえったとき、短刀を奪いとって……お草履、おかりしますね」

恵津子は踏石の上にある草履を履くと、庭におりた。そして両手をそろえて、まえに押しだした。

「思わず、こうやって刺してしまいました」

「そうね。それなら、確かに検死報告どおりに斜め下から腹を刺すことになる」

「ええ」

古代子はかろうじてつぶやいた。

「まるでサロメね」

脳裏に、古く、遠い記憶がよみがえる。十代半ばのとき父がジゴマのかわりに連れていってくれた戎座の芝居「サロメ」だ。松井須磨子が主人公を熱演した。芸に通じたサロメは、預言者ヨカナンを愛して愛して愛しつくす。だが、自分の手に入らないのなら、と彼の首を獲り、その生首に口づけをした。――あのときの須磨子といまの恵津子の姿が重なった。時を経て、ようやく古代子はあの女主人公の情欲を理解したのだ。

「ねえ、えっちゃん」

「はい」と恵津子が涙でにじんだ目で古代子を見た。

「南郷さんはどうしてあなたに協力してくれたの？　しまいには罪までぜんぶかぶった。どうしてそんなことまで――」

「もともと加村から、村のだれかをうまく誑《たぶら》かして金を引きだせないか、と相談されていたんです」

「それで、旅館通いが好きな南郷さんに近づいた」

「そうです。あの人が好きそうな女を研究して、色々してあげて、それで、それで……」

「コミュニストの明るい未来を吹きこんだ」

恵津子がうなずく。「ええ。それから、笹乃屋の金を柊木と加村にわたすように仕向けたんです。そのあと古代子さんと柊木を殺そうと思ったとき、毎晩、南郷さんの相手をしながら、色々とほんとうのことに嘘をまぜて囁きました。私は柊木に加村を奪われた。古代子さんは笹乃屋を処分して東京に行くつもりだ。古代子さんと千鳥ちゃんがいなくなると、店は南郷さんのものになる。持ちだした金もごまかせる。だからみんな殺そう……」

また鳥の羽音だ。見あげると、もう一羽、鴨が飛んできた。川面に着水し、同じように羽根を休める。

「みんなみんな殺してしまおう……。それに、また嘘をひとつ。私は南郷さんのことを愛している。うまくいったら、ふたりでいっしょになろうって――」

古代子はうなずいた。「そうね。あの人はずっとひとり身だったから……ぜんぶ信じて協力してくれたのね」

「そういうことです。それから機をうかがっていたとき、加村から聞かされました。党員の集まりにもなるジゴマ上映が鳥取市で行われることを。そのことを南郷さんにいったら教えてくれました」

「『探偵奇譚　ジゴマ』は、まさに私がお父さんと約束して観られなかった活動写真だった」

「ええ」恵津子が自嘲気味にうなずいた。「まさに最高の機でした。あとはみんな古代子さんがいってた通りです。もっとも南郷さんは、さいごまで人殺しはできないっていってました。柊木も古代子さんも殺せないいって。だから私はいいました。だったら私がやる、じゃないと死ぬって……」

「そういって手伝わせたのね。南郷さんの胸に痣があったわよね。あれは自分でやったの？」

「はい。柊木を殺したあと、加村まで殺したことを南郷さんに話したら、このまま露亜のやつらが捕縛されると、警察や涌島さんらにみんな調べられて、恵津子が捕まるかもしれん。だったらわしが……って、自分の胸に天秤棒のはしを思いっきりぶつけたんです」

古代子はふうと息をついた。「鷲峰祭の女ジゴマ上映の休みのとき、あなたは南郷さんの着物を脱がせた。あれは、わざとやったのよね。その痣を私に見せて、彼をジゴマだと思わせたかった。おまけに、それが手がかりになって南郷さんが追及されたときのことを予感して、私たちの考えを予想して彼に答を吹きこんでもおいた」

恵津子はゆっくりとうなずいた。

古代子は、ふいに万年筆で断片と現象を綴っていたときのことを思いだした。最初に気になったのだ。機が良すぎる。ほんの十分の休憩のあいだに、あんなにうまく痣という黒い断片がすっと入ってくるとは。しかも、夜の海岸で南郷は私たちの考えをいっさい否定せずに、よどみなく応えた。

「私たちはえっちゃんに、けんとうちがいのほうに誘いこまれていたのね。でもね、やっぱりまだ信じられない。南郷さん、ぜんぶ罪を引きうけてくれただなんて……」

「加村を殺したあと、あの人に、もうひとつ嘘をついたんです。南郷さんの子どもができたって」

「子ども……」と古代子が呆然とつぶやいた。

「はい。産みたいっていいました。ずっとひとり身だった南郷さんには効きました。あの人、私にいってくれました。子どもに人殺しの母親はいらねえ。その子のため、わしが罪をかぶる。どうせ横領でわしは捕まるからな、って」

「そういうことだったのね」

「ええ。彼は彼の怒りで、ほんとうにきれいにおさめてくれました。自分の命を賭してまで」

恵津子がまた自嘲的に笑みを浮かべた。「どうですか？　私、古代子さんに負けないくらいの悪女《ファムファタール》でしょう」

古代子は肯定も否定もできず、ただ恵津子を見つめるだけだった。

「ねえ、ジゴマの扮装はどこにやったの？」

「南郷さんが船で沖に運んで、流してくれました」

恵津子は北の彼方の浜村の海を指さした。「仮面も外套も手袋も……あの沖の底に沈んでいると思います」

古代子は立ちあがると、遠くの海を見た。藍色の空に積雲がまじり、その下の沖合が紺碧色にきらきらと輝いている。

ふいに恵津子があたりを見まわした。

「鶏もいるし鴨もいるし、いいですね、この家は」

庭を見ると、二羽の黒鶏がせわしなく歩き、その向こうの小川では二羽の鴨が悠々と泳いでいる。そうだね、私の家にはいつも鳥がいる。

次の瞬間、恵津子は明るい声でいった。

「あーあ、私はやっぱり古代子さんには勝てなかったな」

「私に？」

「そうですよ。いつも私は褒めています。きれいでかわいくて、優しくて、すてきな文章も書けて」

古代子は首を振った。「ううん、私はそんなに大層な女じゃない」

「いいえ。とても立派でした。……加村が亡くなったあと、私は死ねなかった。南郷さんにぜんぶ罪を押しつけてでも生きのびて、古代子さんを殺せないかと思っていたんです。でも、駅前通りでも祭の広場の小屋のなかでも、千鳥ちゃんや涌島さんや宇市さんたちがいた……」

古代子のなかで人々の顔が浮かび、流れていく。来栖、誠、和栗、トミ子、森川村長、母、そして尾崎翠。そうだ——

「みんな、自然と、守ってくれていた」

「ええ。きっとみんな、古代子さんの文章に託した願いや夢を信じてくれていたんですよ。それに、堂々と弁士も務めたじゃないですか。私、祭の映写で、古代子さんのことばを聞きました」

「私のことば？」

「ええ。

私は女だ。それ以上に私の存在価値を知りたいのだ。

女たちよ、剣をとりて戦え。夜をこわし、世界をひろげよ――」

古代子はうなずいた。「そうね、そういったわ」

「あのとき私は、やっぱりこの人には絶対に勝てないなって思ったんです」

庭の恵津子が顔をあげ、古代子を見た。その目線が、縁側に立つ古代子に真下から突き刺さる。

「古代子さん、でも、でもね……」

「でも、なに？」

「私からしてみたら、世界を広げるよりも、もっと大切なことがあります。世の中なんて小さくていい。ううん、もっと暗くて、汚くていい。もっともっと貧《ひん》していて、猥《みだ》らで堕落していてもいいんです」

「人に虐げられても？　人のいいなりになっても？」

「はい。私は一生泥のなかにいてもかまいません。ただただ好きな人と、ずっと一緒にいられるのなら」

「…………」

「もし、好きな人とずっといっしょだったら、私は自分のことなんか知らなくてもかまわないんです」

そして恵津子はすてきな笑顔を浮かべていった。

「だって好きになったら、どうしようもないじゃないですか」

これが兇賊ジゴマのなかに入っていた人なのだ。

なにも自分とかわらない。胎児のように丸まっていた自分と、きっと源泉は同じだ。ただ、恵津子は太陽になろうとはしなかった。元始から夜空に浮かぶ月のように、たったひとりの人のために、その足もとを照らしたのだ。

「そうね。それも女としての生きかただと思う」

古代子がそういうと、恵津子は笑顔のままうなずいて、ぺこりと頭を下げた。

古代子も笑顔を浮かべた。

ようやく有りえないお伽の国《ネバー・ネバー・ランド》の物語が終わったのだ。ジゴマ映写の終演、幻想と奇譚の消滅。そして次の幕が開き、現実世界がひろがり、はじまる。

「えっちゃん……」と古代子は一瞬いいよどんだ。

「はい？」

「警察に行こうか。ついていってあげる」

恵津子はゆっくりとうつむいたまま、動かなくなった。

かすかに轟《とどろき》が聞こえてきた。家のまえの駅前通りにそって、線路が走っている。その上を滑るようにして浜村駅舎へと蒸気機関車が驀進してくる。その響きだ。

次の瞬間、恵津子はいきなり左に駆けだして、庭を囲む木々を跳びこえた。家を廻りこんで、駅前通りに行ったのだ。

しまった！

古代子は振りかえると、玄関に走った。

玄関を開け、裸足のまま外の駅前通りに飛びでた。南を見ると、恵津子が田んぼの合間の細い畦を走り、その先の線路へと駆けていく。轟音がもっと大きくなった。音のほうを見ると、左から黒く巨大な蒸気機関車が白煙をあげながら走ってくる。

「えっちゃん、待って！」と古代子は叫び、追おうとする。

が、すでに恵津子のあとを追っている男がいた。宇市だ。

つづけざまに玄関のまえを見た。クニがぽかんと立ちつくしている。「古代、どうしただ？」

古代子は宇市に、恵津子を呼んで家のなかで話すから、外で待っていてくれ、と頼んでおいたのだ。クニもなかに入れないように、そして、なにか事件が起こったときは助けてくれ、と。

そのあと氷を買いに出ようとしたクニと出会った。宇市は機転を利かせて、鶴崎旅館に行って恵津子に氷を届けてもらいたい、といったのだ。

首をかしげるクニに応えず、古代子も恵津子を追った。

田の畦を走る恵津子は、とっくに草履も脱げ、裸足で線路に駆けていく。あとを追う宇市が背後に近づいた。そのまうしろから恵津子に飛びかかる。が、足をすべらせて、そのまま田のなかに落ちてしまった。

「宇市っちゃん！」

必死に起きあがろうとする宇市だったが、田んぼのなかで、ばたばたともがくだけだ。

恵津子は線路にたどりつくと、二本のレールの合間にふらりと立った。左からすさまじい速度で、じゅうぶんな重みをもった黒い機関車が突進してくる。警笛がなんども鳴らされて、あたりに響きわたった。もう停まらない。

恵津子は、すっと立ちつくしたまま、ふっと古代子を見た。その顔には、恨みも悔いもなかった。

鉄道が恵津子の身体に迫ってきた。恵津子という個の終焉だ。

吹き飛ばされる……！

「えっちゃん！」

古代子が叫んだとき、線路のむこう側から、だれかが飛びだしてきた。トミ子だ。トミ子は恵津子に体あたりをして、自分の身体ごと手前の田に恵津子を落とした。

直後、鉄道の先頭が走りぬけ、黒い尾を引くように線路の上を駈けぬけていく。

田に落ちた恵津子は立ちあがり、土手をのぼり、高速で黒く流れゆく機関車の箱の列に飛びこもうとする。トミ子がうしろからその身体を抱えこんだ。大きな身体のトミ子にしがみつかれた恵津子は、土手からずり落ちるしかなかった。

やがて黒い車体はゆっくりと速度を落としながら浜村駅舎にすべりこんで、停まった。

駅前通りでその光景を見ていた古代子だったが、少し眩んだあと、ふらふらとその場に坐りこんだ。

古代子の家のまえに立っていた宇市は、黒い筒衣にまとわりついた泥を手ではらい落とした。それから、横の恵津子に語りかけた。

「それじゃあ、えっちゃん、警察に行こうか」

「はい……」

恵津子のまえにはトミ子も立っていた。宇市と同じように野良着の泥をはらっている。

宇市が笑顔を浮かべた。「よかったよ。畑にいたトミ子にも、いっしょに古代子の家、見とってくれって頼んどいて」

「ふん。もう人が死ぬのはごめんだが」

恵津子は顔をあげて古代子を見た。「色々とすいませんでした。私、古代子さんの名前はいいませんから」

「えっちゃんもこういっとる。まあ、村のことは村でおさめるから」

「ああ。古代子、もうこっちの心配はせんでええよ。あんたは東京に行ったあとのことだけを考えな」とトミ子は素っ気なくいった。

「うん。ありがとう」

「それじゃあ失礼します」と恵津子が深々と古代子に頭を下げた。

そのときだ。家宅の玄関が開いて、千鳥が出てきた。

千鳥はいちど咳をすると、青い顔で恵津子に目線をやった。

恵津子もまたまじめな顔で、千鳥を見つめる。そして、しばらく見つめあったあと、恵津子がいった。

「じゃあな、ポーリン。たっしゃでな」

千鳥は恵津子をきっと睨むと、叫んだ。

「やい、ジゴマ！」

恵津子はくすりと笑った。「なんだ、ポーリン？」

「牢屋をぬけでたら、東京にきな。むこうでつぎの勝負だ」

「ああ、愉しみにしてるよ。それじゃあな」

さいごにそういうと、恵津子は浜村駅前通りを東へと歩いていく。うしろから宇市とトミ子がつづく。行く先は宝木駐在所だった。

古代子は、三人の背が小さくなっていくさまをぼんやりと見つめつづけた。すると、空に何羽かの椋鳥が飛んできた。鳥たちは、やがて点となり、北東に消えていく。

古代子は中腰になり、掌で娘の頭を優しく撫でた。

「さ、千鳥、東京へ行こう」

「うん！　いつ行くの、母ちゃん？」

瞬間、空からふりそそぐ光を浴び、千鳥の頬に少し赤みが差したような気がした。

「すぐよ。あなたはもうすっかり元気だから」

古代子の顔に笑顔があふれてきた。そして思い浮かべる。

すでに東京で羽ばたいている尾崎翠のことを、信念をいだいて歩きつづける来栖標のことを、内縁の夫、涌島義博が経営する本屋のことを、そして家族三人ですごす東京での新生活のことを。

顔をあげ、身体を思いっきり伸ばし、晴れわたった空を見あげる。すると古代子の脳裏に、あの問いが去来した。

私は兇賊だったのか、それとも探偵だったのか。

それは、ほかでもない私が、私のために、これから見さだめていかないといけない。
そうだ、現実の世界に身を置き、前に進めよ。
そしてその先には——
まだ見ぬ人、でも古代子、アナタを待っている人たちがいる。

終局

大正期には、地方に在する多くの〝新しい女〟たちがそれぞれの生きざまを求めて、東京へと飛翔していった。

田中古代子もまた大きな荒波を乗りこえ、鳥取県気高郡浜村から帝都へと旅だった。

大正十三（一九二四）年。このとき古代子、二十七歳。

そして、飛びさりしのちの蒼天の鳥たちは――


先んじて東京に来ていた尾崎翠は、すぐに執筆活動を開始し、いくつかの雑誌で小説を発表しはじめた。そして存分に独自の感性を生かし、必然かのように最高の作品をものにする。

「第七官界彷徨《だいななかんかいほうこう》」。

それは色彩と感覚に満ちた、それまでの日本文学には存在しえなかったまったく新しい型の小説であり、多くの読者を驚嘆せしめた。

のちに、この「第七官界彷徨」は一九七〇年代に再刊され、ふたたび大きな話題を呼んだ。

令和になったいまでは、昭和初期の女流作家の手による小説群のなかでも唯一無二の存在とされ、燦然《さんぜん》と輝きを放っている。またこの小説に触れたことで尾崎翠を信奉し、彼女を研究するものはあとを絶たない。

その一方、東京にうつった翠自身は、ひどい神経症に悩まされて、鎮痛剤ミグレニンに耽溺《たんでき》していく。やがて、薬をたてつづけに何十錠も飲まないと文章が書けないほど、精神は病んでいった。

昭和七（一九三二）年、三十五歳のとき、そのことを心配した親族に、なかば強引に鳥取につれて帰らされた。

田舎に戻った翠は、薬を絶ちきり、健全な身体と精神を取り戻した。が、以来、小説を書くことはなくなった。それでもたまに地元の新聞や同人誌に雑文や短歌を書いてはいたが、やがてまったく筆を執《と》らなくなっていった。

私生活では生涯独身だった翠は、地元で妹の子どもを引きとり、母としてじゅうぶんな愛情をもってその子を育てあげた。ようするに東京にいちども帰ることなく、〝まずありふれた世界の一員〟として生きつづけたのだ。

そして鳥取に引きあげてから三十九年後の昭和四十六（一九七一）年七月、鳥取市内の病院で肺炎により七十四歳の生涯を終えた。

古代子の娘、田中千鳥は、東京に行くこともなく、秋霜を感じることもなかった。

鷲峰祭のあと、いちじ気管支炎はおさまったが、肺炎を併発し、わずか二週間後の八月なかばに息を引きとったのだ。七歳五ヵ月の短い生涯だった。

残された千鳥の文章は、自由詩四十編、作文七編、そのほか、わずかな日記と創作文。それがすべてだった。

母・古代子はそれらの詩と文章をまとめて、「千鳥遺稿」の名で一冊の本として発行した。関係者のみに配られた千鳥の遺稿集は、長いあいだ忘れ去られていた。だが、平成年間にあいついで復刻・再版された。そしてわずか七歳の少女の手によるとは思えない諦観と客観にみちた詩は、多くの話題を呼んだ。

百年後の令和の時代になっても田中千鳥は、「七歳で夭折《ようせつ》した天才詩人」「大正期に突然あらわれた露姫《つゆひめ》の生まれかわり」と称され、いまだに中国地方で彼女の詩は読みつがれている。


そして田中古代子だ。

千鳥が亡くなって四ヵ月後の大正十三（一九二四）年十二月、古代子は東京に出て、涌島義博と暮らしはじめた。

じきに涌島は牛込で「南宋書院《なんそうしょいん》」という出版社を開業した。南宋書院は、おもに社会主義の本を出版していたが、とくに林芙美子の初著作集「蒼馬を見たり」を出したことで名を知られている。

古代子もまた東京に来てから、すぐにふたつの新聞連載をこなした。

だが、持病の気管支炎、さらに神経症と不眠症に悩まされ、尾崎翠と同様に鎮痛剤に依存していった。そしてそのうちモルヒネまでも併用するようになり、二本の連載のあとはまったく小説を書かなくなった。

一方で、時代はうつりゆく。

南宋書院は世界恐慌の経済的不安と治安維持法の成立による特高の締めつけにおそわれ、結果、涌島は出版社を閉じた。

涌島は古代子をつれて帰鳥し、浜村ではなく鳥取市内で暮らしはじめた。そのとき古代子、三十五歳。東京に出てから、八年後の昭和七（一九三二）年のことだった。

以後の涌島は、地元因幡で新聞記者やジャーナリストとして長く活躍した。

だが鳥取に帰ってからの古代子は、自宅に引きこもり、たまに散歩に出て、ときおりわずかに詩と俳句を書くだけだった。

やがて、神経症と不眠症の身をよじるような痛みは日に日に増し、いくども入退院を繰りかえすようになった。そして昭和十（一九三五）年四月、鳥取市内の自宅で睡眠薬を大量に服用し、自らの命を絶った。

才能だけなら吉屋信子や尾崎翠に匹敵するといわれた女流作家の三十八歳の春先での、あっけない死だった。


〝それでも聞けよ。私のことばは永久にのこる。

ああ、そうだ――

女たちよ。果てなき空へ飛びたてよ、蒼天の鳥のごとく。〟

鳥取市内の新品治町《しんほんじちょう》に、玄忠寺《げんちゅうじ》という寺院がある。江戸初期の剣豪・荒木又右衛門の墓があることでよく知られている。

いま田中古代子と娘・千鳥は、その寺内のかたすみにある墓の下で肩をよせあって、静かに眠っている。

主要参考文献一覧

『気高町誌』気高町教育委員会編　気高町
『大正史講義』筒井清忠編　ちくま新書
『大正史講義【文化篇】』筒井清忠編　ちくま新書
『大正時代　現代を読みとく大正の事件簿』永沢道雄　光人社
『日本近現代史④　大正デモクラシー』成田龍一　岩波新書
『大正の鳥取　鳥取市案内記』本城常雄編著　鳥取市教育福祉振興会
『20世紀年表』毎日新聞社
『大正期の家庭生活』湯沢雍彦編　クレス出版
『明治・大正・昭和の新語・流行語辞典』米川明彦編著　三省堂

『日本映画草創期の興行と観客』上田学　早稲田大学出版部
『日本映画発達史Ⅰ　活動写真時代』田中純一郎　中央公論社
『怪盗ジゴマと活動写真の時代』永嶺重敏　新潮新書
『頗る非常！　怪人活弁士・駒田好洋の巡業奇聞』前川公美夫　新潮社

『千鳥遺稿　田中千鳥の詩の世界』アートスペース『ことるり舎』
『郷土出身文学者シリーズ⑦　尾崎翠』鳥取県立図書館編　鳥取県立図書館

『鳥取文芸第六号　涌島古代子』鳥取市社会教育事業団
『鳥取文芸第九号　涌島義博』鳥取市社会教育事業団
『尾崎翠　田中古代子　岡田美子　選集』鳥取女流ペンクラブ編　富士書店
『田中古代子集』鳥取文芸協会
『尾崎翠集成（上・下）』中野翠編　ちくま文庫
『暗流　田中古代子詩集』編集工房　炬火舎
『尾崎翠』群ようこ　文春新書

参考ＨＰ　田中千鳥の世界　https://tanakachidori.org/

選考会の意見を踏まえ、刊行にあたり、応募作を加筆・修正いたしました。
＊本作はフィクションです。実在する人物、事件とはいっさい関係ありません。

●江戸川乱歩賞の沿革

江戸川乱歩賞は、一九五四年、故江戸川乱歩が還暦記念として日本探偵作家クラブ（一般社団法人日本推理作家協会の前身）に寄付した百万円を基金として創設された。

第一回が中島河太郎「探偵小説辞典」、第二回が早川書房「ハヤカワ・ポケット・ミステリ」の出版に贈られたのち、第三回からは、書下ろしの長篇小説を募集して、その最高作品に贈るという現在の方向に定められた。

以後の受賞者と作品名は別表の通りだが、これら受賞者諸氏の活躍により、江戸川乱歩賞は次第に認められ、今や賞の権威は完全に確立したと言ってよいであろう。

この賞の選考は、二段階にわけて行われる。すなわち、日本推理作家協会が委嘱した予選委員七名が、全応募作品の中より、候補作数篇を選出する予選委員会、さらにその候補作から受賞作を決定する本選である。

●選考経過

本年度江戸川乱歩賞は、一月末日の締切りまでに応募総数三百九十篇が集まり、予選委員（香山二三郎、川出正樹、末國善己、千街晶之、廣澤吉泰、三橋曉、村上貴史の七氏）により最終的に左記の候補作四篇が選出された。

竹鶴銀　「ホルスの左眼」
日野瑛太郎　「籠城オンエア」
三上幸四郎　「蒼天の鳥たち」
八木十五　「おしこもり」

この四篇から、五月二十四日（水）、リモート選考会において、選考委員、綾辻行人・京極夏彦・柴田よしき・貫井徳郎・横関大の五氏の出席のもとに、慎重なる審議の結果、三上幸四郎「蒼天の鳥たち」を受賞作に決定。授賞式は十一月に豊島区にて行われる。

一般社団法人　日本推理作家協会

●選評（五十音順）

選評　綾辻行人

三上幸四郎『蒼天の鳥たち』に最も強い〝小説の力〟を感じた。同時に「探偵小説」としての、良い意味で王道的な面白さも堪能できた。過去数回の受賞作のいずれとも異なる味わいの、称讃されるべき力作だと思う。

大正十三年の鳥取を舞台に、実在した女流作家・田中古《こ》代子《よこ》（当時二十七歳）を主人公に、この物語は進行する。映画『探偵奇譚　ジゴマ』の上映中に勃発する火災と正体不明の怪人「ジゴマ」による殺人、という外連味たっぷりの開幕。古代子の身辺で続発する、さらなる怪事件。古代子自身とその七歳の娘・千鳥《ちどり》が「探偵」となり、謎に挑む。――そんな「探偵小説」の筋立てと並行して、あるいは密接に絡み合いながら、「新しい女性」として時代を生きようとする作家・古代子の心情・思考・行動が丁寧に描かれる。このバランスが実に良い。

百年前のこの国の、山陰地方の町や村の風景、風俗、文化、人々の生活や価値観、社会運動のありよう……それらが、百年後の現代に身を置く僕などの目にはいっそ新鮮に映ったり、どうかすると眩しく映ったりもする。「結び」で語られる古代子たちの「その後」の現実も含めて、切々と胸に迫るものがあった。

作者の三上氏は脚本家として長く活躍してきた人で、当然そこで培われた技術が物語作りに大きく貢献しているに違いない。それでいて、この作品には「小説を書く」という揺るぎない意志が見て取れる。「小説的に優れた文章・表現」が随所に光っていて、氏の〝本気〟が窺われる。

今後の、小説家としてのご活躍を大いに期待したい。

日野瑛太郎『籠城オンエア』。日野氏の作品は前々回と前回も最終候補に上がってきていて、どちらも決して悪い出来ではなかった。『籠城オンエア』もなかなか大胆な仕掛けを盛り込んだ快作で、充分に楽しく読むことができたのである。しかしながら今回は、『蒼天の鳥たち』があっただけにどうしても、〝小説の力〟において見劣りしてしまった。

八木十五『おしこもり』。「現代」を構成する新しいツールやアイテムをふんだんに動員しつつの、「とにかく読者を騙してやろう」というスタンスは決して嫌いではない。だが本作については、この書き方はアンフェアだろう、という部分を指摘せざるをえない。「感心できない叙述トリック」とでも云おうか。結果として、『蒼天の鳥たち』の〝王道性〟の良さが際立つことにもなった。

竹鶴銀『ホルスの左眼』。狙いは分からないでもないが、それを達成するための小説作法上の技術に難あり、だろう。多くの事件・多くの登場人物についての「説明」だけで作者が手いっぱいになってしまった感があり、そのため肝心の物語になかなか乗れない。長編を面白く読ませるための、書き方のメリハリについて一考してほしい。

選評

京極夏彦

例えば「ミステリーとしては優れているが小説としては未熟である」という評価はよく耳にするところである。これは直せるだろう。文章なり表現なりプロットなりをブラッシュアップすることは可能だし、それによってミステリーとしての核が変質してしまったりすることがないのであれば、どれだけ改稿しても作品の同一性は保たれる。しかし「小説としては抜群に面白いがミステリーとしては凡庸」という場合はどうだろう。いわゆるトリックに相当する部分が破綻しているだけであれば、修正できるケースもあるだろう。だが、瑕疵《かし》はないが「ミステリーとしては弱い」と評価される作品の場合、それは「そういう作品」として完成しているのである。本来、ミステリーと小説は不可分であり、乖離してあるものではない。ミステリー「そのもの」が小説を構成する形が望ましいと考える。

「ホルスの左眼」は、ミステリーたらんとする強い意志こそ感じられるが、過剰に折り畳まれた事件とエピソードが総体としての小説を破綻させてしまっているように思う。細部の描写は丁寧だし、部分としては面白く読めるのだが、キメラのように嵌め込まれた複数の事件を包括するだけの大きな舞台が用意されていないため、最後まで焦点が定まらない。汲み取れるテーマ性も一貫していない。結果的に、表題と作品の間にまで離隔が生じてしまっている。整理が必要だろう。

「おしこもり」は愉しく読んだ。引きこもりを始めとする時事問題をモチーフとして選んでいるが、地に足のついた書き振りで付け焼き刃の感はない。過酷な現実に対する軽妙な筆致も、バランスが良く好ましいと思う。ミステリーとして読み解いた場合、厳密にはフェアな構成とはいえない個所があるのだが、トリッキーな小説としては良く出来ている。何より、この小説はこの形でないと成立しない。ミステリーという枠に閉じ込めない形のプレゼンテーションを考えた方が良いタイプの小説なのではないだろうか。「籠城オンエア」も今日的な題材を縦横無尽に使いこなした快作である。可読性も高く伏線回収も巧みで、用意周到な書き振りだと思う。先端の文化や技術を自家薬籠中のものとしていなければ構築できない作品であることは間違いない。商業出版されていてもおかしくはない。ただ、作中で〝できること〟と〝しなければならないこと〟は違う。もっとローリスクで簡単な解決法はあるだろうし、狂言という結末も含めるなら興醒めともなりかねない。一考の余地はあるだろう。

　受賞作となった「蒼天の鳥たち」は過去の地方を舞台に実在の人物を中心に配する。大きな仕掛けこそないのだが、外連味は大いにあり、謎も解決も舞台に見合ったスケールで無理はない。タイトルを考慮するに登場人物の生き様にフォーカスした小説という性格が附与されていると思われるのだが、そのテーマもミステリーとしての仕掛けと有機的に結び付いている。そのあたりに、作品を小説たらしめんという研鑽が強く感じられる。甲論乙駁《こうろんおつばく》はあったものの、「蒼天の鳥たち」が頭一つ抜けた。受賞を喜びたい。

選評　柴田よしき

今回の選考会は、自分のミステリ観を問い直す機会ともなり、刺激的だった。

　受賞作『蒼天の鳥たち』に大変惹きつけられ、面白く読んだ。冒頭の鳥取駅の描写から始まって、情景が映像的に次々と目の前に浮かび、登場する女性たちの服装などにもワクワクさせられた。実在した人物たちをうまくフィクションに溶かしこみ、時代性を存分に描いて鮮やかな作品世界を作りあげている。活動写真と弁士をああした形で探偵小説の様式美に合致させるなど、アイデアも楽しい。本文の後の後日譚で、小説としても充実し、読後に切ない思いを抱かせるのも巧みだと思った。何よりこの作品は、作者が描きたかったものが明確で、文章に作者の思いを表す力があり、新人賞の応募作でありながら、作者が魂を込めていると伝わるものがあった。選考会で指摘のあったミステリとしての骨格の細さは確かに弱点ではあるが、この作品はこれでいいのではないかと、個人的には思っている。江戸川乱歩賞には何よりまずミステリ小説として優れていることが必須という意見は正しいと思うが、同時に、ミステリ小説の門口をどこまで広げて考えるかも大切な論点ではないだろうか。

『おしこもり』は好きな作品だが、ミステリ小説と考えるとこれはさすがに弱すぎた。叙述トリック部分は読者に手がかりがなさ過ぎてミステリとして不完全。ただ雰囲気は温かくて、嫌いになれない。そうした作品の性格はこの作者の強みだ。昨年の候補作も同じように温かくキュートな作品だった。この路線を極めれば、人気作家になれる人だと思う。

『籠城オンエア』は受賞まであとひと息だった。構成の問題として、冒頭にあの場面を置いたことでかえって読者がトリックに気づきやすくなってしまったのではないか。Vチューバーをどう利用するかのアイデアは面白いと思ったが、ネットでのアンケートで処刑を決めるという展開はテレビドラマなどで使われていて既視感がある。さらに受賞に推せなかった一番の理由は、そこまで大掛かりな仕掛けをしなくても目的は達せられたのではないか、という点だ。これだけの罠に嵌めないとならなかった状況をもっと練って作りこんであればと残念である。しかし昨年の候補作も非常に面白く受賞まであと一歩だったので、毎年安定して水準の高い小説を書く力をお持ちなのは間違いない。

『ホルスの左眼』は部分的にはとても面白く読んだのだが、全体としてあまりにも詰め込み過ぎ、しかも詰め込んだそれぞれの細部がおざなりで印象が薄く、結果、何を読まされたのか判然としないという妙な読後感になっていた。殺人が多過ぎ、登場人物の過去が一様に悲惨で、それらの過剰さに飽きが来てしまう。なのに肝心の真犯人については何も描かれず終わっているので、ミッシングリンクが見つかっても読者にカタルシスはない。ホルスの左眼にまつわる物語もそれ自体は濃厚で興味深いのだが、この作品に充分に活かされてはいない。とにかく、小説の要素を整理し、最も効果的に配置する工夫が必要だと思う。

選評

貫井徳郎

正直に言いますと、受賞作と決まった『蒼天の鳥たち』をぼくはまったく楽しめませんでした。ですが、読み進むのがあまりに辛いため、これはぼくの側に問題があるのではと思い始めました。果たして、選考会ではぼく以外の選考委員全員が高評価をつけました。ぼくはこの作品に選ばれなかったようです。ぼくのような読者が他にひとりもいないことを、強く願います。

『籠城オンエア』の作者は、これで三年連続の最終候補です。ぼくはおととし、この方の作品を読みました。そのとき、実は狂言という真相は白けると選評で書きました。それなのに、今回もまた狂言でがっかりしました。発想の幅が狭いのではないかと危惧してしまいます。連続で最終候補になると不利になる場合もあると、知っておいた方がいいでしょう。

『おしこもり』はミステリー味が薄く、そのために推せませんでした。ですが、読んでいて楽しい作品ではありました。乱歩賞ではなく、非ミステリー系の新人賞に応募すればよかったのにと思います。カテゴリーエラーがもったいなかったです。

『ホルスの左眼』は、刑事が主人公なのにまったく捜査をしないという、世にも珍しい小説でした。本来ミステリーとは、謎を解く手がかりを主人公が手にし、それを手繰っていくことでまた新たな謎や展開が発生し、物語が進んでいくものです。それなのに捜査をしないから、エピソードひとつひとつに繋がりがなく、点でしかないため、非常に読みにくいです。作者も書くことがなくて困ったのか、捜査本部が立っているのに主人公は他の事件に首を突っ込んだり、バーに飲みに行ったりします。読書量が足りない人なのかなと思いました。もっとたくさん小説を読めば、書き方が自然とわかるでしょう。

選評

横関大

この度、選考委員という大役を務めさせていただくことになった。現在の選考委員中、唯一の乱歩賞作家であり、四度も最終候補に残ったという、ありがたくもない実績がある。応募者へのアドバイス等も含め、賞の発展に助力したい。

非常に悩ましい選考会だったように思う。選考が膠着状態に陥った場合、最終的に勝負を分けるのは突破する力、筆者の志のようなものではないか。そんなことを痛感させられた次第である。

『ホルスの左眼』は刑事と異能者によるバディ物。キャラ同士のやりとりにも風情があり、ダークな感じの世界観は嫌いではない。しかし次から次へと説明されるト書きの事件の数々に、少々食傷気味になってしまった。ほかにも偶然の多用も気になった。作者の都合に合わせ、事件や関係者が品川署近辺に配置されているように感じられた。事件の数ではなく、質で勝負した方がよいのではないかと感じた。

『籠城オンエア』は技術的には非常に高いものがあった。安定感さえ漂っていた。その分、物語が小さくまとまってしまったのは残念だった。なぜ実行犯があそこまで派手な計画を遂行しなければならなかったのか、その必然性も弱かった。この作者には力があるというのが選考委員全員の共通した意見であり、私もその通りだと思う。手を替え品を替え、チャレンジするしか道はない。

『おしこもり』は四作品のうち、私がもっとも楽しく読んだ作品だ。引きこもり同士がお互い入れ替わる。先の読めない展開にワクワクした。三つの視点が終盤に向けて重なっていく様も楽しく読めたが、期待した分、説明不足や表記の乱れが気になり、強く推すことができなかった。ただし、よくわからないけど読ませてしまうという不思議な魅力のある作品であるのは事実だった。読者への配慮を忘れずに書くことも大事であると作者にはアドバイスを送りたい。

『蒼天の鳥たち』は大正時代に実在した女流作家を主人公に据えた作品だ。女性たちの姿が活き活きと描かれているし、クライマックスの活動写真上映における女性弁士の口上は秀逸だった。ミステリーとしての弱さを指摘する声が選考委員から出たが、私もそこには同意できる部分があった。ほかの三作に比べ、本作が秀でていたのは、作者の熱い志だったように思えた。私はどうしてもこの主人公を、この時代を、この地を舞台にした作品を描きたい。そういう熱意が作品から感じとれた。受賞を心よりお祝いしたい。

　今回選考委員を務めて感じたのは、ミステリーとしての弱さだった。どの候補作もメインとなる謎に物語を引っ張る力が弱いように感じられた。今後はさらに魅力的なミステリーに出会えることを期待したい。

江戸川乱歩賞受賞リスト（第3回より書下ろし作品を募集）

第1回（昭和30年）「探偵小説辞典」　中島河太郎
第2回（昭和31年）「ハヤカワ・ポケット・ミステリ」の出版　早川書房
第3回（昭和32年）「猫は知っていた」　仁木悦子
第4回（昭和33年）「濡れた心」　多岐川恭
第5回（昭和34年）「危険な関係」　新章文子
第6回（昭和35年）受賞作品なし
第7回（昭和36年）「枯草の根」　陳舜臣
第8回（昭和37年）「大いなる幻影」　戸川昌子
「華やかな死体」　佐賀潜
第9回（昭和38年）「孤独なアスファルト」　藤村正太
第10回（昭和39年）「蟻の木の下で」　西東登
第11回（昭和40年）「天使の傷痕」　西村京太郎
第12回（昭和41年）「殺人の棋譜」　斎藤栄
第13回（昭和42年）「伯林――一八八八年」　海渡英祐
第14回（昭和43年）受賞作品なし
第15回（昭和44年）「高層の死角」　森村誠一
第16回（昭和45年）「殺意の演奏」　大谷羊太郎
第17回（昭和46年）受賞作品なし
第18回（昭和47年）「仮面法廷」　和久峻三
第19回（昭和48年）「アルキメデスは手を汚さない」　小峰元
第20回（昭和49年）「暗黒告知」　小林久三
第21回（昭和50年）「蝶たちは今……」　日下圭介
第22回（昭和51年）「五十万年の死角」　伴野朗
第23回（昭和52年）「透明な季節」　梶龍雄
「時をきざむ潮」　藤本泉
第24回（昭和53年）「ぼくらの時代」　栗本薫
第25回（昭和54年）「プラハからの道化たち」　高柳芳夫
第26回（昭和55年）「猿丸幻視行」　井沢元彦
第27回（昭和56年）「原子炉の蟹」　長井彬
第28回（昭和57年）「黄金流砂」　中津文彦
「焦茶色のパステル」　岡嶋二人
第29回（昭和58年）「写楽殺人事件」　高橋克彦
第30回（昭和59年）「天女の末裔」　鳥井加南子
第31回（昭和60年）「モーツァルトは子守唄を歌わない」　森雅裕
「放課後」　東野圭吾
第32回（昭和61年）「花園の迷宮」　山崎洋子
第33回（昭和62年）「風のターン・ロード」　石井敏弘
第34回（昭和63年）「白色の残像」　坂本光一
第35回（平成元年）「浅草エノケン一座の嵐」　長坂秀佳

第36回（平成2年）「剣の道殺人事件」　鳥羽　亮
第37回（平成3年）「フェニックスの弔鐘」　阿部陽一
「連鎖」　真保裕一
第38回（平成4年）「ナイト・ダンサー」　鳴海　章
「白く長い廊下」　川田弥一郎
第39回（平成5年）「顔に降りかかる雨」　桐野夏生
第40回（平成6年）「検察捜査」　中嶋博行
第41回（平成7年）「テロリストのパラソル」　藤原伊織
第42回（平成8年）「左手に告げるなかれ」　渡辺容子
第43回（平成9年）「破線のマリス」　野沢　尚
第44回（平成10年）「Ｔｗｅｌｖｅ Ｙ．Ｏ．」　福井晴敏
「果つる底なき」　池井戸　潤
第45回（平成11年）「八月のマルクス」　新野剛志
第46回（平成12年）「脳男」　首藤瓜於
第47回（平成13年）「13階段」　高野和明
第48回（平成14年）「滅びのモノクローム」　三浦明博
第49回（平成15年）「マッチメイク」　不知火京介
「翳りゆく夏」　赤井三尋
第50回（平成16年）「カタコンベ」　神山裕右
第51回（平成17年）「天使のナイフ」　薬丸　岳
第52回（平成18年）「東京ダモイ」　鏑木　蓮
「三年坂 火の夢」　早瀬　乱
第53回（平成19年）「沈底魚」　曽根圭介
第54回（平成20年）「誘拐児」　翔田　寛
「訣別の森」　末浦広海
第55回（平成21年）「プリズン・トリック」　遠藤武文
第56回（平成22年）「再会」　横関　大
第57回（平成23年）「よろずのことに気をつけよ」　川瀬七緒
「完盗オンサイト」　玖村まゆみ
第58回（平成24年）「カラマーゾフの妹」　高野史緒
第59回（平成25年）「襲名犯」　竹吉優輔
第60回（平成26年）「闇に香る嘘」　下村敦史
第61回（平成27年）「道徳の時間」　呉　勝浩
第62回（平成28年）「ＱＪＫＪＱ」　佐藤　究
第63回（平成29年）受賞作品なし
第64回（平成30年）「到達不能極」　斉藤詠一
第65回（令和元年）「ノワールをまとう女」　神護かずみ
第66回（令和2年）「わたしが消える」　佐野広実
第67回（令和3年）「北緯43度のコールドケース」　伏尾美紀
「老虎残夢」　桃野雑派
第68回（令和4年）「此の世の果ての殺人」　荒木あかね

第70回 江戸川乱歩賞応募規定

記念すべき第70回の募集スタート！
推理小説の未来を担う才能、お待ちしています！

◉種類：広い意味の推理小説で、自作未発表のもの。

◉枚数：縦書き・一段組みとし、四百字詰め原稿用紙で350～550枚(コピー不可)。ワープロ原稿の場合は必ず一行30字×40行で作成し、115～185枚。郵送応募の場合は、A4判のマス目のない紙に印字のうえ、必ず通し番号を入れて、ダブルクリップなどで綴じて輸送段階でバラバラにならないようにしてください。

原稿データ形式はMSWord(docx)、テキスト(txt)、PDF(pdf)での投稿を推奨します。応募規定の原稿枚数規定を満たしたものに限り応募を受け付けます(いずれも超過・不足した場合は失格となります)。ワープロ原稿の場合、四百字詰め原稿用紙換算では枚数計算がずれる場合があります。上記規定の一行30字×40行で規定枚数であれば問題ありません。

◉原稿の締切：2024年1月末日(当日消印有効)

◉原稿の送り先

【郵送での応募】〒112-8001 東京都文京区音羽2-12-21 講談社 文芸第二出版部「江戸川乱歩賞係」宛て。

【WEBでの応募】「好きな物語と出会えるサイトtree」(https://tree-novel.com/)内〈原稿募集〉第70回江戸川乱歩賞 応募要項のページを開き、【WEBでの応募】の「こちら」をクリックし、専用WEB投稿フォームから必要事項を記入の上、1枚目に作品タイトルが記載された原稿ファイルのみをアップロードして投稿すること。

◉原稿のタイトル：郵送、WEBいずれも、原稿1枚目にタイトルを明記すること。

◉氏名等の明記

【郵送での応募】別紙に①住所②氏名(本名および筆名)③生年月日④学歴および筆歴⑤職業⑥電話番号⑦タイトル⑧四百字詰め原稿用紙、またはワープロ原稿での換算枚数を明記し、原稿の一番上に添付のこと。

【WEBでの応募】①～⑧は投稿フォーム上に入力すること。

※筆名と本名の入力に間違いがないか投稿前に必ずご確認ください。選考途中での筆名の変更は認められません。

※筆歴について、過去にフィクション、ノンフィクション問わず出版経験がある、または他社の新人賞を受賞しているなどがある場合は必ず記載してください。また、他の新人賞への応募歴も可能な限り詳しく記載してください。

◉梗概

【郵送での応募】四百字詰め原稿用紙換算で3～5枚の梗概を添付すること。

【WEBでの応募】梗概は投稿フォーム上に入力すること。

◉入選発表：2024年春頃にHP上で第一次、第二次予選選考経過、最終候補作を寸評つきで掲載。5月半ば以降に受賞者を掲載。同じ内容は同期間に発売される「小説現代」にも掲載されます。

◉賞：正賞として江戸川乱歩像。副賞として賞金500万円(複数受賞の場合は分割)ならびに講談社が出版する当該作の印税全額。

◉贈呈式：2024年11月に豊島区の協力を得て、東京都内で開催予定。

◉諸権利：**〈出版権〉**受賞作の出版権は、3年間講談社に帰属する。その際、規定の著作権使用料が著作権者に別途支払われる。また、文庫化の優先権は講談社が有する。**〈映像化権〉**に関する二次的利用についてはフジテレビ等が期限付きでの独占利用権を有する。その独占利用権の対価は受賞賞金に含まれる。作品の内容により映像化が困難な場合も賞金は規定通り支払われる。

◉応募原稿：応募原稿は一切返却しませんので控えのコピーをお取りのうえご応募ください。二重投稿はご遠慮ください(失格条件となりうる)。なお、応募原稿に関する問い合わせには応じられません。

主催　一般社団法人 日本推理作家協会　後援　講談社／フジテレビ　協力　豊島区

三上幸四郎（みかみ・こうしろう）
1967年鳥取県生まれ。
慶應義塾大学卒業後、3年間のサラリーマン生活を経て、脚本家に。
これまでに、『名探偵コナン』『電脳コイル』『特命係長 只野仁』『特捜9』など
数多くのテレビドラマ、アニメの脚本を執筆。
2023年「蒼天の鳥たち」（刊行時『蒼天の鳥』に改題）で
第69回江戸川乱歩賞を受賞し、小説家デビュー。

蒼《そう》天《てん》の鳥《とり》

第一刷発行 二〇二三年八月二一日

著者 三《み》上《かみ》幸《こう》四《し》郎《ろう》

発行者 髙橋明男
発行所 株式会社講談社
〒一一二-八〇〇一 東京都文京区音羽二-一二-二一
電話 出版 〇三-五三九五-三五〇五
販売 〇三-五三九五-五八一七
業務 〇三-五三九五-三六一五

本文データ制作 講談社デジタル製作
印刷所 株式会社KPSプロダクツ
製本所 株式会社若林製本工場

 N.D.C.913 334p 19cm ISBN 978-4-06-528921-1

KODANSHA